LV999の村人 ④

著＝星月子猫
イラスト＝ふーみ

◀◀◀

THE
VILLAGERS OF
LEVEL 999
Presented by
HOSHITSUKI
KONEKO
Illustrated by
FUUMI

JN216473

▼▼▼

人は、人を糧《かて》にあらゆる感情を育む。

他人と接し合う過程で喜び、怒り、哀《かな》しみ、期待を抱き、個を成していく。

共に過ごした者に抱く想いも、長い時を経るほどに強くなる。

そして……失った時に大きな呪縛として心を蝕《むしば》む。

我の霞《かすみ》かかった記憶の中にも、たくさんの者と出会い、共に歩んだ記録が残っている。


それが今も、我を苦しめている。


時の流れは制御できない。止めたいと思えるような愛《いと》しい時間も、自我を失うほどに哀しい瞬間も、己が想いとは関係なく無情にも過ぎ去っていく。

そんな時間を過ごす度に我は、この報われない現実をこの手で変えてみせると誓ってきた。数えきれないほどの約束を交わし、この身に背負ってきた。

哀しみはいずれ憎しみへと変わる。そして、目的を果たすための糧となる。

共に過ごした時間が長い者ほど、その糧はより大きくなり、同時に……己を蝕む呪縛へとなっていくことを我は知っている。故に、いつも思う。

時の流れとは、最も残酷な現象であると。

▲▲▲

プロローグ

◀◀◀
Chapter.0

Data 1

LOAD

『魔王様、人間は滅ぼすべきです！　命令を一言下せば、私がすぐにでも人間共の首を御前にお並べ致します！　たとえ滅ぼさない判断をなされたとしても……人間は家畜として扱い、尊厳と自由を奪い尽くすべきです……！』

かつて、己が巨大な力に溺れ、弱者である人間をゴミとしか認識していない悪魔がいた。

その悪魔は、今年で十九歳になる一人の魔族の青年だった。

『力の差を思い知らせてやりましょう。見せしめに人間の腹を割き、臓物をぶちまけた不様な姿をさらしてやりましょう！　我々魔族にたてつけばどうなるか恐怖を植え付けるのです！』

女性と見間違えるほどの艶やかな銀色の長髪と、整った顔立ちの魔族の青年は、見るものを魅了するほどの美しさだった。だが、そんな外見とは裏腹に、それは醜い心を持っていた。まるで、そうやって人間を痛めつけるのが楽しみだと醜悪な笑みを浮かべるほどに。

『……メノウよ。なぜお前はそうするべきだと考えた？』

『簡単な理由ですよ。我々より劣っている存在がこの世を統《す》べ、魔族を虐《しいた》げているというこの現状が我慢ならない。我々は人間より優れている……なのに、奴《やつ》ら人間は我ら魔族の命を弄《もてあそ》んでいる……！　逆だ！　優れている方が下等な存在の命を弄ぶべき！　つまり！　我らにいつ殺されるかもわからない日々に恐怖を抱き、怯《おび》えながら過ごすのが人間の本来あるべき姿なのです！』

『本当に……そう思ってるのか？』

『ええ……思っていますとも！　弱肉強食の世界……それが人間の訴える世界の在り方です。だから私はその理論にのっとって本来あるべき姿に戻そうと提案しているだけですよ』

『違うな。人間の中には魔族よりも秀《ひい》でている者もいる。それも一人、二人ではない。裏を返せば人間に遥《はる》かに劣る魔族もいるということ……。メノウ、はっきりと言え。お前は人間を弄びたいだけなのだろう？』

自分の真意を見抜いたかのような魔王の問いに、メノウはより醜悪な笑みを浮かべる。

それは、今のメノウからは考えられないほどに無慈悲で、残酷で、溢《あふ》れ出る力に溺れた、業を体現したかのような存在だった。

当時、成人したての魔族の平均レベルが１００と言われている中、メノウは十九歳の段階でレベル１５０に及ぶ実力者だった。魔族のレベルは人間と違って身体《からだ》の成長と共に上昇する。

だがそれは、レベルが大きく上昇するのが身体の成長の時期というだけで、その後も徐々に上がり続ける。しかし、レベルの上がり方には個人差がある。老人になってもレベル１００に満たない者もいれば、老人に至るまでの過程で大きく成長し、レベル３００に上り詰めた者もいる。

そのレベルの上がり方には無論、アリスのような血統による潜在能力の高さも関係するが、それと同等に影響力を持った成長の糧《かて》が魔族には存在する。

それは、力を欲する意欲。そして、今のメノウのように野心を抱くことだった。

『お前は、野心の塊だな。昔の私を見ているようだ』

見るに堪《た》えないとでも言うように、魔王は溜息《ためいき》を吐《つ》く。

憎悪や怒りで心を満たし、一つの目的のために純粋に力を求めることで、魔族は成長する。

アースクリアの世界を作った存在が、そういった成長を魔族が遂げるようにしたのはきっと、その力が人間と戦うためにあるものだと魔族に自覚させるためだったのだろうと現在のメノウは考えているが、当時のメノウにとってその仕組みは、都合の良いものでしかなかった。

『野心は私を強くします。私があなた様にお仕えできるのも、この野心のおかげですから』

魔王の血統を持つ魔族に代々仕えてきたエイブラシャー家当主が亡くなり、世継ぎとして新たに魔王に仕えることになったのは、当時、エイブラシャー家の中で最も強い力を持っていたメノウだった。

『逆にお聞きしたいのですが、魔王様は野心がお嫌いですか？　あなたからは欠片《かけら》ほどの野心も感じない。今の生活で満足しているとさえ感じる』

『野心よりも……大切なものがあるのでな。理想の世界の実現よりも大切なものさ』

◀◀◀

『理解できませんね。力があるのにもかかわらず、それを使おうとしない……魔王様は力を持った者の責任を感じないのでしょうか？　あなたには……私には、力を得た責任がある。魔族の皆は、あなたが動くのを心からお待ちしているのですよ？』

『確かに、人間がいない世界になれば我らは苦しみから解放されるだろうな』

『ならば何を躊躇《ためら》っていらっしゃるのですか？』

かつてのメノウは、自信に溢れていた。自分を魔族の中でも特に優れた存在だと思っていた。実際、祖父である先代の世継ぎを本来するはずだった現当主の兄を超え、魔王の側近候補だったほかの者たちをなぎ倒し、メノウは未《いま》だ敗北を知らないほどに実力を兼ね備えていた。

『そもそも躊躇ってなどいない。私は人間と争う気は微塵《みじん》もないからな。その理由は……自分で考えるがいい』

そして、この頃はまだ魔王にも反抗的だった。人間と戦う気のない魔族を統べる王の姿を目にして、深い溜息を魔王の前で吐いたのを、メノウは未だに覚えている。

『魔王様……私は祖父の遺志を継いであなたに仕えるつもりでいましたが、あなたの姿を見て気が変わりました。あなたにその意志がないのであれば、私が人間共を滅ぼしてみせましょう』

『魔王様の意志に逆らうつもりか？　貴様……何様のつもりだ？』

『私は私です。私が認めぬ者に従うつもりはありませんので』

◀◀◀

反抗的な態度を見せるメノウに、暫《しばら》く様子を見て口を閉ざしていたエステラーが激高する。

己より強い力を持つ者と戦ったことのないメノウは、この時驕《おご》っていたのだ。人間など取るに足らない存在であると。

そんなメノウに敗北を教えたのは、当時同じく魔王の側近として仕えていたエステラーだった。

『っぐ……さすが魔王様に仕える側近、実力が違う。ですがなんです？　私に力の差を見せつけたところで……あなたのような、支配することに怯え、魔族の誇りを忘れた者に従うことはありませんよ？』

『貴様……まだ足りんようだな』

力の差を見せつけたにもかかわらず、それでも反抗的な意志を見せるメノウにエステラーは追い打ちをかけようとするが、『待て』と魔王が一言放つことでそれを制止した。

『どうしました？　やはり気が変わりましたか？』

どうあっても人間を滅ぼしたいと考えるメノウを前に、魔王はうんざりとした表情を見せながらも、口を開く。

『わからんか？　エステラーの能力に匹敵する人間も、また存在する』

『……なるほど』

魔王が放ったその一言で、メノウは充分に理解した。だが、納得はしなかった。

『認めがたいですが、確かにエステラー様の力に近しい者はいるかもしれません。ですが、そんな力を持った者は少数……我々魔族が結束し、戦いを挑めば必ずや勝てます』

『勝ち負けなどではない。どうやら、お前が私に仕えるにはまだ、色々と足りないようだな』

その時に、魔王が自分へと向けた哀れみの視線は今となっても記憶に残り続けている。

そして、今も大切に思い続けている一人の少女との出会いも。

『……何ですか？　このちっこい娘は？』

まるで、メノウに救いの手を差し伸べるかのように魔王がパンパンッと手を叩《たた》くと、王の間の奥側で隠れてずっと見ていたのか、フェイスラインに沿って編み込まれたお下げをした、綺《き》麗《れい》な艶やかな赤髪と、その後頭部から少しだけ生えている角が特徴的な少女が姿を現す。

『私の娘だ。今日は久しぶりにこちらに戻ってきていてな。普段はここから離れた山奥の魔族の村で陰に潜むようにして暮らしている』

『ま、魔王様のご息女!?』

メノウの前に立たされた赤髪の少女は、先ほどまで見せていたメノウの態度に怯えているのか、少し落ち着きのない様子でもじもじと身体を動かした。

『お前が私に仕えるのはまだ早い。我が娘……アリスと共に村へと戻り、そこで一年間アリスに仕え続けよ。それが私に仕えるための条件……そして、人間を滅ぼさないと考えている私へ異議だてをする挑戦権を得る方法だ。無論……勝手な真似《まね》をすれば私が手を下す。いいな？』

◀◀◀

魔王がそう言って手元に灯《とも》らせた魔力の量は、メノウの持つ魔力の最大量を優に超えており、背けば死に繋《つな》がることを瞬時に悟らせた。

逆らうことはできず、メノウが初めて悪寒《おかん》という感覚を味わうと、素直に頷《うなず》いて承諾する。

それが、メノウとアリスの初めての出会いだった。

Data 2

LOAD

いくら魔王の娘であるとはいえ、自分よりも遥《はる》かに力の劣る相手に仕えるなど、野心に満ちたメノウには耐えがたい日々だった。力を追い求め、絶大な力を持つ絶対的な存在のもとでさらなる高みへと上り詰めようと考えていたメノウには、子供のお守りをしている暇はなかった。

その時間を使えば、少しでも多くの人間を血祭りにあげられたから。

だが、圧倒するような鋭い視線を魔王に向けられたメノウは、それに従わざるを得なかった。

己が力に驕っていたとはいえ、身体の反応は正直だった。魔王の力の前には誰も逆らえない。

◀◀◀

だから魔王なのだと理解するほどに力の差があったからだ。

『………何をしていらっしゃるので？』

アリスは最初、メノウが声をかけるたびに身体をびくつかせ、怯えるように接していた。そうなるのも仕方がないほどに、メノウは常にアリスに嫌悪《けんお》の視線を向けていたからだ。

たとえ人間でなかったとしても、自分より弱い存在は自分よりも劣っており価値がない。それがメノウの考え方だった。

メノウにとっては強さこそが全てであり、力をもって力を制すその行為こそが至高。優しさなど必要ない。それ故にメノウは、常に殺気を周囲に放ち続け、自分自身に弱い存在が寄ってこないようにしていた。

その中でも特にアリスは、魔王の娘とは思えないほどに無防備で、そして弱かった。魔王の命令でなければ見ていたくもない脆弱《ぜいじゃく》な生き物で、何より――、

『あ、あの……鳥さんが怪我《けが》をしてたから手当てを………』

優しかった。それが何よりもメノウには耐えがたかった。

たとえ齢《よわい》五歳で成長の過程にあるとはいえ、まだ力を持たない者が、自分よりも遥かに弱い生き物のために尽くそうとする姿が、気に喰《く》わなかったから。

『恐れながら、アリス様は魔族であり魔王様のご息女であらせられます。あなた様よりも遥かに劣る生き物に気遣いなど無用かと』

◀◀◀

『どうして？』

『どうしてと言われましても……その鳥はアリス様とは無縁の存在。そこでお救いになったところで後々あなたの助けになってはくれない。救ったところで何もない。つまり助けたところで何も見返りはなく、無駄だからですよ』

『んー……ボクにはわかんないや。あの、上手《うま》く言葉にはできないけど……見返りがあるから助けてるんじゃないと思うんだ』

そしてもう一つ、メノウには耐えがたいものがあった。それは、どれだけ殺気を放とうが、嫌悪の目を向けようが構わず向けてくる、アリスの笑顔だった。

その時のメノウには、それがへらへらと笑って意味のない行動を正当化しようと誤魔化《ごまか》しているようにしか見えなかったから。

だがそれでもメノウは必死に耐えた。全ては己をさらなる高みへと繋げるであろう魔王の元で仕えるために、そしていつか、己が野望を果たさんがために。

『くそっ！　私は……いつまでこんなことをしなければならないのだ!?』

しかしその我慢は、一年も続かなかった。アリスと暮らし始めてから半年が経過した頃のこと。メノウは行き場のない苛立《いらだ》ちを溜《た》め続けた結果、荒れ始めていた。

アリスが魔王と離れて暮らしていた山奥の村は木々に囲まれており、少しでも離れた場所から見れば全体が隠れて見える。さらに、その村に向かうまでの道中も険しく、人間はおろか、

◀◀◀

モンスターすらもめったに姿を見せないようなひっそりとした場所で、山奥にあるため食料の確保も難しく、置いてある設備も乏しく、毎日の生活が生きるための食料の確保と炊事を行うだけで終わってしまう。

下山して人間と戦うことも許されず、メノウは毎日のように薪《まき》を割り、アリスのために周辺の森林に潜っては食料を探す毎日を過ごしていた。

そんな、思い描いていた道とは大きく逸《そ》れた日々は、メノウにとって耐えがたかった。

『くそっ……私はこんなところでくすぶっている場合ではないのに』

毎日文句を垂れながらもメノウは手斧《ておの》を振り下ろし、生活に使うための薪を作り上げる。

この生活から抜け出して前に進もうとは思っても、メノウが権力を手にして成り上がるには、どうあっても魔王の力を借りなければならない。その魔王に認めてもらうにはこの苦行をやり遂げなければならないというジレンマがメノウを襲っていた。

『今こうしている間にも、人間は魔族を虐げている……身の程を知らずに！　もう半年だ！　半年も私は人間を殺せていない！　本当なら今頃内臓をえぐりだし、それを……』

薪を割りながらも、その光景を想像してメノウは自然に醜悪な笑みを浮かべた。

メノウが本当に欲しかったのは権力ではなかった。下等な生物にもかかわらず、立場を弁《わきま》えずに大きな顔をしている人間たちが絶望し、苦しんでいる様を当然のように見ることが可能な環境。

魔王が人間と戦うのをやめている以上、仮に今、命に背いて不用意に人間に手を出せば、自分が罰せられる可能性がある。つまり、人間に手を出してよいのは、己が身に危険が迫った時のみという枷《かせ》を外すというのが、メノウの当面の目的だった。

『……怖い顔してる』

裏庭で薪を割っていたメノウに、木の陰に隠れていたアリスがひょっこりと顔を出す。

『これはこれは……アリス様。本日もご機嫌麗《うるわ》しゅう』

『言いたくないなら言わなくていいよ……目でわかるもん』

するとメノウは、不快な存在を見たかのように小さく舌打ちをした。

仮に、魔王の命令がこの村で一人、一年間大人しく暮らすだけということであれば、メノウは愚痴をこぼすことなく、その日が訪れるのを心待ちにして耐えることができただろう。だがこうして耐えきれずに愚痴をこぼしてしまうのは、アリスが原因だった。

『まだ子供とはいえ、あなた様も魔王様のご息女。必ずや魔王軍の要となる力を得られるはずです。そろそろ……力を扱うための訓練を行われたらどうですか？』

『いい……ボク、誰も傷つけたくない』

『そうであっても、ご自身を守るだけの力は身に付けておくべきでしょう？　まさか魔法に頼らずご自身の身体能力だけでなんとかするおつもりで？』

『もし……魔法を扱えるようになったら、ボクはきっと万が一の時に魔法を使ってなんとかし

◀◀◀

ようとする。そうなったらボクは助かるけど相手はきっと……それなら、ボクが死ぬよ』

『意味が……わかりませんねぇ』

自分とはかけ離れ、かつ相反した考えを持ったアリスに対し、メノウは思わず苛立ち、ギリッと歯を噛《か》みしめる。

『それはつまり、あなたを殺そうとしたような相手を傷つけたくないということですか？』

『モンスターはボクたちを襲ってこないし、そんな状況になることがあるとすれば相手は人間……だよね？　なら、その時はボクが失敗したってことだし……逃げるための手段を用意したくない。それだけの覚悟が大事だと思うから』

今であればそれは、人間と共存の道を歩みたいと、アリスがこの頃から考えていたのだと思えたが、この頃のメノウには、まるで言っていることが理解できなかった。

仮に、将来メノウに匹敵する力を持ち、人間を虐げ弄ぶ世界を作り出すための力になる逸材であれば、メノウも文句をこぼさずアリスの世話をしただろう。

だが、アリスの考え方はメノウの考えとは真逆だった。人間を虐げるどころか重んじ、弄ぶどころか傷つけたくないとまで口にする始末。

『やはり意味がわかりませんね。生きている存在を傷つけるのが怖いのですか？　覚悟などと言ってますが……それは臆病なだけでは？』

『傷つけるのだけが怖いんじゃないよ。傷つけられるのも怖いんだ』

◀◀◀

『……やはり意味がわかりません』

『メノウには多分、言ってもわからないよ』

力を持たないアリスがまるで説教をするかのように、『メノウの考えは間違っている』、『話しても無駄』と上から目線で語る姿が、メノウは気に食わなかった。

しかし、アリスにはそんなつもりはなかった。

価値観はそれぞれにある。アリスとメノウの考え方が違うのは致し方ないことで、価値観を押しつけたところで理解しないだろうことをアリスはわかっていたのだ。だがメノウは、己の価値観が全てであり、それを理解しない者は愚かで間違っている存在だと決めつけていた。

そうするのがてっとり早いから。今の自分でなくなることを恐れて。なにより、自分の考えが絶対であると信じているから。だからそういう存在を見つけては敵対視し、力をもって他者の考えを覆《くつがえ》し、自分が絶対であり続けてきた。

自分を否定する存在が傍《そば》に居続けるのが耐えられなかった。

『それで、何かご用ですか?』

『……何か手伝えることはない?』

なのに、アリスは傍に居続けた。

立場上、力という手段で訴えることはできなかったが、それでも極力近寄らないように、自分から遠ざかるようにと酷な態度で接してきた。なのに、それでもアリスは逃げ出さず、言葉

◀◀◀

を交わし、寄り添おうとしてきた。

『理解できませんね。あなたは私が嫌いなのではないのですか？　どうして自分とは大きくかけ離れた考えを持つ相手の手伝いを望んでしようと思うのですか』

その質問をした時、アリスは心底不思議そうな表情をメノウに見せた。

『嫌い……じゃないよ？　ボクの面倒を見てくれてるし……考え方の違いなんて誰にだってあるはずだもん。それに……それだけでしょ？』

『……それだけ？　理解できません。ああ……もういい、この場をお任せします。子供とはいえ……魔王様のご息女であるあなたならたやすいはず。残り八つほど薪を割っておいてください』

アリスに『手伝ってもらうことなどない』と突き放しても、何かしら自分なりにできることを見つけては積極的にメノウの仕事のためになることをしようとする。『魔王様のご息女が手を煩わせる必要はない』と言って遠ざけようにも聞かず、結果的に、アリスにもできる時間のかかる仕事を与えてしまうのが、傍にいさせないてっとり早い方法だった。

しかしそれは『手伝わせた』という恩が残ってしまうため、メノウには不服なことではあったが、それ以上に、アリスを遠ざけることを優先したかったのだ。

『あの小娘といると……気がどうかしてしまいそうだ』

メノウのストレスのはけ口は、村周辺の森林に潜って、食料を探すことだった。この仕事だ

◀◀◀

けはアリスには任せず、自分でやるようにしていた。

アリスへの建前は『万が一、人間に遭遇してしまったら危険だから』として、本当はやり場のない怒りとストレスを、村周辺にいるモンスターを相手に晴らすのが目的だったからだ。

さらにメノウは自分の腕がなまってしまわないように、自主的なトレーニングとして、モンスターを相手に戦闘を行うことで、戦いの感覚を失わないようにもしていた。

本来モンスターは、魔族がいくら近づいて触れようが攻撃の対象として認識しないが、明らかな殺意と敵意を持って危害を加えれば話は別で、モンスターの生存本能が働くからか、たとえ相手が魔族であっても襲い掛かるようになる。

メノウはそれを利用して、あえて殺意を込めた軽い一撃をモンスターに与え、自分に襲い掛かるようにしてから戦うようにしていた。

わざわざそうしたのも、メノウにとって敵意のない相手を蹂躙《じゅうりん》することに意味はなく、敵意を抱いた相手を己が力でねじ伏せることでようやく快感を得られると考えていたからだ。

『弱い……その程度か？　所詮は魔族から漏れ出た魔力で生まれた存在にすぎないということか？　やはり魔王様の魔力で生まれたようなモンスターでもなければ相手にもならんな……だが』

たとえ相手が弱かろうが、牙を剝《む》いて襲い掛かろうとした相手を蹂躙するのは快感だった。

そして、『きっとこれが人間であれば、この快感はモンスターの比ではない』と考えることで、人間を蹂躙したいという意欲も失わないようにしていた。

『しかし、快感は得られてもつまらんものはつまらんな。所詮、生存本能に従って行動する知性のない生き物にしかすぎない。早く……己が驕りで醜悪な笑みをこぼす人間共を恐怖のどん底に叩き落とし、その笑みが絶望へと変わる瞬間を眺めたいものだ』

目の前に転がったモンスターがお金へと変化するのを見て、メノウは退屈そうにつぶやく。

『魔王様も……なぜ私をあんな小娘とこの村で一年間も過ごすように命じたのだ？　まさか、あの小娘のように思いやりのある存在になれとでも言いたかったのか？　……無駄なことを』

何があっても自分の意志は変わらない。己が高まる力の全てを人間相手に使い倒し、弄び、蹂躙すること。それこそが昔から切望していたことであり、そのためだけに力をつけてきた。むしろ、その目的通りに力がついたからこそ、それを存分にふるえない現状が不服だった。

『……考え方の違いか』

人間と戦えない期間が長いだけでどうしてこんなにも苛ついてしまうのか？　メノウは頭の中でアリスの言葉を繰り返し、脳内の記憶を漁《あさ》り、どうして自分はこんな考え方になってしまったのか、ストレスの原因を探ろうとする。

自分の考え方は多くの魔族と違っている。それは誰に言われるまでもなく自覚していた。

無論、メノウには今の自分を否定するつもりもなければ、こうして力に溺れ、人間を蹂躙したくてたまらない己が本当の自分なのだと認めていた。

◀◀◀

しかし、最初からそうだったわけではない。きっかけはある。それをメノウは一瞬だけ思い出そうとして、すぐにやめた。

『……こちらから仕掛けないから。奴らは図に乗り続けるのだ』

仇《かたき》を取るためとか、復讐《ふくしゅう》だとか、メノウはそんなつまらない戯言《たわごと》を言うつもりはなかった。

だが、メノウの考え方が変わったとするなら、間違いなくそれはメノウの父と母が原因だった。

メノウの父と母は、一族の名に恥じぬ強さを兼ね備えていた。

自分たちが住む村に人間が近寄ると、女子供関係なく問答無用で襲い掛かり、全てを葬《ほうむ》り去ってきた。そんな父と母をメノウは尊敬していたし、自分もそうなりたいと思っていた。

その時はただ、強くなりたいと思っていただけだった。

今のようになってしまったのは、ヘキサルドリア王国が魔族の討伐隊を結成し、メノウが住んでいた村を蹂躙してきたからだった。

メノウの父と母は人間をむやみに殺し過ぎたのだ。その近隣で多くの人間が犠牲になれば、王国は危険を排除するために動き出す。そしてその結成された討伐隊の手によって、メノウの父と母は殺された。さらにそれだけではなく、その場に居合わせた魔族のほとんどが殺され、村は焼き尽くされた。

運よく生き残ったまだ幼かったメノウは、その時の光景をはっきりと覚えていた。

メノウがその日に映した光景は、魔族の首を掲げ、それが趣味とでも言わんばかりに醜悪な笑みを浮かべる人間たちの姿だった。

危険の駆除とはただの名目で、人間たちは魔族を殺すことを楽しんでいたのだ。

魔族よりも弱い存在が、多人数で徒党を組み、まるで自分たちの力が凄《すご》いのだと言わんばかりに少数の魔族たちを蹂躙し、はしゃぐ人間たち。

どうしてこんなことになってしまっているのか？　メノウは、それをただただひたすらに考えた。

そして辿《たど》り着いた答えが、『人間は、魔族を狩りの対象としか見ておらず、自分たちよりも遥かに強い危険な存在であることを認識していない』だった。

どうしてそうなってしまっているのか？　メノウは次にそれを考えた。だが答えはすぐに見つかった。それは、『こちらから戦いを仕掛けず、迫る火の粉を払うだけしかしないから』、メノウはそう結論づけた。

それと同時に、『粋《いき》がるなよ』という感情が、弱いくせに勝ったつもりでいる人間に対して芽生えた。いつか、逆の立場に立って思い知らせてやると誓い、それがこの時のメノウへと変わるきっかけとなったのだ。

『……あれは？』

そして、人間に恐怖を植え付ける日が訪れるのはもうすぐだった。あともう半年、アリスと共にこの村で過ごせば、自分は魔王の側近として権力を得ることができる。そうすれば、ある程度無茶な行動に出ても、魔王の側近という名目で多くの魔族を突き動かすことができるはずだった。

『今日はついてるな……いいだろう。デモンストレーションといこうじゃないか』

そんな日が来ることを思い浮かべていたある日、食料を求めて森林を探索していたメノウの前に転機が訪れる。人が訪れることがめったにないこの山奥で、たまたま迷い込んだのか、一人の人間の冒険者が、メノウとアリスが住む村のすぐ近くをうろつき歩いていたのだ。

『倒しても、誰も文句はあるまい』

村に近づいた人間を、村の仲間のために駆除した。その名目を盾に、メノウは彷徨《さまよ》い歩く旅人の背後を、戦いに適した場所に辿り着くまでつけて行った。

覚えてますか?

◀◀◀
Chapter.1

◀◀◀

Data 1

LOAD

「どうしようこれ、俺マジで何もできないんだけど。助けてメノウたん」

「すまないが鏡《かがみ》殿、私にはこの状況を切り抜けるための策が思いつかん」

「俺たちの冒険はどうやらここまでのようだ」

情けなく地面に這《は》い蹲《つくば》る鏡が至って真剣な表情で「これは本気でヤバい」とメノウに助けを乞うが、お手上げと言わんばかりにメノウが溜息《ためいき》を吐《つ》く。

鏡たちが住んでいたアースクリアとは異なる世界、アース。

人類のほとんどが滅び、モンスターと異種族がのさばるこの世界を外で暮らすのは命を投げ捨てるのに等しい。故に、生き残った人類は、かつて東京《とうきょう》と呼ばれた場所の地下深くに施設を造り、そこを拠点に生活している。

そして鏡たちは現在、その拠点のある地下施設ノアから離れ、かつて渋谷《しぶや》区と呼ばれていた場所から南東に位置する荒廃した市街地の中央に滞在していた。

「まさかこんな第二回戦が待っているとは、俺も予想外だった」

そう言いながらも鏡は、特に焦《あせ》った様子もなく頭をポリポリと掻く。

◀◀◀

夜空にちりばめられていた星の光は既に消え、朝焼けに染まり始めた空の下。つい数十分前、この市街地で鏡たちは、この世界にモンスターや異種族を放ち、世界を裏で支配しているであろう強敵と戦った。

仲間と力を合わせ、鏡の持つスキル、『制限解除』を使うことでなんとか戦いには勝利したが、肝心の敵には逃げられてしまい、現在に至る。

というのも、追いかけようにもスキルの反動で鏡は動くことができず、動けるようになるまで休息が必要だったためだ。

「まったく……鏡さんが考えなしにスキルを使うからこんな状況になるんですよ」

「ああ、悪かった……でも、俺と同じ状況のお前にだけは言われたくないんだ」

味方を守る代わりに自分がダメージを負うスキルを使い過ぎたせいで、鏡と同じく地面に這い蹲るティナが「ふぅーやれやれ」とわざとらしく溜息を吐く。

一同はこの二人を休ませるために、敵を追わずに市街地へと留《とど》まり、休息をとっていた。元より戦いのあとということもあって一同もようやく休めると、最初は楽観視していたが、それが現在の危機的な状況に陥る致命的なミスとなる。

「いや！　あんたたち何を和やかに話してんの!?　もうちょっと焦りなさいよ！」

「いやー、向こうだって何も仕掛けてこないしさ。まだ大丈夫かなって」

妙に落ち着いた様子の鏡と、既に諦めたのか楽観的なティナとは違い、パルナが焦燥した様子で鏡の身体《からだ》をゆさゆさと揺らす。

一同は現在、元々この市街地を拠点に暮らしていた異種族である獣牙族《じゅうがぞく》の群れに囲まれていた。周囲を見渡しても逃げられないとすぐに判断できるほどの数が、鏡たちのいる場所から約五十メートルほどの距離を置いて取り囲んでいる。

先ほどまでは、この世界を裏で支配しているであろう敵と戦っていたため、鏡たちと獣牙族は協力体制をとっていたが、戦いが終わるや否や、こうして一同の周囲を取り囲み始めたのだった。

距離を保っていることから近づく気がないのは窺《うかが》えたが、明らかにこちらへと敵意を向けており、一同はどうしたものかと頭を悩ませている。

「さて……この大ピンチの状況をどうするかだが。何かアイデアある人は挙手」

「てめえをこの場に放置して逃げるってのはどうだ」

「メリーちゃん？　その冗談で言ってるようには見えない目で言うのやめてもらえるかな？」

どこか余裕のある表情の鏡とは違い、かなりの危機的状況だと思っているのか、メリーは「そりゃ、マジで言ってるからな」と、冷たい視線を鏡へと注ぐ。

「いや……でも、それアリですよ……それで行きましょう！」

そしてその考えを、「天才ですか」とでも言うように親指を立ててティナが称賛する。

「ティナたん？　状況的に俺が放置される場合、君も放置されるんだけど？」

◀◀◀

「話し合いをして……通じる相手じゃないのよね？」

そんな中、戦いは避けられないと考えているのか、周囲を警戒して戦闘態勢をとりながら、タカコは直線上にいる獣牙族の群れへと視線を向ける。

「でも、こっちを見てるだけで何もしてこないよ？」

そのタカコに背中を合わせ、反対方向に視線を向けながらアリスが続いてそうつぶやいた。

鏡とティナが地面に這い蹲っている今、いくらタカコたちが獣牙族よりも優れた能力を持っていたとしても、数の前にはむなしく、下手に動きがとれない状況。

自分たちには倒せなかった強敵を倒した相手だからか、獣牙族もこちらを警戒して何も仕掛けずに様子を見ており、かれこれ睨《にら》み合いが続いた状態で数分が経過していた。

「話し合いをしてみませんか？　話せばわかってくれるかもしれません。同じ獣牙族のピッタちゃんもこっちにいることですし」

「いやいやクーちゃん、相手を見てから言いなって。完全に殺意を向けてきてるじゃない。今は警戒してるから迂闊《うかつ》に手を出してこないだけよ、あれ」

周囲を取り囲む獣牙族を見て不安そうにするピッタの手を握りながら、クルルが状況打開のために一歩前に踏み出そうとするが、パルナが慌てて引き留める。

「かと言って、ここでずっと黙っているわけにもいかないよね？」

「ならお前が何かアイデアを出せよ油機《ゆき》」

「あはー、何も思いつかないかなー。どう考えても無傷で突破は無理だよ。二人這い蹲ってるし」

視線だけをこちらに向けてピクリとも動かないティナと鏡を見て額に汗を浮かべながら、油機は苦笑する。

「『俺のことはいい……お前らだけでも生きてくれ……』って、さっき鏡さんが言ってました」

「いやいや、ティナが『自分の魂を神に返す時がやってきました』って言ってたのなら知ってる」

そして二人は倒れながら、どっちが犠牲になるかで醜い争いをしていた。

「それで……鏡殿、何か策があるのだろう？　そろそろ話してはくれないか？」

どこか妙に余裕のある鏡の言動を察して、メノウは這い蹲る鏡の傍《そば》へと寄って声をかける。

するとやはり何か策があるのか、鏡は地面に這い蹲りながら一度鼻でふっと笑うと、そのまま親指を立ててみせた。

「大丈夫、あいつらは放っておいても攻撃なんてしてこないよ。もしその気があるのならとっくの昔に攻撃してきてるはずだ。警戒してるんだろ。このままここで寝てても警戒するだけで何もしてこないはずだ。向こうも痛い目にはあいたくないだろうからな」

自分たちが手も足も出なかった敵を倒してしまった鏡たちを前に、襲い掛かるという選択肢は無謀。その程度の考えであれば、獣牙族であったとしても抱くだろうと鏡は判断していた。

◀◀◀

このまま少しずつ自分の体力をもとに戻し、回復しきったところで出発すればいい。そう考えていた。

「ならば、こちらから攻撃を仕掛けなければ襲われる心配はない……か。なるほど」

「って、ちょ、メノウさん？　何してるの？」

だが、鏡の言葉に納得すると、突如メノウは鏡とティナの身体を、両腕で担《かつ》ぎ上げる。するとそのまま、ノアのある方角へと視線を向けて歩き始めた。

「ちょ、ちょっとメノウさん！　何をしてるんですか！」

「なるほど……これが荷馬車に載せられて売られていくだけの伝説の子牛の気分か」

あまりにも唐突な行動に、ティナはぐったりしながらも声を張り上げ、鏡はわけのわからないことを口走る。

「メノウちゃん、ここは鏡ちゃんとティナちゃんが回復してから動いた方が得策だわ」

「そうです。万が一のことがあります……落ち着かない状況ですが、今はここで休むべきです」

さすがに危険だと思ったのか、包囲する獣牙族の元へ向かおうとするメノウを見て、慌ててタカコとクルルが止めに入る。だがそれでも、メノウの歩みは止まらなかった。

「万が一はここで休んでいたとしても起きることだ。今は警戒しているだけかもしれないが、警戒を解いて襲い掛かって来ない保証はない。ならば、警戒をしている今のうちにこの危険地

◀◀◀

帯から抜けるべきだ。向こうも、自分たちの住処《すみか》に危険な人物が滞在しているからこうして包囲しているのであろうし、いなくなってくれるのであれば、向こうにとっても好都合であろう?」

メノウは、冷静だった。周囲を包囲されているにもかかわらず、いつもの鏡のように迷いなく、至って冷静にすました表情で淡々と言葉を吐いた。だが、そこに心の余裕はないように感じた。まるで何かに追われているかのようにメノウは歩を進める。

そして、一理あると感じたのか、タカコとクルルもそれ以上何も言わずにあとへと続いた。

「……何を焦っている?」

その時、睨みつけると同時に放たれたレックスの一言に、メノウは一瞬歩を止める。

レックスは、なんだかんだでメノウのことをよく理解していた。かつて敵であった魔族と本当に仲間として行動を共にできるのかと、今までずっとメノウとアリスをよく観察していたからだ。

いつもであれば、メノウは自分から提案はせず、周りに合わせるか、周りから出た意見を考慮して見解を述べる。自分の考えを無理やり押し通して実行に移すようなことはしない。故に、今回のメノウの行動はレックスにとっては不自然に思えたのだ。

「お前は……アースに来てから何かがおかしい。何を隠している?」

そう言えるだけの確信がレックスにはあった。いつもであれば率先して皆を守ろうと戦闘態勢に入るメノウがこの世界に来てからは何もしようとせず、ティナがいつもするようなサポートに徹している。

それだけでも不自然なのに、先ほどの戦闘を終えて、メノウからさらにどこか焦っているかのような切羽詰まった雰囲気を感じるようになった。

となればもう、何かを隠している。そう考えるしかなかった。

「あ……あのね、レックスさん」

「何も隠してなどいないさ、レックス殿」

もう隠せない。そう思ったアリスは自分とメノウの身に起きている秘密を話そうとするが、それを遮るかのようにメノウが笑みを浮かべながら応える。

メノウはばらしたくなかった。皆の助けになるためにこの世界に来たのに、気を遣われて足手まといになるのが、考えられる最悪な状況だと思っていたから。

そしてその気持ちは、アリスも同じだった。

だからこそ、何も打ち合わせていないにもかかわらず、メノウとアリスは真実を告げずにいる。

そして今更、それを崩そうとも思わなかった。この世界を救い、そしてアースクリアを救うのに、自分たちの身体を心配している余裕なんてないはずだから。

「私はこれが最善だと思ったからそうしているだけだ。それに忘れているかもしれないが、

◀◀◀

我々が外に出ているのをレジスタンスの者たちに知られるのは何かと都合が悪かろう？　ならば気付かれないうちに早く戻った方がいいはずだ。何より、鏡殿が止めないのがいい証拠だ。もし私のこのやり方が本当に無謀であるなら、とっくの昔に鏡殿が止めているさ」

鏡も、最初からその選択肢も考慮に入れていたのか止めようとはせず、メノウに身を預けて揺られている。だがどこか、メノウらしからぬ行動が気になってはいた。

しかし、今問い詰めたところで答えは返ってこないだろうと、何も聞こうとはしなかった。

「どっちにしろ絶体絶命な状況には変わりないからな……大丈夫だとタカを括《くく》って襲われれば終わりだし、それなら今警戒してくれている間に逃げるのも間違いじゃない……うぷ、ちょ、メノウ、もうちょっと揺れを抑えて、気持ち悪い」

「ぬ、悪いな鏡殿、これでいいか？」

「うげぇぇぇええ！　ちょっとメノウさん！　今度はこっちの揺れが激しくなってます！」

ティナと鏡の掛け合いにより、切羽詰まった状況が一気に解消される。三人はわちゃわちゃ文句を言いながらも、アースクリアにいた頃と何も変わらない和気あいあいとした雰囲気を纏《まと》いながら前へと進んで行った。

そんな光景を前にして、納得はしていない様子だったが、レックスもヤレヤレと溜息を吐いて駆け出し、メノウを追い越して先頭へと立つ。

「そんな状態でどうやって師匠とティナを守るつもりだ？　僕が先陣を切るからそのあとに続

け」

「……すまない。ありがとうレックス殿」

嬉《うれ》しそうな笑みを浮かべてからのメノウの言葉を聞いて、レックスは少しだけ満足すると、ふんっと鼻息を荒くして獣牙族の元へと歩き始める。

「……無理はするな。辛《つら》かったらすぐに僕たちを頼れ」

それだけ付け足して。

「で、実際問題どうやって切り抜けるかよね……このまますんなり通してくれるとは思えないんだけど？　すんなり通してもらえることを前提にするにしても、万が一は考えないとでしょ？」

万が一を危惧して、頭を悩ませながらも、レックスのあとをパルナが続く。

「万が一の時は……タカコちゃんが俺とメリーを、メノウがティナを背負って全力で逃げるしかないな。正直戦ってられないし、まあなんとか切り抜けられるだろ」

「それか、ティナのスキルで守ってもらいながら切り抜けるかね……」

難しい顔をしながら放たれたパルナの何気ない一言に、ティナは顔を真っ青にして全力で首をぶんぶんと横に振る。実際、ティナの体力は丸一日酷使し続けたことにより限界に近く、スキルを発動しながらの移動は現実的ではなかった。

「結局、特に作戦もなしに万が一は気合で切り抜けるしかないみたいだねー」

全員が不安そうにする中、最後尾を歩いていた油機だけは楽観した様子だった。

「ず、随分と……楽しそうですね」

クルルが少し引きつった笑みで、後頭部に両手を置いて鼻歌交じりに歩く油機を見つめる。

「こいつはいつもこんなんだ。どんな状況でも自分のペースを乱さない。頭おかしいんだよ」

「その言い方は酷《ひど》くないかなメリーちゃん？　いや、これでも本当に大丈夫だろうって思っているからこその余裕なんだけど？　まあ何の根拠もないんだけど……そんな気にさせられちゃうって言えばいいのかな？」

特に張り詰めた様子もなく、いつもの呆《とぼ》け顔でされるがままに運ばれている鏡に視線を向けながら油機は苦笑する。「がっかり英雄か……」と、感慨深くつぶやきながら。

「………………っ、ふぅ」

そうやって苦笑を浮かべる油機の隣を、メリーは憔悴《しょうすい》した顔つきで歩いていた。数多《あまた》の戦場を経験してきたメリーも、相手の判断で生死が決まるような状況は初めてだったからだ。

「大丈夫？　メリーさん？」

気分が悪そうなのを察してすぐさまアリスが傍へと駆け寄るが、「問題ない」と、覚悟を決めた戦士のような顔つきでアリスを突き放す。

「もし、向こうから襲い掛かってくるようなことがあれば、私は見捨ててくれ」

仮に襲い掛かられた場合、ただの人間でしかない自分は足手まといになる。そう考えたメリ

◀◀◀

ーはその状況に陥った場合、いさぎよく死ぬつもりでいた。足手まといを気にせず逃げれば、少しでも生き残れる可能性が高くなると思っていたからだ。

「っへ……いつ死んでも大丈夫と思ってたが、こう……焦《じ》らされるとさすがに」

しかし、そう簡単に死へのふんぎりはつけられないのだと、メリーは思わずあざ笑う。

「いや死なんし、死なせないから落ち着けよ」

だが、そんなメリーの心情を馬鹿にするかのように、鏡は淡々とそう言った。

「そんな状態の奴《やつ》に言われてもなんの説得力もないんだが？」

「まあ俺は何もできないけど、少なくとも俺の仲間はそう簡単に仲間を切り捨てて逃げるようなことは絶対にしない。お前が犠牲になるつもりでも、そんなのは認めない」

それが当然とでもいうかのように、一同は頷《うなず》きもせずに微笑を浮かべてただ黙って歩き続ける。それを見てメリーも「……そうかよ」とつぶやくと、悩みが消えたかのような晴れた顔つきで、油機と共に先頭を歩くレックスの傍へと駆け寄った。

暫《しば》くして、一同は立ちふさがる獣牙族たちの目と鼻の先の位置にまで移動する。すると立ちふさがっていた獣牙族たちはメノウたちが望んでいた展開通り、進路を阻《はば》むことなく左右にはけていった。

「…………見事に近づいてこないな」

最悪の状況を考えていたメリーは、その光景を前にしてホッと胸を撫《な》でおろす。

◀◀◀

「おーし、ここを抜けてしまえば少しはマシになるだろう……まあそれでも喰人族《くいとぞく》とかいたりするから危険には変わりないけど」

一難は去ったと、鏡もとりあえず安心した表情を浮かべる。

それから開けた進路の先の地下施設ノアへと続く道を、一同は周囲を警戒しながらゆっくりと歩き続けた。そんな一同を、獣牙族は観察するように注視し続ける。


「なぜ……助ケた？」


その時、片言に発せられた言葉に、一同は思わず歩を止めて勢いよく振り返った。

「答エろ……なぜダ？」

そこには、堂々と佇《たたず》む一体の獣牙族の姿があった。予想外の呼びかけに一同は戸惑い、思わずひそひそとメノウを中心にして相談し始める。

「獣牙族って喋《しゃべ》れるのか!?　私はあいつら『うぉおおお』とか『うがぁぁぁ』とか『うほうほ』とか言ってるのしか聞いたことないから、てっきりあれで意思疎通してんのかと思ってたぞ!?」

「あんたの鳴き声リストに今変な生物交ざってなかった？」

初めて獣牙族の声を聞いたのか、メリーが興奮した様子で驚いてみせる。この世界で過ごし

ていたメリーたちなら知っているだろうと考えていたパルナも、思わず困惑した表情を浮かべた。

メリーと同じくこの世界で過ごした時間の長い油機も同じように驚いた表情を浮かべていた。いつもであれば問答無用で襲ってくるはずの敵が、コミュニケーションを取ろうと声をかけてくるとは思わなかったからだ。

「まあ……ピッちゃんも同じ獣牙族なのに普通に喋ってるし……喋れるんじゃないの？　なんかすごい片言で喋ってたけど」

その時、相手と同じ獣牙族であるピッタへとパルナは視線を向ける。

「ピッちゃん……って、ピッタのことです？」

ピッタはパルナに視線を向けられると、愛称に慣れてないのか自分が呼ばれたのかどうかがわからず、首を傾《かし》げた。

「え？　あ、そうだけど……嫌だった？　そういやばたばたしててちゃんと自己紹介とかしてなかったわね。あたしはパルナ、あんたのお父さんの………お友達？」

「なんでそんなもじもじしながら言うんだよ。友達でいいよ」

ずっと昔に自分が起こしてしまった一件もあってか、パルナは少し遠慮がちに鏡へと視線を向けながら言葉にする。鏡の返事にホッと安堵《あんど》すると、パルナは改めてピッタへと向き合い、「お友達よ」と、今度は自信のある表情で告げた。

「お友達……ということは…………パルナもピッタの家族です？」

「か、家族？　えーっと……家族かどうかは微妙だけど仲間なのは間違いないわね。あたしの大切な妹分の一人ってところかしら」

パルナはそう言ってひょいっとピッタを持ち上げると、胸元に抱き寄せた。家族かどうかは微妙と言われて一瞬しょげた顔をピッタは見せたが、胸元に抱き寄せられると満足そうに微笑する。

その様子を見て、家族としてお姉ちゃんと呼ばれていたクルルは、どこかピッタを取られたような気分になって不満げに頬を膨らませた。

「ちょいちょーい。今和やかに会話している状況じゃないだろ。早く何か返答しないとあいつらブチ切れて襲い掛かってくるぞ」

そこでふと、背後に立つ獣牙族に鏡が視線を送ると、その獣牙族は殺気を放つことなく、見定めるかのような視線をこちらへと向けていた。周囲にいる殺気を放っている獣牙族とは違い、どこか風格のあるその佇まいに、思わず鏡は「ほぉ……」と、感心したような声をあげる。

その獣牙族の男は老人と呼べるほどに年老いてはなく、風になびく無造作な長い黒髪と短く生えた顎鬚《あごひげ》の似合う三十代前半くらいの男性だった。ピッタと同じく獣牙族であることがわかる狼《おおかみ》のような耳と尻尾が生えており、鋭くもどこか知的な雰囲気の漂う眼光と、現役で戦っているであろう強靭《きょうじん》で引き締まった肉体は、この獣牙族たちをまとめているリーダーであることが窺えた。

「なんでそんなこと聞いてくるんだ？」

　少なくとも会話ができる相手であると判断するや否や、鏡は獣牙族のリーダーであろう男に視線を合わせる。すると、それに応えるように相手も視線を鏡へと合わせた。

「ヤハリ、オ前が……リーダーか」

「どうしてそう思うんだ？」

「殺気ヲ放つ我らに囲まれナガラ、お前の心音ダケがずっと乱れない。……普通じゃナイ」

　それを聞いて、自分たちの状態を見抜くほどに獣牙族の五感は鋭いのかと、一同は思わず額に汗を浮かべる。鏡も、ピッタほどには五感が鋭くないとはいえ、獣牙族全員がそこまで見抜ける力を持っているという事実に少しだけ驚き、表情を歪《ゆが》ませた。

「どうするの鏡ちゃん？　あれ……恐らくだけど、私でも苦戦する相手よ。攻撃を当てられれば話は別だけど……当てられるかどうか」

「多分さっきの戦いでタカコちゃんの力を見ているはずだから、戦ったとしてもタカコちゃんの攻撃に当たらないように注意してくるだろうな。それでもタカコちゃんが有利なのは間違いないけど……多分あいつ、不利な状況でわざわざ真っ向から戦うようなタイプじゃない」

「やっぱり……そうよね」

　普通の獣牙族を相手にするのとは違い、一筋縄ではいかない相手だと、鏡とタカコは直感していた。ただ戦うのではなく、恐らく勝つための戦い方をする。それだけの器量を持っている相手であると、今まで様々な相手と戦ってきた二人は経験から察していた。

だからこそ、自分たちがどうあがいても勝てないと判断した敵を倒してしまった鏡たちを脅威と思っており、こうやってほかの仲間たちに攻撃を仕掛けさせず、話しかけて様子を見ているのだということも。

「なぜ我らを助ケタ？　我らは敵同士ノはず」

「別に助けた覚えはない。俺たちが倒さないといけない敵を倒しただけだ」

鏡はメノウに担がれながら、視線を獣牙族の男から一切外さずにはっきりと言葉を返す。すると、返答を聞いた油機とメリーがすぐさま慌てた様子で鏡に「待て待て！」と近寄った。

「ちょ、鏡さん！　そこは助けたって言って恩を売っとくべきでしょ！　あーもぉー、鏡さんに商談任せたら絶対失敗するやつだよこれ！　アホだなぁ」

「そうだぜ！　助けてもらったと思ってる相手にわざわざ……！　鏡……馬鹿かてめぇは！」

「言いたい放題で泣きそう」

二人に問い詰められて少し落ち込むが、すぐさま間違っていないと主張するように真っ直《す》ぐにリーダーと思われる獣牙族に視線を向け直し、鏡は二人を諭すように「大丈夫だ。これで合ってる」と告げる。

嘘《うそ》を言ったところでばれる。それを鏡は理解していた。見定めるかのような鋭い眼光はこち

◀◀◀

らの嘘を恐らく見逃さない。信用を得るのであれば、本当のことを話す以外にないと判断しての言葉だった。

実際、鏡の考えは当たっていた。目の前に立つ獣牙族の男は、相手の心音、息づかい、表情の微々たる変化、その全てを五感で感じ取り、鏡の言葉を耳にしていたからだ。

「敵ヲ倒したダケ？　ワカラン……ワカランが、嘘ハ言ってイない。お前タチにとって我らモ敵のハズ……敵を倒シニ来タのなら、我らも倒スベキ相手ノハズだ」

「え、いや、別に俺は敵だと思ってないけど？　確かに襲ってきたりすればその成り行きで敵になるけど、今は少なくとも倒すべき敵じゃない」

「敵……ジャない？」

予想外の返答だったのか、獣牙族の男は目を細めて困惑した表情を見せる。だがすぐさま、その真意を確かめるためか、パルナの胸元で抱きしめられているピッタを指さした。

「気になってイたが、ソコにいる我が同胞ハ、なぜ共ニ行動シテいる？　我らと人間は相イレヌ存在……敵同士のハズ」

「そりゃ……敵じゃないから」

「ワカラン……ソノ理由がワカランと言ってイル！」

「むしろ、お前たちは何をもって敵としてるの？　自分たちと違うから敵なのか？　自分たちと同じだったら仲間なのか？　それが違うことくらいわかるだろう？」

鏡の言葉に思い当たる節があるからか、獣牙族のリーダーは押し黙る。

少なくとも獣牙族以外にも味方と思える存在がいたからだ。森に住まう多くの動物たちはそれに該当した。敵意を自分たちに向けず、共に生きようとする存在もいることを、獣牙族のリーダーは知っていた。

逆に、同じ獣牙族であっても、ほかの集落に住まうものであれば命のやり取りはないとはいえ、物を巡って争うことは何度もあった。

それ故に、獣牙族のリーダーは何も言い返せず、鏡の次の言葉を待つ。

「なんならピッタは元々お前たち獣牙族と一緒にいたんだ。お前たちとは別の集まりにだけどな。でもピッタは捨てられた。獣牙族たちにとってピッタの存在が都合悪かったからだ。でも俺たちにとってはそんなことないし、むしろピッタはいい子だし凄《すご》い頼りになる。だから俺たちと一緒にいる」

はっきりと告げられて気恥ずかしくなったのか、ピッタは嬉しそうに笑みを浮かべると、そのまま誤魔化《ごまか》すようにパルナの胸元に顔をうずめた。

獣牙族のリーダーは逆に、同族の仲間を捨てたという事実が信じられなかったのか、目を見開いてそれが真実か否かを探った。だが、五感を研ぎ澄ましても鏡に嘘を言っている様子はなく、思わず額に汗を浮かべる。

「難しく考えるなよ？　敵かどうかなんてその程度でしかないんだ。利害が一致しているかどうか、それだけだ。利害が一致していればどんな奴が相手でも味方にだってなれるし、逆に一致してなければ同じ人間でも争いが起きる。そんなもんなんだよ」

遠い過去を思い浮かべているかのような、どこか寂しげな表情を鏡は浮かべた。その顔を見て、獣牙族のリーダーは一考する。

「……我らハ人間に同胞を多ク殺サレテきた。ソシテ我らも多く殺シテきた。ソレを知らナイワケではあるまい。オ前は……ソレでも、我らを敵デハないと？」

「それって、仲間が殺されたから復讐《ふくしゅう》したんだろ？　俺は別に獣牙族に何かされたわけじゃないし、私怨《しえん》はない。まあそこに復讐したくてたまらない仲間が二人いるけど……」

ふと鏡がメリーと油機に視線を向けると、明らかに敵意をもった眼差《まなざ》しを獣牙族にぶつけていた。その様子を見て、こちらの意図を理解してくれたとはいえ、やはり募った憎しみはそう簡単には消し去れないのだなと改めて認識する。

そしてそれは、今この場にいる獣牙族たちも一緒であり、こうして話しかけてきているのも、ただ気になったからというだけで、人間に憎しみを抱いているという根本的な部分は変わらないのだと、敵意を向けている周囲の獣牙族たちを見て感じた。

大事なのは、その憎しみを抑えこんで前に進めるかどうか。鏡はそう判断した。

「でもこの二人には絶対手出しさせない。戦っても、何も解決しないからな」

「解決……？　ソレでその二人は納得シテいるノカ？」

質問が投げられたその瞬間、メリーは憎しみの籠《こ》もった視線を獣牙族のリーダーへとぶつける。

「納得してるわけねぇだろ。私は今でもあんたたちが殺したいほど憎い。でもな……それで憎しみをぶつけてるだけじゃ何も変わらないってのを……その、こいつから学んだんだ」

言葉途中でメリーの憎しみの籠もった眼が徐々に緩み、どこか気恥ずかしく感じているようなものに変わっていく。その様子に鏡が思わず微笑を浮かべ、それに気付いたメリーが「何にやついてんだ？　あぁ!?」と動けない鏡の顔面を躊躇《ちゅうちょ》なく殴る光景を見て、獣牙族のリーダーは思わず面喰《めんく》らった。

「ワカラン……憎シミとは、ソウ簡単に抑えラレルモノではないハズだ。ナニガお前たちの考えを変エタ?」

「そんなの、理解しようと努力してるからだろ」

疑問視する獣牙族を前に、鏡はさも当たり前のようにはっきりとそう告げる。

「わかり合える奴はたとえ立場が敵だったとしてもわかり合えるはずさ。そもそも、ここにいる俺の仲間連中のほとんどが、最初は俺と敵対してたんだぜ？　でも今は、皆仲間として一緒にいてくれる。俺も皆も、お互いを理解しようとしたからこそ憎しみを抑えられた。それだけの単純な話さ」

「……むぅ」

「理解しようとせずに憎しみに身を任せて暴れるのは簡単だ。でもそれを抑えて、本当に見つめないといけない問題に立ち向かえる強さを持ってるんだよ、こいつらは」

鏡が自信たっぷりにそう言うと、メリーが少し機嫌よく鼻をふんっと鳴らし、「私はまだ仲間になったつもりはないぞ……敵でもないがな」とつぶやく。殺気を放っているにもかかわらず、言葉通り理解しようと努めているのか、その感情を押し殺しているメリーを見て、獣牙族のリーダーは、「……ナルホド」と、感慨深くつぶやいた。

「というより、何でそんなこと聞こうと思ったんだ？」

どこか求めていた答えが聞けたとでもいうような満足そうな表情を浮かべる獣牙族のリーダーを見て、鏡が問いかける。

「……ソレを聞いてドウする？」

「俺もまさかコンタクト取ってくるとは思ってなかったからさ。お前らって敵だと思ったらまともに話すこともなく襲い掛かるし、危険だと思ったら殺気を放って警戒するし、こうやって話しかけてくるなんて珍しくてな」

質問の意図を理解したのか、獣牙族のリーダーは目を瞑《つむ》り、敵である人間相手に恥になるかもしれないその内容を言うか言わないか一考すると、すぐに意を決したかのように目を開く。

「似テイタカラダ……」

「似ていた？　誰に？」

「我らが同胞にモかかわらズ、人間、我ら問わず戦イを鎮圧ショウトする者トダ。名は知ランが」

それを聞いて、鏡は思わず傍にいたメリーと顔を見合わせた。すぐさま鏡はメノウに自分を下ろすように頼むと、まだ回復しきってないからか、おぼつかない足取りでパルナの胸元に抱きしめられているピッタの傍へと近寄り、ひょいっと持ち上げて地面へと下ろす。

最後に鏡はピッタと自分の頭にフードを被《かぶ》せ、アリスたちに正体を明かす前の姿、獣牙族のエースと呼ばれていた時の見た目を獣牙族のリーダーの前にさらした。

「それってこんな感じでマント被ってた黒い人と幼女がセットになってて、戦いを邪魔してた奴らのことか？」

「ソウダ……ソンナ感ジ…………ん!?」

その姿を前に、獣牙族のリーダーは困惑した表情を浮かべ、まるで見定めるかのように凝視し始める。そして確信を得たのか、目を見開いて驚愕《きょうがく》すると、「お、お前ガ……！」と声を震わせて指をさした。

「残念ながらお前の言っているその同胞ってのは人間だぜ？　ピッタは紛れもなく獣牙族だけど」

「ナ、人間デあるハズの貴様ガどうシテ人間と敵対を……!?　イや……ダカラこそナノか？」

獣牙族のリーダーは一瞬動揺してみせるが、冷静に考え直し、納得したように鏡を睨みつけ

◀◀◀

た。まるでずっと探していたとでも言いたげなその眼差しを前に、鏡も表情を強張《こわば》らせる。

「……ズット聞きタカッタことがある。聞カセロ、お前は何ヲ目的に戦ッテいる？　何ガしたい？　我らを助ケ、我らと敵対シ……お前は何のタメに戦ッテいる？」

「倒さなきゃいけない敵を倒すため」

獣牙族のリーダーの質問に鏡は一考することなく、すぐに答え返した。あまりの即答に獣牙族のリーダーは思わず困惑し、言葉を重ねる。

「ナラバ……勝手にソウすレバよかっタのデハないカ？　我らナド無視すればよカッタハズだ。ナンだ？　その圧倒的強さを知ラしめタカッタだけか？」

「それは違う。本当に倒さなきゃいけない敵がいるのに、お互い損するだけで大きな変化のない戦いをしているお前たちを止めたかっただけだよ」

「止めタカッタだけだと？　お前にハ関係のナイことのハズナノに……何のためダ？」

「そんな争いなんかで、どっちも死んでほしくなかったから」

今までの鏡の行動から、思い当たることがあったのか、鏡のその言葉を「嘘だ」とは否定せず、納得したように獣牙族のリーダーは目を瞑《つむ》る。

「抱いた憎しみを晴らすために戦うなんて、不毛なことするなよ。俺は人間だから味方とか、獣牙族だから敵だとか、そういうのはどうでもいいんだ。ただ無駄な犠牲をなくしたいだけだ」

「確カニ、戦えば犠牲は出ル。ダガ、無駄ではナイはずダ……お前ノ邪魔で確かに犠牲は減った。しかし、邪魔シなければ、ソノ犠牲の果てに、片方どちらカの勝利が必ず訪レてイタはずだ。ナラバ、我らの戦いは無駄ではナイのデハないか？」

止めた理由はわかった。だが、その真意を知りたいと問いかけるかのように、獣牙族のリーダーは敵意のない眼差しを鏡へと向ける。対する鏡は心底不思議そうな顔で――、

「絶対にどっちかが勝利しないと駄目なのか？　どっちもじゃ駄目なのか？　人間がいなくなったところで、お前たちの生活はそんなによくなるのか？」

そう言い切った。問いかけていたつもりが、逆に問われることになり、獣牙族のリーダーは思わず「……むぅ」と口籠もる。

「答えないなら代わりに答えてやるよ。人間を滅ぼしたところでお前たちの生活はそんなに変わらない。なぜなら問題はほかにもたくさんあるからだ。モンスターを含め、喰人族もそうだがそれ以外にも多くの異種族がこの世界にいる。それだけじゃない……これからも問題はたくさん出てくる。俺たちがさっき倒した敵だってその一つだ」

「……現レル障害は全テ殲滅《せんめつ》するダケだ」

「人間だけで多くの犠牲を払ってるのに、いったいどれだけ犠牲が生まれると思う？　どれだけの苦しみと絶望が生まれると思う？　もっと……いい方法があるはずだろう？」

「イイ方法ダと？」

◀◀◀

「手を取り合えばいい。俺たちは理解できるはずなんだ。積み重ねてきた憎しみに負けなければ……必ず今よりいい未来を摑《つか》めるはずだ。俺は憎しみを押し殺して手を取り合った結果、誰も苦しまない幸せな未来を摑んだ国があるのを知っている」

鏡の言葉に、レックスたちは賛同するかのようにうんうんと頷き、微笑を浮かべる。

その一部始終を知らないメリーと油機にも、鏡が言っているその国が、どの国を指しているのか察することができた。魔族であるはずのアリスとメノウ、そして勇者であるレックスたちがこうしてこの場に仲間として立っている事実が全てを物語っていたから。

「憎しみごときに負けるな。自分たちとは違うっていう劣等感や優越感に負けるな。仲間になれるなら仲間でいいんだ。敵になろうとするな。その先にある未来だけを見ろ。目先の欲と感情に吞《の》まれるな。抗《あらが》え、そして強くなれ」

「我らガ弱イと？」

「自分の感情をコントロールできないならまだまださ」

幾多の戦場を止めてきた鏡の強さを知っている獣牙族のリーダーは、鏡のまだまだという言葉に激情せず、「カも……しれんナ」と素直に受け入れ、納得したような口ぶりで応える。

その様子を見て、少なくとも頭ごなしに否定せず、理解しようと努めてくれる相手だと判断したからか、鏡も「俺に力を貸してくれ」と言葉を重ねた。

「一つの小さな問題を解決するために多くの犠牲を払うくらいなら、俺に力を貸してくれ」

「我らの力だト？」

「俺はいつか、お前たちの力が必要になる時がくると思ってる。だから、いつか力になってくれるだろう奴らが無駄に戦ってるのを見てられなかった。お前たちの戦いをずっと止め続けてきたのはそれが理由だ。いつかきっと、仲間になってくれる未来を俺は信じた」

仲間という言葉を聞いて、獣牙族のリーダーは同じ獣牙族であるピッタへと視線を向けた。同時に五感を澄ませて鏡の状態を探る。そして、鏡が騙《だま》そうとしているわけではなく、本気で言っていると判断するや否や、「イッか……理解し合エル相手か」と、思案顔でつぶやいた。

「今すぐ人間を信じろとは言わない。むしろ今は信じなくていい。お互い憎しみ合って利害の一致も図れない現状だと、信じるだけ損するからな。タイミングを間違えば、その憎しみを大きくしてしまう。だから、いつかその時が来るまでは今のままでもいい」

本当なら今すぐにでも和解して、世界に平和を訪れさせるために協力してほしい。でも鏡はその気持ちをぐっと堪《こら》えてあえてそう言った。今はどんなに言葉を重ねて頼んでも、憎しみが先行するだろうと諦めたからだ。でも、いつかはわかってくれる日が訪れると信じ、鏡はスキルの影響により動かすのも一苦労な身体で力強く一歩踏み出し、獣牙族のリーダーに視線を合わせ——、

「そのいつかのタイミングは必ず俺が用意する。だから……俺を信じろ。人間という種族じゃなく、鏡浩二《こうじ》というここにいる個人を信じろ。種族を見るな、俺を見ろ。お前の目に映った俺

◀◀◀

という存在だけを考えろ。俺という個人はお前の敵か？」

そう言って問いかけた。

だが、答えは返ってこなかった。返ってこず、獣牙族のリーダーは鏡に背を向ける。話は終わりだとでも言わんばかりのその態度に、鏡もそれ以上は何も言わずに踵《きびす》を返し、おぼつかない足取りをクルルとアリスに支えてもらいながらその場から去ろうとする。

「ウルガだ。覚エテおけ……その時が来るマデな」

その去り際、背後から獣牙族のリーダー、ウルガからの声が聞こえ、鏡は振り返らずにそのまま歩を進める。ハッキリとした返事はなかった。だが、声は届いた。それだけで、今は充分な成果だと鏡は笑みをこぼし、地下施設ノアへと向けて再び歩を進めた。

その間、獣牙族からの殺意はまるで誰かに無理矢理抑えつけられているかのように見え隠れしていながらも、鏡たちの姿が消えるまで、彼らは誰一人として鏡たちを襲おうとはしなかった。

Data 2
LOAD

それから二十分が経過し、一同は、獣牙族が隠れ家としていた街を離れ、モンスターやほかの異種族の襲撃に遭わないように極力人目につかない建物の陰や、木々の中を移動し、地下施設ノアへと向かっていた。

その道中、嫌でも道のひらけた外敵から狙われやすい場所を移動しなければならない地点にまで来たところで、そこを通る前に一度休憩しようと、近くにそびえ立っていた複数ある廃屋の中の一つへと足を運ぶ。

「さすがに…………疲れたわね」

昼間に起きたレジスタンスと獣牙族との戦いから、通しで今に至るまで動き続けたせいか疲労がピークに達し、パルナがドサッと腰を落として大きな溜息を吐く。

現在、ボロボロながらも遥《はる》か昔の生活が窺える家具が散乱する埃《ほこり》っぽい一室の中で、それぞれは疲れ切った様子で失った体力の回復に努めていた。

「いやー一時はどうなるかと思いましたが……なんとかなりましたね」

家屋内にあったソファの上に仰向《あおむ》けに横になったティナが、心底安堵した表情でホッと一息つく。

「なんでティナはソファで俺は地べたなの？　ねぇねぇ、扱いの差激しくない？　扱いの差激しくないですか、アリスさんとクルルさん？」

家屋内に入るや否や、メノウは埃の被《かぶ》ったソファから埃を払ってティナをその上に寝かせ、獣牙族のリーダーであるウルガとの交流を果たしたあと、やせ我慢していたのかすぐに倒れた鏡を運んでいたクルルとアリスは、重い荷物を下ろすようにそのソファのすぐ傍の地べたに鏡を横にして寝かせた。埃は払ってくれたので鏡もそこまで文句はなかったが、あまりの扱いの差にブーブーと文句を垂れる。

しかし、クルルとアリスは冷たい視線を向けるだけで何も言おうとはしない。

「いや、まあしかしなんとかなったな。向こうから話しかけてきたのには驚いたけど、心強い味方も得られたかもしれんし……結果オーライだな。いや、あれはもう味方になったな。名前も教えてくれたし……手応えあった……ふぎっ!?」

「手応えあったじゃないからね、鏡さん？」

そこで、にっこりと明らかに作ったとわかる微笑《ほほえ》みを浮かべながらアリスが鏡の頬をつねる。あまりにも突然の攻撃に困惑しながらもアリスの隣に視線を向けると、同じように威圧的な笑みを浮かべたクルルが視線を向けていた。

「そうですよ？　あのウルガって人はともかく、ほかの獣牙族の人たちは終始、殺気を放っていましたからね？　さすがに今回は駄目かと思いました」

それだけつぶやくと、内心本当にはらはらしていたのかクルルは大きく溜息を吐く。

「ちなみに万が一を考えて、ご主人が話し合いに失敗した時はすぐ透明化して隠れられるように某《それがし》は準備していたでござるよ」

その時、「ご安心を！」と言いながら、ずっと鏡の胸元に隠れていたのか、忍装束を纏った喋る小動物、朧丸《おぼろまる》がピョコっと勢いよく姿を現した。

「……あんたのその透明化って全員にかけられるの？」

ピクピクと耳を動かして透明化という言葉を聞き取ると、パルナは「へぇ」と、相槌《あいづち》をうちながら詳しく話を聞こうと朧丸に顔を近づける。

「そんなわけないでござるよ。それなら最初から声を張り上げて提案しているでござる。某の透明化はせいぜいご主人と某を隠すので精いっぱい……ッウ!?」

そして朧丸の返答を聞くや否や、パルナは勢いよく朧丸の胴体を掴み取り、「へぇ〜……そうなんだー……」と、不敵な笑みを浮かべた。

「じゃあもしそうなった時、あたしたちはどうなってたわけ？」

「それはもちろん、とても悔しながら諦めて死んでもらっていたでござる。某が守るべきはまずご主人でござるから……ッグホ!?」

さっぱりとした物言いではっきりと告げられた慈悲のない言葉に、パルナは思わずキュッと手を握り、朧丸の胴体を締め付ける。そしてそのまま怒りの矛先を変えて、「いや！　ちょっと待って！　俺そんなの頼んでないから！」と必死に弁解を始める鏡に、「ペットの不始末は飼い主の不始末よね」と顔を近づけて威圧する。

「まあそうだとしても……もうちょっと考えて行動できないのあんた？　たまたま上手《うま》く話が済んだからよかったけど、あそこは無視するなり、とにかく生き延びるために脅しをかけるとかする場面でしょ？　何相手の生き方を全否定して未来を見ろとか難しい要求してんのよ」

「でも上手くいったじゃん。俺は上手くいくと思ったからあの話をしたんだぜ？　いや本当」

何も間違いはなかったと自信満々に親指を立てる鏡を見てイラッとしたのか、パルナもアリスに加わり反対側の頬をつねり始める。それを見て、はっと気づいたかのようにクルルも負けじと鏡の額を指でピンピンと弾《はじ》き始めた。

その様子を楽しそうと思ったのか、ピッタもトコトコと近づいて鏡の鼻をつまみ、「ならば僕も」と、面白半分でレックスが鏡の腹に座り始める。

最後に、そんな仲睦《むつ》まじそうな光景を見て、ほんの数時間前まで敵対していた自分を仲間と言い切ってくれた鏡の台詞《せりふ》をふと思い出し、自分もその仲間なんだなと、メリーはむず痒《がゆ》い気分になる。

暫くして、鏡に対してツンツンとした態度をとっていた自分が妙に恥ずかしくなって、それを誤魔化すかのようにメリーは赤面しながら「っふん！」と鏡の足を踏みつけた。

「俺がほとんど動けないのをいいことにやりたい放題かお前ら」

その様子を傍らで、油機がケタケタと面白がって笑い、メノウは懐《なつ》かしさを感じているのか微笑を浮かべ、タカコも同じように「呆《あき》れた」と溜息を吐きながらも温かい表情を浮かべる。

「それで、話は変わるけど……ノアに戻ってからのことをそろそろ詰めておきましょう。向こうに戻ってから話すよりも、今話しておいた方が怪しまれずに済むでしょうし」

そこで、タカコが手をパンパンと叩いて気持ちを切り替えるように促す。すると、全員それを合図に表情を切り替え、やりたい放題にボコボコにしていた鏡から離れ、タカコを注視した。

鏡も軽く動ける程度には回復したからか、横になっていた身体を起こして座る。

「まだレジスタンスの連中も起きてないから大丈夫だと思って確認してなかったけどさ、お前たちがノアの施設内からいなくなって今頃レジスタンスの連中が騒いでるって可能性はあるか？」

「それはないから安心しろ。住民への配給が終わったら、緊急事態が起きない限りは朝礼が始まるまでは自由時間だ。つまりそれに間に合いさえすればいい。その緊急事態も、仮に敵がノアの施設内に潜んでて、今回の外で起きてた一件をレジスタンスの連中に隠し通したいって考えてるなら、何としてでも止めるはずだろうし……大丈夫だろ」

「え、朝礼があるならちょっと急いだ方がよくないか？　もう結構外が明るくなってるしさ。まあ……朝礼を過ぎてもひょっこり顔を出せば問題なさそうだけど」

「朝礼っていっても、朝食を終えたあとにやるから結構遅いんだ。今の時間がわからねえからハッキリとは言えねえが……大体五時間後くらいかな？　こっからなら一時間もあれば戻れるだろうし……まあ大丈夫だろう」

強張る表情を見せる鏡を安心させるかのように、メリーが「そう気を張るな、レジスタンスのことなら私がよく知っている」と、慌てた様子なく伝える。

すると鏡は「そうか」と安堵して一度表情を和らげはするものの、すぐに安心はできないと真剣な表情を作り直した。ほかに気にしなければならない問題があったからだ。

最後に逃がしてしまった古代の旧兵器である小型のメシアに乗っていたであろう存在は、ノアの施設内で暮らす誰かであると鏡は臆測を立てている。となれば、ノアの施設に戻った時、顔を見られているアリスたちは誰かもわからない相手に狙われる可能性があった。

「危惧しないといけないのは、逃がした相手と関わりのある人物がどれだけいるかよね……」

顋に手を当てて心当たりがないかタカコは思案するが、ノアの施設に来てから怪しい行動を見せていた者はおらず、むしろ、そういった存在に敵意を向けるような連中しかいなかったと、見当がつけられず溜息を吐く。

「今までレジスタンスの連中に打ち明けずにずっとひそひそ行動していたくらいだ。レジスタンスの連中を使って何かをけしかけるような真似《まね》はしないだろうが……レジスタンスの連中に紛れて闇討ちしてくる可能性はありえるな。少なくとも私ならそうする」

◀◀◀

実際にその経験があるのか、どこか暗く重たい雰囲気を纏わせるメノウに、思わずクルルとティナは息を呑《の》み、安全なはずの施設内でそういったことが起こるかもしれない可能性に悪寒を覚える。

「戻るにしても、固まって行動しないといけないわね……」

「だな、でも施設内では死んだことになってる俺はもちろん、獣牙族であるピッタもお前らと一緒に行動はできないから……別れて行動することになる」

「ならノアに戻ったら、私たちと、鏡ちゃんたちと、メリーちゃんたちの三班に分かれることになるのかしら？　メリーちゃんたちと私たちのテントは別々だし」

タカコの問いに鏡は頷いて応える。

「それで、レジスタンスに戻ったらあたしとメリーちゃんはどうすればいいの？　いつも通りの生活をしてればいい……ってわけじゃないんだよね？」

「いや、油機とメリーも暫くはタカコちゃんたちと極力一緒に行動するようにして、いつも通りにしてくれていればいい。タカコちゃんたちも闇討ちに気をつけて、暫くはレジスタンスの一員として活動してくれるだけでいいさ」

予想外の返答だったのか油機は思わず「おろろ？　そんなのでいいの？」と目を丸くする。

「しれっと戻ればいいんだよ。相手だってレジスタンスの連中に知られたくないはずだから無茶なことはしないはずだ。むしろ、何かしてくるんじゃないかって警戒されてる間は何もしない方が得策。あえて俺たちは、ノアの施設には何もないと考えている連中を演じるのさ」

「じゃあ……鏡さんが來栖《くるす》のいる中央施設……セントラルタワーを調べるの？　小型のメシアとかモンスターを外に排出してることとかを來栖に問い詰めるにしても、証拠を掴まないとしらを切るだろうし。というかまだ來栖がやったかどうかの確証もないし」

「まあ……そうなるな。來栖が移動する時に使ってる転送じゃないと入れない部屋があるかもしれないんだったよな確か？　なんとかして俺がそれを見つけ出すから、お前たちは変にことを荒立てないで待機しててくれ。それが一番安全で確実だ……ていうか、あの中央の來栖がいる施設ってセントラルタワーって言うのな。今更ながら初めて知ったわ」

安全と鏡は言ったが、油機はそう思えないのか「うーん」と少し不安そうな顔を見せる。

「その格好だとレジスタンスの一員が入ることを許可されているエリアに行くだけでも怪しまれると思うけど。大丈夫なの？」

油機の言葉に鏡は一瞬、目を細めて思案する。だが、すぐさま考えを定めると「大丈夫、大丈夫」と手をぷらぷらと揺り動かして微笑を浮かべてみせた。

いざとなれば朧丸が持つ能力の一つである透明化を使うだけで、どんな格好をしていても入り込むことができたからだ。

「ノアに戻れば再び別行動か……僕たちが行動するべきタイミングは師匠が促してくれるということでいいのか？　さっきの言い分だとその方がいいように思えるが」

「いや、チャンスがあるなら調べてほしいけど……まあそうだな、何か発見があったら俺から知らせるから安心してくれ。それと……俺から三日間連絡がなければ、俺に何かあったんだと思ってくれていい」

「その時はどうする？」

釘《くぎ》を刺すように「また一人で無茶をするわけじゃないだろうな？」と、レックスが鋭い視線を鏡へとぶつける。

「無茶というか……そうなったらもうどうしようもないだろ？　その時は迷わず逃げろ。俺が作ったテント内の抜け道を使ってな」

「逃げませんし、見捨てません」

だが、賛同するつもりがないのか、間を空けずにクルルがハッキリとそう告げる。すると同じ気持ちなのか、アリスも続くようにうんうんと首を振って頷いてみせた。

「えーい！　わがまま言うんじゃありません！　一番避けなければいけないのは全滅だろ？俺は俺でなんとかするからお前たちはとりあえず逃げろって」

「またそんなこと言って……っ！」

いつも通り、仲間のことはしっかりと守ろうとするが、自分のこととなると仲間の心配も無視してゴリ押ししようとするその姿勢に、クルルとアリスは少し怒った表情で鏡に詰め寄ろうとする。だが、その二人を制止するようにパルナが座り込む鏡の前へとサッと立ちふさがった。

◀◀◀

「あーあー……またそんなこと言ってぇ～あれれ？　あんたってばもしかして……自分に酔っちゃってるのかしらぁ？　俺は強いから特別だぁ～って言いたいのぉ？　鏡ちゃんかわいいー」

まるで鏡を小馬鹿にして煽《あお》るかのような口ぶりで、見下すような視線をぶつけるパルナにクルルとアリスは思わず目をパチクリとさせる。

「うっはっ！　……ダークドラゴンに『はよ来て』とか伝言してたくせに。あたしたちが来るまでコソコソ生活してたくせに……『俺のことはいい！　皆！　早く逃げるんだぁ！』って……ぶは！　やめてくださいよ鏡さん。今更すぎてギャグにしか聞こえませんよ？　はっきり言って滑稽です」

そしてパルナの意図に気付いたのか、横にしていた身体をぷるぷると震えた腕で起こしながら、ティナは腹を抑えてアホを見るかのような視線を鏡へと向けた。

その様子に思わずタカコとメノウが噴き出して笑い、鏡から思わず顔を逸《そ》らす。明らかにわざと馬鹿にしている現状に、鏡も「言うねぇ～」と顔をひくひくさせながら苦笑いを浮かべた。

「わかったよ。わかったわかった。俺が悪かった。俺に何かあったら一緒に死んでくれ」

「鏡さん……言い方。言っておくけど、ボクはまだまだ死ぬ気なんてないからね？」

この様子であれば、どうせここで駄目と言っても助けに来る。そう考えた鏡は諦めたように溜息を吐いて観念するが、認め方が気に喰わなかったのか、アリスは鏡の両頬を引っ張って、少し不満げに頬を膨らませる。

「でもそれでいいです。ここまで来たんですから一蓮托生《いちれんたくしょう》ですよ？　鏡さんに何かあれば、私たちが絶対に助けます。だから……」

クルルも鏡の態度に納得いかない様子だったが、逆に鏡らしいと考え直して微笑を浮かべた。そして言葉にしなくても信頼していると伝わるような眼差しを鏡へと向け、「私たちがピンチになったら、絶対に助けてくださいね？」とクルルは付け足す。

メリーと油機以外の皆も同じ気持ちだったのか、クルルの言葉に賛同するように頷き、それを見た鏡も「やれやれ」と少し気恥ずかしそうに額に手を置いて、ただ一言、「約束だ」とだけ伝えた。

「お前ら仲がいいのはいいけど、私たちがいないところでやれよな？　気持ち悪いっつの」

そんな一同の輪に入れないのが不快だったのか、ムスッとした表情でメリーが溜息を吐く。

「とか言ってー、メリーちゃんも交ざりたいんじゃないの？」

「油機？　お前撃たれたいのか？」

仲良くなりたいけど上手くいかない妹を見ているかのような感覚で油機はメリーをからかうが、数秒後には銃を突き付けられ笑顔のまま青褪《ざ》める。今後のことを考えれば、状況的にはメリーと油機も不安で仕方がないはずなのに、まだ心に余裕がある様子に鏡は安堵し、「ひとまずは……大丈夫そうだな」と、笑顔を見せた。

◀◀◀

「とりあえずノアに戻ったら休憩しよう。俺もろくに動けないし……皆、一日中動きっぱなしで疲れてるだろ？　休みなしで動いて、万が一の時に力を出せないんじゃ本末転倒だからな」

「しかしご主人、仮にあの地下施設が敵の本拠地だとするなら……戻ったところでおちおち休んでもいられぬのではござらぬか？」

「いや、さすがに大丈夫だろう。数日たってから戻ったなら準備を整えられてるかもわからないけど、戻ったばかりですぐに打って出るようなリスクの高い真似はしないはずだ。俺の隠れ家が未だにばれてないいんだ……ノアの施設内にいる人間を的確に探し出すような力はないだろうし、何よりノアの施設内には、誰かが裏で小型のメシアを出動させて異種族を回収していたり、モンスターを作って外に排出していたなんてことを知らない連中もたくさんいる……目立った行動はできないだろ」

それを聞いて朧丸も納得したのか、「ふむ、ならいいのでござるが」と鏡の頭の上へとポスッと座り、腕を組んで危険の可能性がほかにないか思案する。

「安心しろ、今回のように古代の兵器を使ってこられたらきついが、ノアの施設内ではさすがに人目につく兵器の類いは使わないだろう。なら、ここぞと攻めてくるような連中に負けるほど、僕たちは弱くない。師匠にはまだまだ及ばないが、これでも努力はしてきたつもりだ」

そんな朧丸の危惧を晴らすように、レックスが声をかける。かつてとは違い、大きく成長した今のレックスを弱いと思う者は誰もおらず、鏡も「ああ、そうだな」と認めて頷いてみせた。

◀◀◀

「ま、万が一戦力が足りないって時はおじきだっているし、それ以外にも信頼できる奴が二人ほどいるから、そいつに事情を話して協力してもらうとか方法はいくらでもあるはずだ」

「それってもしかして、ロットさんと、ルナっちのこと？」

メリーと油機しか知らない二人の名が挙がり、一同は「誰それ？」と、首を傾げる。

「あ、そっか。あの二人は調達班だから皆はまだ顔合わせたことなかったね。ロットさんは、バルムンク隊長より少しあとくらいにこの世界に来た狩人の役割を持った男性で、ルナっちはあたしと同じくらいの時期にこの世界に来た盗賊の女の子だよ。二人共めちゃくちゃ強いんだ」

まるで自分のことかのように褒め称《たた》える油機を見て、その二人が油機にとってどれだけ信頼のおける相手なのかが窺えた。

「性格的には厄介な連中だけどな……ま、信用はできる奴らさ」

メリーも同じように信頼しているのか、皮肉を交えながらも微笑を浮かべて称賛する。

「いや……さっきメノウが言ってた通り、レジスタンスの連中に紛れ込んで襲い掛かってくる可能性は充分にある。つまり、レジスタンス内にも敵がいるかもしれないんだ……変に事情を打ち明けたりしてこっちが信用しちまうと、あとで酷い裏切りに遭うかもしれないからやめとこう」

「ロットとルナが敵に内通してるって言いたいのかよ？」

「可能性があるってだけだ。本当にどうしようもなく追い詰められたりでもしない限りは、リスクは負わない方がいいだろ？」

信頼のおける人物が敵かもしれないと言われ、メリーは鋭い視線を鏡にぶつけるが、あくまで可能性があるだけということを主張してメリーを宥《なだ》める。そこで、思いついたかのように油機がポンッと手を叩き、「だったらいっそ、レジスタンスの全員に打ち明けるとか？」と、提案するが、すかさず鏡は首を左右に振ってその案を否定した。

「誰が『外で古代の兵器が暴れていました。犯人はこの地下施設内にいます。モンスターを作って排出してるのもこの地下施設内にいる人です』みたいな話を信じるんだよ。むしろ打ち明けたところでレジスタンスに敵が潜んでいた場合、上手いこと話を誘導されてこっちがレジスタンス内で行動しにくい状況になるかもしれないぞ？　勝手に外に出てた罰として謹慎処分とかにされたりな。そうなると抜け穴を使って外に出られなくなるし」

「ふーん……わかった。鏡さんがそう言うならやめとくよ。ね？　メリーちゃん」

納得はしたが、どこか不満そうにメリーは「ああ」と相槌だけを返す。

少し空気が悪くなってしまい、その場にいた全員が発言に困る中――、

「とりあえず戻ったら……お風呂……入りたいですね」

その空気をぶち壊すかのように、ソファの上で仰向けに倒れているティナがふいにつぶやく。

そして「風呂」という言葉を聞いて、まるで話に乗っかろうとするかのように、アリスとパル

ナとクルルが「うん、うん！」「それだ！」「それです！」と同時に叫んでティナを指差した。

そのあとすぐ、風呂は存在するのかを確かめるために三人はほぼ同時にメリーと油機に視線を向ける。

「……風呂はある。レジスタンス全員が共同で使ってる大浴場がな。本当なら入浴時間が決まっているが、こんな朝早くに風呂に入ってる奴なんていないだろうしまあ……大丈夫だろう」

「あら……そうなのね、でも、物資は貴重なんじゃないの？　水を水浴びなんかに使ってていいのかしら？」

「それは問題ない。地下施設は水脈が通る場所に作られているから水には困ってないんだ。それに、循環装置もあって汚れた水は再利用できるし、気にする必要はない」

思い返せばノアの施設の住民に配給を行う時、メリーが自分で育てた野菜を持ってくることができていたのも、潤沢な水源があってのことだったのだろうと、メリーの説明を受けたタカコはどこか納得したように頷く。

「こんな状況で何を言っている？　もし入浴中に狙われたらどうするつもりだ？　第一……風呂なんてアースクリアで旅をしていた時は、入れない日も常日頃だっただろう？　一日二日くらいどうってことないはずだ」

お風呂一つで騒ぎ過ぎではないかと、レックスは頭に手を置いて呆れた様子でぼやく。

「何を言ってるのよレックスちゃん？　入れるならお風呂は毎日入るものでしょう？　という

よりレックスちゃん……冒険してた時はお風呂入ってなかったの？」

少し嫌悪の視線を向けてくるタカコを前に、レックスは喉を詰まらせたような表情で視線を逸らす。だがすぐにレックスは弁解するように「いや、入っていたぞ！」と、声を張り上げた。

「入ってたって言っても四日に一回くらいでしょ？　あんた『入れば？』って言っても、『いや、いつモンスターに襲われるかわからん。僕が見張りをしているから入ってくるといい』って言って入ろうとしなかったじゃない」

だが、とどめを刺すようにパルナが蔑《さげす》んだ視線を向ける。

「いや……そうだが、お前たちもそんなに変わらないだろう。水場がなければ水浴びはできないじゃないか！」

「私たち、水浴びできない時でもちゃんと身体は拭いてましたよ？」

そして、気にしていなかったのはお前だけだとでも言わんばかりにクルルが言い切った。衝撃の事実にレックスは思わず表情を強張らせたまま絶句する。

「身なりはよくても………レックスさん、不潔でしたねあの時は。まあ旅だし仕方ないかと思って私たちも何も言わなかったんですけど」

「さすがチクビボーイ」

追いつめるようにティナとパルナがレックスの考え方はおかしいと言葉を被せる。

「レックスさん……お風呂は毎日入った方がいいよ」

◀◀◀

憐《あわ》れむような蔑んだ表情でアリスがそう告げると、それに続いて油機が「うわぁー」と身を引き、メリーが「くっさ」と毒を吐く。そして最後にピッタが、今はちゃんとお風呂に入っているにもかかわらず、臭そうに鼻をつまんだことで、レックスはついに心を保てなくなったのか膝から崩れ落ちた。

むしろ世間一般的な冒険者から見ればレックスが普通なのに、あまりにも可哀《かわい》そうな扱いを受けている光景を前に、鏡は悲しげな表情でレックスを見つめる。

「レックス殿……私は味方だ。入浴中は装備を外して無防備になるが故、どうしても危険が多い。旅の途中は入浴できないのが普通なのだ。むしろ入浴していた者を守ろうとしたレックス殿は立派だと私は思うぞ」

そんなレックスに、優しく肩に手をポンッと置いたのはメノウだった。メノウの慈悲深い声かけにレックスは表情をパッと明るくし、勢いよく立ち上がって「メノウ……お前って奴は！」と笑顔を浮かべる。

「まあメノウちゃんも鏡ちゃんも、普通に毎日道中で水浴びはしていたけどね」

だが、タカコのその一言でレックスは裏切られたかのような視線をメノウへと向けた。

「えっと……私はそもそも魔族で装備をつける必要がなかったし、入浴せずに見張ろうが、入浴して見張ろうが関係なかったのでな。鏡殿も素手で戦うから入浴中に警戒する必要もなかったし」

◀◀◀

それを聞いてレックスは「やはり味方などいなかった」と再び膝から崩れ落ちる。しかし一同はそんなレックスを気にすることなく、「そろそろ出発しようか」とぞろぞろと廃屋から出ていった。

ただ二人、その普通を理解している男たちだけが、『不潔』のレッテルを貼られてしまったレックスが立ち直るまで、憐れんだ表情で見守っていた。

Data 3

LOAD

それから鏡が作った抜け穴の入り口へと戻ったのは一時間くらい経過してからのことだった。

幸いにも、道中でほかの異種族に出くわすことはなく、モンスターには遭遇したが、全てレックスとタカコによって掃討される。そして、空に太陽が昇り始め、辺りが明るくなったところで、一同は鏡が作った抜け穴の入り口へと辿《たど》り着いた。

抜け穴内は迷路のように複雑に入り組んでおり、これを通ってノアの施設内に辿り着くには、

◀◀◀

鏡にしかわからない目印を辿る必要がある。そのため、まず鏡と、鏡に肩を貸していたアリスとクルル、鏡の頭の上に乗っていた朧丸が先に入り、そのあとにメリーとタカコ、タカコに背負われた状態のティナとメノウが続く。次にパルナと、パルナの足元にくっついたピッタが入り、最後に背後からモンスターや異種族が入って来ないかを警戒しながらレックスと油機が入り、出入り口である鉄の扉を閉めた。

「とりあえずここまで来たらもう大丈夫だろう」

万が一を考えて少し急ぎ足で戻ってきたが、この時間にここまで来れれば、レジスタンスの朝礼に間に合わないことはないだろうと鏡は安堵し、「ふぅ」と一息つく。

「でもまだ急いで戻るわよ鏡ちゃん？　お風呂に入る時間だって欲しいし、ちょっとでもいいから睡眠を取らないと身体だってもたないし」

どうあっても風呂には入りたいのか、「っふん」とやる気を見せるタカコに急《せ》かされて、鏡は「うぇー」と、げんなりとする。

だが、早く戻るに越したことはなく、鏡はスキルによるダメージがまだ抜けていない身体に鞭《むち》を打って目印を頼りにノアの施設へと足早に向かい始めた。

「……ッ？」

「ん？　どうしたのピッちゃん？」

「何か物音がしたです」

◀◀◀

その出発間際、自分たちから発せられている音とは違う雑音を感じ取り、ピッタが背後を振り返って出入り口である鉄扉をジッと見つめだす。

「モンスターか異種族に入るところを見られていたか？　一応誰もいないのを確認したんだが」

「それか……レックスが屁《へ》をこいたかのどちらかか……」

「なぜそうなる」

鏡の推測にすかさずピッタが「それならすぐにお鼻をつまむです」と言って否定し、それならいったい何の音だったのかとレックスはもう一度外に出て確かめることを提案するが、すぐに同じく最後尾を歩いていた油機が「あ、ごめん」と言って地面に落ちていた鉄くずのような物体を拾いあげた。

「ごめんごめん。ズボンのポケットから手を出した時にあたしが落としてたみたい」

「何よそれ？　ただのゴミにしか見えないけど」

油機が拾い上げた鉄くずは、既に元の形状を保っておらず、パルナの言葉通りただのゴミにしか見えなかった。しかし油機はすぐさま「そんなことないよ！」と全力で否定すると、少し興奮気味にパルナへと詰め寄る。

「鉄はなかなか貴重なんだよ？　溶かして加工すれば新しい道具だって作れたりするんだから！　ゴミのようにしか見えないかもしれないけど、凄い大事な物資なんだから！」

「わかったわかった！　顔が近いのよあんた！　ていうか……いったいどこで拾ったわけ？」

「あの小型のメシアと戦った市街地でだよ。折角だし持っていこーと思ってさ。普段なら調達班のロットさんやルナっちに頼むんだけどね。毎回頼むのも悪いし、自分で調達できるなら拾っておくに越したことないでしょ？」

「あー……さっきも話に出てた二人ね。なるほど……えらく信用していると思ったら、頼んだ物資をいつも調達してくれてるからってこと？」

　パルナが推測をたてて問いかけると、その通りなのか油機は笑みを浮かべて親指を立てた。

「まあそうじゃなくてもいい奴らだけどな。ロットとか無口で普段何考えてるかまるでわからないけど…………こっそり調達してきたお菓子とかくれるし……ッハ！」

『お菓子』という言葉に反応してニヤニヤと笑みを浮かべる油機を見て気付いたのか、メリーは顔を真っ赤にして「いや違う違う違う！」と慌てて誤魔化し始める。

「へー、メリーさんと油機さんがそこまで信用するんだったら、きっといい人たちなんだろうね。ロットさんとルナさんはどんな感じの人なの？」

　そして純粋に二人の話から興味を持ったのか、アリスが関心を示した。

「どんな感じーって言われても……うーん、ロットさんは超がつくほど無口な人で、逆にルナっちはうるさいというかなんというか……まあ会ってみたらわかるよ！　事情は話せなくても会うくらいなら問題ないんでしょう？」

その問いかけに鏡は会うだけなら問題ないと頷いて返す。すると、純粋に会うのが楽しみなのか、アリスはパッと表情を明るくして「楽しみだね！」と笑顔を向けた。

「でも落としたのに気付けてよかったよ。ピッタちゃんの五感があれば、物をなくさずに済むから安心だね！　ありがとう！」

油機がお礼を言うと、ピッタは気恥ずかしそうに「まかせるです」と言って親指を立てる。

それから、特に大きなアクシデントが起きることもなく、一同は三十分ほどかけて抜け穴の出口であるノアの地下施設内の外壁に密接した鏡が隠れ住んでいたテント内へと辿り着く。

テントから出て外に顔を出すと、地上の明るさに合わせて照明を調整しているのか、少しずつ朝の明るさを取り戻しつつあるものの、まだほとんどの者が眠っているのか静けさが漂っていた。

「いたた……ここまでで大丈夫ですタカコさん。ある程度歩けるくらいには回復しましたから」

「その割には足ぶるっぶるじゃない」

道中ずっとタカコに背負ってもらっていたティナが、ようやく地面に足をつけるが、生まれたての子羊かのように足を震わせており、それを見かねたパルナが、溜息を吐きながら肩を貸す。

「情けないぜティナティィナ、そんなんでこれから起こり続けるであろう困難に立ち向かっていけると思ってんのか？　今回の戦いはそんなに甘くないぜ？」

「鏡さんもぶるっぶるだよ？」

自動で傷や体力を回復するスキル『オートリバイブ』の効果によって徐々に体力を回復しつつあった鏡だが、それを上回るほどに己が本来の力の70％を解放するスキル『制限解除』の反動が大きく、アリスとクルルの肩から離れた途端、ティナに負けず劣らず足を震わせていた。

あまりの震えっぷりに思わずアリスは苦笑し、鏡の足をツンツンと触る。すると鏡は「調子に乗ってすみませんでした」と、触れられるだけでもかなり辛《つら》いのか、すぐに心変わりして謝罪を始めた。

「お父……面白い」

「いや、マジやめて、本当、それ洒落《しゃれ》になってないから。聞こえてる？　聞こえてますかピッタちゃん？　それツンツンしちゃだめなの、わかる？　わかるよね？　わか……わかって！」

辛そうにする鏡にピッタがツンツンと遠慮なしに指で連打し始める。

そんな一同の様子をメリーは呆れ果てた表情で額に手を当てながら、「呑気《のんき》な奴らだ……これからが大変だってのに」と溜息を吐いた。

「まああいいじゃんメリーちゃん。これがこの人たちのいいところなんだし。あたしはもう慣れたよ？　むしろこれから大変になるかもしれないからこそ、今を楽しんでおくべきだってあたしは思うな～」

◀◀◀

「私は今回のことをそんな楽観的に考えてないんだよ。というか油機は順応し過ぎだ逆に」

「えー普通だって普通」

普段から早起きのメリーにとって早朝は、気分の落ち着く大好きな時間でもあった。

音のない静かな空間に包まれて、これまでのことを思い出しながら、これからのことを思い描く。娯楽の少ないノアの施設内で、メリーが唯一楽しみにしている時間だった。

だが今は、むしろ早くこの時間が終わってくれないかと思えてしまった。

ノアの施設内は外の状況に合わせて夜になるとほとんどの照明が落とされる。ノアの施設内を照らす光が暗闇を仄《ほの》かに照らす常夜灯だけになると、住民は一斉に寝床へとつき、ただでさえ静かなノアの施設内は、施設内の環境を整えるための装置の稼働音以外に音がなくなる。

少しずつ照明がつき始めてはいたが、まだ誰も起きていないせいで辺りには静けさが漂っており、それがまるで、何かが起きる前触れのように感じてしまったからだ。

「ほら、行くんならさっさと行くぞ。あまりここに長く留《とど》まって話し込んでいても目立つだけだし、とにかく今は身体を休めることを優先して素早く行動するべきだろ」

そんな不安を振り払うようにメリーが提案すると、それに賛同なのか、戻ってきたことで少し安心しきっていたアリスとティナも顔を引き締め直してゆっくりと頷く。

「そうだね……今は何よりも」

「お風呂が先決ですね……騒いで見つかって入れなくなったら……それこそ最悪です」

◀◀◀

アリスとティナに賛同してか、クルル、パルナ、タカコは頷く。そして、「行くわよ！　案内して頂戴！」と、戦地へ赴く戦士のような顔つきでタカコが先陣を切った。それにクルルとアリスとパルナとティナが同じような表情で続き、メリーと油機もヤレヤレと溜息を吐きながら続いた。

「どれだけ風呂に入りたいんだあいつら……」

「師匠たちは来ないのか？」

ピッタと共にタカコたちを見送る鏡が気になってメノウが立ち止まり、それに気付いたレックスが去り際に声をかける。

「万が一、一緒に行動していて見つかっちまうって可能性もあるし、俺たちはあとでお前たちに合流するよ。それに……先にピッタを寝かしつけないといけないからな」

「なんだ？　ピッタ殿は風呂には入らないのか？」

「ピッタには獣耳と尻尾があるからな。服を脱ぐことになる浴場に行かせられないだろ？　あ、でも勘違いするなよ？　ちゃんと普段は外で水浴びさせてるから汚くはないぞ？　多分」

実の父親のような言動に、「相変わらず面倒見がいいな」と、思わずメノウは苦笑する。

その直後、暫くおとなしくボーッと去りゆくタカコたちを見ていたピッタが鏡の服の裾を突然引っ張り、顔を見上げてジーッと鏡を見つめ始めた。

「お父……ピッタもお風呂……入ってみたいです。なんか楽しそうです」

◀◀◀

「これは困った」

子供が「やってみたい」と考えると、説き伏せるのに時間がかかるのを知っている鏡は、今まで風呂はこの世の終わりかのような熱湯に身体をひたす代わりに身体を清潔にする地獄と、一人浴場に行く理由を作っていた。しかし、ピッタが浴場に行くのはリスクが高く、鏡は思わず助けを求めてメノウに視線を向ける。

「いいではないか鏡殿。この時間帯であれば浴場に人は来ないとメリー殿たちも言っていたであろう？　それに万が一が起きてもタカコ殿が上手く誤魔化してくれるはずだ」

「うぇー、助けを求めたのに肩をもたれた」

予想外の返答だったのか、鏡は呆《ほう》けた顔を見せる。対するメノウは念を押すように「何事も経験だ。知らない世界があるなら教えてやりたいではないか？」と、まるで孫を見る祖父のように微笑を浮かべた。

「普段は慎重なお前が珍しいな」

「慎重だからさ。慎重だからこそ別に連れていても大きな問題にはならないと判断した。大体にしてそれを言うなら、ピッタ殿が浴場に行くことよりも、そもそもこの状況で風呂に入ろうとするのが間違いではないか？」

説得力のあるメノウの言葉に鏡は論破され、思わず「確かに！」と声を出してしまう。その傍らで、知的に鏡を説き伏せたメノウにピッタは尊敬の眼差しを向けていた。

「メノウも……ピッタの家族です？」

「お前気に入ったらすぐに家族かどうか聞くな。ちなみにメノウはおじさんポジション」

「おじ……」

さすがにジジイ扱いはメノウもこたえたのか、すぐに訂正しようとする。だが、既に刷り込みが完了したのかピッタに「おじぃ」と呼ばれ、メノウは何も言わずに諦めた。

「ま、どっちにしても一緒に行動するのはリスクが高いから先に行っておいてくれ。俺たちもあとで浴場に向かって合流するからさ」

そう言って合流を約束した後、レックスとメノウはタカコたちを追いかけて浴場へと向かい、鏡とピッタは身を隠すようにしてテントの中へと戻った。

◀◀◀

Data 4 LOAD

「うぁー疲れた。もう風呂とかどうでもいいから寝たい」

◀◀◀

テントの中に戻るや否や、鏡はテント内に持ち込んでいた毛布の上へと飛び込んだ。

「お父……起きるです。お風呂行かないと汚いです」

そんな鏡を起こそうとピッタが駆け寄るが、まだスキルによるダメージが抜けきっていないせいか、鏡は嫌そうに毛布に顔を埋めながら低い唸《うな》り声をあげる。

「ピッタだって毎日水浴びしに行ってたわけじゃないだろ？」

「でもお風呂……入ってみたいです」

「…………ちょっと休憩してからな。すぐに行けばタカコちゃんたちに追い付いちゃうし」

正直なところこのまま眠ってしまいたかったが、期待の籠もった大きな瞳でジッと見つめてくるピッタを前に、今更「行かない」とは言えず、鏡は溜息を吐きながら観念する。

「某《それがし》も楽しみでござるよ。風呂という知識はあれど、いつもピッタ殿と水浴びで済ましていた故、入ったことはなかったでござるからな」

「お前、いないと思ったら……テントの中で風呂に行く準備をしてたのか」

鏡が溜息を吐くと同時に、ピョンッと軽い身のこなしで朧丸が姿を現し鏡の頭の上へと乗っかる。朧丸の片腕には朧丸用に鏡が作った小さなタオルと桶《おけ》が抱えられており、ピッタ以上に浴場へ行くという固い意志が見受けられた。

「どうせあとで合流するのでござろう？　ならば、テント前で無用な会話をするだけ無駄なこと」

「いつも思うけどお前って結構ストイックだよな」

「そうでござるか？　変に悩むよりも、思ったがままに行動するのは自然なことかと某は考えまする。一度やると決めたことを曲げる意味もよくわからないでござるからな」

逆に鏡にとってそれは、朧丸の不安な要素でもあった。

朧丸はそうと決めたら深く悩むことなく目的を遂行しようとする。よく言えば迷わない、割り切っているともとれるが、悪く言えば慈悲がないともいえる。

まるで雇われの暗殺者かのように、一度自分の意志で決めたことは淡々と遂行し、その意志を曲げることはよほど根本的な何かがひっくり返らない限りない。

だが本人にはその自覚がなく、自然にそういう思考になるように作られたかのような印象を鏡は受けていた。

遥か昔、日本に存在していたという暗殺者の服装を身に着けていたことから、朧丸は本来、与えた命令を淡々と遂行させるために作り出されたのではないかと考えるが、妄想の域を未《いま》だ抜けない。

「まあそうかもしれないけどさ、いつも言ってるがいなくなる時は声かけてくれよ。急にいなくなったら不安になるだろう？」

「ぬぅ……それはすまんでござる」

さらに不安なことに、朧丸は『やる』と決めると今回のように周りに合わせることなく勝手に行動することがある。

　今は鏡が傍を離れないように注意しているためその『命令』を優先してか、傍から大きく離れることはないが、その注意すら意味を成さない意志決定が行われた時、一人で勝手に無茶な行動をしないか、鏡は不安に感じていた。

「ま、いいさ。ほらピッタも準備しとけ。身体を拭くためのタオルとかな」

「うん……お父のぶんも用意する」

　不安は感じつつも、今はそこまで気にすることではないと割り切り、鏡は「ふぅー」と軽く溜息を吐いてピッタに微笑を向ける。

「仮にそうだったとしても、自分が全力でそれを止めればいい」。そう頭の中で考え直しながら、準備と聞いてせわしなくパタパタとテント内に置いてある道具箱の中を漁《あさ》るピッタを見届けた。

「……お父」

　その途中、道具箱の中の奥側にしまってあったタオルを強引に取り出そうと、手をゴソゴソと動かしていたピッタの手が急にピタリと止まる。

「ん？　……どうした？」

　一瞬、トイレにでも行きたくなったのかと鏡は考えたが、動きを止めたピッタが不穏な表情を浮かべていたことからそうではないとすぐさま判断し、表情を歪《ゆが》ませた。

「音が……聞こえたです」

「音？　何の音だ？　タカコちゃんたちの足音とかじゃないよな？　それとも……このテントの外に誰か近づいているのか？」

このタイミングでのその可能性を全く考慮していなかった鏡は、少し慌てた様子で素早くテントの出入り口から離れて身構える。

「違うです……足音じゃないです。誰もこのテントには近づいてないです…………でも、何かが爆発したような音が確かに聞こえたです」

「……爆発？」

爆発音ともなれば、距離が離れていてもわかるくらいには大きな音が鳴り響く。だがこの数秒の間にそんな音が鳴った気配はなく、鏡は思わず朧丸に視線を向けた。

すると朧丸も聞こえなかったのか、「某にも聞こえなかったでござる」と首を左右に振った。

「いや……もしかするとタカコちゃんたちに何かあったのかもしれない。仮に今、爆発音がしたとするならそう考えるしかないし……っつ、まずいな、相手を甘く見すぎていたかもしれない。手遅れになる前に助けに向かうぞ！」

「承知！」

「それも……違うです」

鏡と朧丸はテントの出入り口に視線を向け、すぐさま助けに向かおうと勢いよく立ち上がる

◀◀◀

が、それを止めるように、ピッタが不穏な表情を崩さないまま囁《ささや》くようにつぶやく。

「違う？」

何がどう違うのか真意を聞こうと、鏡は視線をテントの出入り口からピッタへと戻す。その瞬間、説明を受けるまでもなく、どういうことなのかを理解した。

ピッタの視線がノアの施設内の方向ではなく、ノアの施設外、地上へと続く鏡が掘って作った抜け穴へと向けられていたからだ。

「外……？　ノアの施設内じゃなくて？」

「……です」

可能性は複数あった。

新たに小型のメシアが出動し、目的は不明だが地上で戦っているという可能性。異種族がモンスターと戦っているという可能性。モンスター同士が暴れているという可能性。考えればありえる可能性はいくらでもあった。

しかし、モンスターも異種族も掃討されてほぼいないに等しい地下施設の真上では、可能性の全てが考えにくく、鏡は思わず額に汗を浮かべる。

「……確かめに行くしかないよな？　また戻るのは憂鬱《ゆううつ》だけど、俺の足で走って行けば数分で着くだろうし……確かめるだけ確かめとかないと」

「致し方ないでござるよ。この付近で何かが起こるのは普通ではありえぬでござる。裏に隠れる真の敵を見つけるための手掛かりになるのであれば、たとえ些細《ささい》なことであろうと貪欲に調べるべきでござる」

「だな、とりあえず見に行くだけだからピッタはここに……」

地上に向かう通路を隠している布をめくりながら鏡が振り返りつつそう言うと、置いていくなと言わんばかりにピッタは鏡の背中へと飛びつく。

そんなピッタに言うだけ無駄と鏡はそれ以上何も言わず、まだスキルによる反動の残る身体に鞭《むち》を打ち、地上へと向かって走り始めた。

「さすがお父……速いです」

タカコたちと共に歩いている時はメリーの歩調に合わせていたため、地上に出るのにかなりの時間をかけたが、鏡単体で地上に向かう場合は話が変わる。スキルによる反動が残っているとはいえ、既に走る分には問題ないくらいには回復しており、鏡は地上へと繋《つな》がる空洞内が崩れ落ちてしまうのではないかと思えるような速度で一気に地上へと向かった。

鏡が地を蹴る度に震動が発生し、壁になっている土塊《つちくれ》がこぼれ落ちるほどの風が鏡が通り過ぎたあとに巻き起こる。

「ご主人、くれぐれも通路を壊さぬよう頼むでござるよ。生き埋めはごめんでござるからな」

「大丈夫だ。これでもいつもより抑えて走ってるんだぜ？　そもそも全然力が出ないし」

「てっきりご主人のスキルの力で既に回復したものかと思っていたでござるが……そんな状態

で戦えるのでござるか？」

「『制限解除』の反動はそれだけ大きいってこった。ちなみに戦えるかって言われると戦えない。万が一の時は朧丸の透明化に頼らせてもらうつもりだ」

「承知」

まだ見えぬ敵を想像して、朧丸と鏡は気を引き締め直す。

「な……？」

だがその直後、敵の姿を見るよりも早く鏡は突然立ち止まり、焦《あせ》りの表情を浮かべた。

「出口が……ふさがってる？」

もう間もなく出口である鉄の扉が設置された最後の空間へと到着するというところで、道が途絶えていたからだ。それも、元々道がなかったかのように途絶えていたわけではなく、通路は上から土砂が降り注いだかのように荒々しく強引にふさがれていた。

「爆発音って、ここが崩れ落ちた音だったのか？」

「崩れ落ちた……は考えにくいかと。補強は行っていたし、雨によって地盤がもろくなる対策もしていたでござろう？　簡単に崩れ落ちるような構造ではなかったはずでござる……」

「確かにな……ならなんで崩れてるんだ？」

「ご主人がアホみたいに跳躍して衝撃を与えたからではござらぬか」

「そんなバカな」

そんな掛け合いをしている最中、鏡の背中にへばりついていたピッタが地へと足を下ろし、トテテと崩れた通路の元へと近寄って、ひょいっとその場の土を拾い上げる。

そして匂いを嗅いだあと、ピッタは表情を歪めて鏡へと視線を合わせた。

「火薬の匂い……するです」

「火薬？　じゃあ意図的に誰かがここを崩すために爆破させたってことか？　ピッタが言ってた爆発音も外じゃなくて……ここ？」

鏡の問いかけに、ピッタは頷いて応えた。

その返答に、鏡は明らかに焦燥した様子を見せる。

「無駄なことを……ご主人の手にかかればこの程度、すぐに掘って元通りなのに」

「違う……相手も恐らくそんなのわかってるはずだ」

仮にこれが誰かの手によって引き起こされた爆発であるなら、何者かが意図的にこうなるように仕組んだのは間違いなかった。それを鏡は瞬時に悟り、同時に焦った。

「警告だよ。既に俺たちが戻ってきていることも、この穴から外に出たってこともわかってるっていうな……タイミングが良すぎる。俺たちはさっき戻ってきたばかりだぞ？」

鏡の表情からそれがどれだけ危険な状態にあるかを察し、朧丸も少し強張った表情になる。

「しかし……某たちはつい先ほど戻ってきたばかり、敵と戦ったのもほんの数時間前でござる。ここがばれるのがあまりにも早すぎではござらぬか？」

「ああそうだよ。早すぎるんだ……あまりにも早すぎる」

敵は自分が想像していたよりも頭が回り、遥かに厄介で危険な存在なのかもしれない。少なくとも、この短時間で自分たちが外に向かうために用意した抜け穴を見つけ出し、ふさいでしまうほどに。そう感じた鏡は焦り、同時に安堵した。

もしも、一人で挑んでいたら自分は簡単に殺されていたかもしれないと。

「お父……ピッタたちの行動、多分……筒抜け」

「ああ、俺たちが戻ってきたタイミングを見計らっての爆破だとしたら、既に監視されている可能性が高い。まずいぞ……かなりまずい」

鏡は思わず歯を嚙《か》みしめて頰に冷や汗を垂らすと、ピッタをすぐさま担《かつ》ぎ上げ、来た道を来る時と同じように駆け抜け始めた。

既に位置がばれ、戻ってきたタイミングも相手に把握されているとなれば、自分たちが監視されている可能性は非常に高い。そしてそんな状況の中、鏡たちは今、別々で行動している。

「タカコちゃんたちが……危ない！」

監視されている上、皆が寝静まり、人気《ひとけ》の少なくなっているこの状況で、疲弊した皆がバラバラに行動している。それは、相手からすれば襲い掛かるには好都合な状況。

仮に、爆発を皆が解散したあとのタイミングを狙って巻き起こしたのだとすれば、それはピッタの五感の良さを利用して、常に行動を共にしている鏡をここにおびき寄せるのが目的であ

◀◀◀

る可能性が高かった。つまりこの状況は、意図して作られた状況だと鏡は考えた。

「皆……無事でいてくれよ！」

まだ見えぬ敵の正体に危惧しながら、鏡はタカコたちに合流するべく、既に大半の体力が失われた身体を突き動かして、音のない薄暗い通路内を駆け抜けた。

4

THE
VILLAGERS OF
LEVEL 999
Presented by
HOSHITSUKI
KONEKO
Illustrated by
FUUMI

疑

心暗鬼の夜

◀◀◀

Chapter.2

Data 1

LOAD

「まさか……この私が勇者の役割を持った人間と風呂を共にするとはな」

地下とはいえ、広大なノアの施設内に三カ所しかない浴場のうち、レジスタンスが占有している浴場内。タイルではなく石を敷き詰めて作られたどこか趣のある空間の中、メノウとレックスの二人は仄《ほの》かに懐《なつ》かしい香りの漂う木材で作られた湯船に浸《つ》かりながら、足を伸ばして一日の疲れをとろうとしていた。

タカコたちも現在は女性側の浴場で一息ついている。時間もあまりなかったため、メノウたちとは三十分後に外で落ち合う約束をしてある。

「何を今更言っている……しかも突然だな」

「いや、昔の私から考えればありえぬことだと思ってな」

ふいに謎の言葉をつぶやいたメノウに対し、レックスは怪訝《けげん》な視線を送る。すると、湯の熱で少し頬を紅潮させたメノウは、頬に汗を垂れ落としながら「確かに今更だな」と苦笑した。

「昔のお前か……どうせ今とそんなに変わらないんだろう?」

「いや、今の私とはほぼ別人だと思ってくれていいぞ?　…………懐かしいな」

◀◀◀

今とはまるで違う、昔の自分を思い出してか、メノウは少し後悔の交じったような苦い顔を浮かべる。

「しかし、なかなかに広いな。もっと狭苦しいイメージがあったが……まあ、我々魔族の暮らしからすれば広いというだけで、レックス殿からすれば狭いのかもしれんがな。なんせ私は、人間が使用する風呂といえばヴァルマンの街の風呂くらいしか知らんのでな」

「いや、充分に広いとは思うぞ？　恐らくあの人数を一気に収容できるように広めに作ってあるんだろう。狭ければ次の者が入るのにも時間がかかるからな」

せめて、風呂くらいはリラックスできる空間であってほしい。そんなノアの施設を作ったであろう偉人の意図が感じ取られ、メノウは「なるほどな」と、小さく言葉を漏らした。

「それで？　今微妙な表情を見せたが……昔の何を思い出していたんだ？」

「なんだ？　……聞きたいのか？」

「話したいから言葉にしたと思っていたが違うのか？　いやだが……お前の昔の話には個人的にも興味はある。よく考えれば……お前のことは会ってからのことしか知らないしな。今のお前とは別人となれば、なおさら興味がある」

「そんな大した話ではないぞ？」

「大方予想はできるさ。師匠と初めて会ってからすぐに魔王軍から離れて仲間として行動を共にしたくらいだ。元々アリスと一緒で人間を悪くは思っていなかったんだろう？」

「いや？　家畜以下のゴミだと思っていたぞ？」

予想外の返答に、レックスは思わず「えっ？」と素っ頓狂な声をあげてメノウに視線を合わせる。至って真面目《まじめ》な表情で言い切ったメノウからそれが嘘《うそ》ではないと判断し、レックスは「本当なのか」と、意外そうな表情を見せた。

「何なら、鏡《かがみ》殿と初めて会ったあの日……ヴァルマンの街に魔王軍の一部を連れて攻めた時、私はやる気満々だったぞ？　ようやく人間を滅ぼせるとな」

「意外だな……そんな奴《やつ》が、どうしてすぐに師匠の仲間になったんだ？」

「あの時は仲間のつもりはなかったが……でもまあそうだな。色々とおかしい点が目立って慎重になったというのもある。アリス様が鏡殿の傍《そば》にいたというのもあったが……一番は、鏡殿があまりにも異質すぎたせいだろうな。私が思っていた人間のイメージとまるで違ったのでな」

その日を思い出して微笑を浮かべるメノウを見て、レックスも「違いない」と苦笑する。

「慎重になったというのは……魔王が利用されているかもしれないという件に関してか？　僕たちと戦う気満々だったのなら、別にそうだとしても手を止める必要はなかったんじゃないのか？」

「あるさ。私は魔王様の意志に従うと誓ったのでな。その魔王様の意志で人間と戦うと決めたわけではないのに私が人間を血祭りにあげたのであれば、それは大きな過ちになってしまう」

「……よくわからんが、その昔とやらに何かあったんだな」

「……ああ、ずっと昔にアリス様と約束をしたのだ。アリス様を信じ、守り通すと。そして、人間と戦う時は己が欲望の意志には従わず、魔族のために、魔王様の判断と命に従って戦うとな」

そう言いながらメノウは瞼《まぶた》を閉じて、過去を思い出そうとする。鮮明に脳裏に焼き付けられた記憶はまるで、昨日のことのように感じられた。

「私が昔、アリス様の世話係をしていたのは知っているな？　その時の話なのだが……私は最初、アリス様を嫌悪《けんお》していたのだ。めんどくさい小娘だとな」

衝撃の事実を述べたあと、メノウがふとレックスに視線を向けると、レックスは口を半開きにして、「何言ってんだこいつ」とでも言いたげな表情でメノウを半信半疑で見つめていた。

「なんだその顔は」

「いや、全然想像できなくてな。お前とパルナは、父親である魔王以上にアリスを溺愛しているだろう？　いや、無理だ。想像できん。ありえん。嘘はよくないぞ？」

「いやまあ、そう言うのもわかるが……事実だ。さっきも言ったが、私は人間なんて家畜以下のゴミだと思っていたのだ。昔はな」

神妙な面もちでレックスの言葉を肯定すると、我ながら今と昔で随分と考え方が変わったものだとメノウは再び苦笑する。

「知ってはいると思うが……魔王様は人間を悪く思っていない。昔は私も好戦的だったのだが……人間と戦うことを禁じられ、アリス様の世話係と称して、普通の人間なら近寄らない山奥の村でひっそりと暮らす生活を強いられていたのだ」

「世話係は不本意だったと？」

「ああ、今なら喜んで引き受けるが……昔はそうじゃなかった。そしてその生活は耐えがたかった。どうしてこんな小娘と共に、私がこんな山奥でひっそりと暮らさなければならないのだと、常にイライラしていたよ。モンスターで憂さ晴らしなんかもしてな」

今のメノウからはかけ離れたイメージに、レックスは困惑する。

それは冷静かつ温厚で、誰よりも真摯《しんし》に、そして的確に物事を対処し、アリスを自分の娘のように接するメノウとは、異なる存在だったからだ。

「なんで、今みたいになったんだ？　きっかけがあるのだろう？　アリスと生活をするうちに情が移り、考え方が変わったとかか？」

「いや、違う」

急に暗く重い口調になり、レックスは口を閉ざしてメノウの言葉に耳を傾ける。

「人間が現れたんだ。普通の人間なら足を踏み入れないような場所にもかかわらずな」

「人間？　……攻めてきたのか？」

「いや……逆だ。私から奇襲をかけた。力を持て余していた当時の私は、たまたま迷い込んだ

◀◀◀

人間を見て、『こいつで己が欲望を発散しよう』と考えたんだ」

そして、それが大きな失敗だったと、メノウは辛《つら》そうな表情で語った。

その人間は、たまたま迷い込んだ人間ではなかったのだ。山奥でモンスターを相手にするだけではなく、山奥という厳しい環境の中で修行をしようと訪れていた武闘家だった。

レベルも決して低くなく、魔族の中でも強い力を誇っていたメノウ相手でも逃げ惑わずに応戦し、数十分もの長い時間、善戦を繰り広げた。

「だが、それでも私の方が遥《はる》かに強かった」

しかしそれは、メノウがそうなるようにあえて手を抜き、弄ぶためだった。たしかに強かったが、それでもメノウには遠く及ばず、徐々に、まるで蝕《むしば》むようにメノウはその武闘家の男の命を削っていった。爆破魔法を放って一瞬で葬り去ることもできたが、それではつまらないと、ただ自分の欲望を満たすためだけに、残酷にも武闘家を痛めつけて遊ぶことをメノウは選択したのだ。

「……逃げられたのか？」

「……ああ」

レックスはそれを聞いて、それが失敗だったとなれば、それしかないとすぐに気付いた。

そして、そこからの展開もなんとなくだったが、かつて魔王と魔族を滅ぼす使命を負っていたレックスには予想がついた。

「武闘家には魔法は使えまいと、逃げる手段はないであろうと……油断していたのだ。人間が扱うアイテムの存在をその頃は考えていなくてな。そろそろとどめを刺そうとした頃合いで煙玉と呼ばれるアイテムを使われて逃げられてしまったのだ」

今でもそれを悔いているのか、メノウは歯を嚙《か》みしめて暗い表情を見せる。

「だが私は……逃げられたら逃げられたで、どうでもよいと楽観視していた」

「報復にきたんだろ？」

「……わかるのか？」

「昔の僕だったら迷わずそうする。危険な魔族を処理するためにな……まあ変わったのはお互いさまってことさ」

昔を思い出してか、レックスは苦笑する。メノウと同じように、レックスもまさか未来の自分が魔族と裸の付き合いをするとは夢にも思っていなかったからだ。

「ならば結果はわかるだろう？　惨敗さ。当時の私は自分の力に酔っていたが……思い知らされたよ。人間の強さと……数による力をな」

仮に、魔族が群れを成して行動したところで、人間よりも連携力は遥かに劣る。なぜなら、魔族には役割というものが存在しないからだった。魔族の欠点は等しく全員の欠点となる。個人での性能は遥かに人間よりも勝る魔族であっても、人間がそれぞれの長所を活かし、補うように行動すれば、魔族以上の力を発揮できる場合がある。

メノウに報復に来た武闘家が引き連れてきた連中は、まさにそれだった。

「まだ私だけならよかった……だが、ひっそりと平穏に暮らそうと隠れ住んでいた魔族の村の者たちまで、報復にきた者たちの巻き添えを受けてしまったのだ」

「村？　それならほかの魔族も合わせて手数があっただろう？　対抗できたんじゃないのか？　元々人気《ひとけ》のない山奥なら……人間の討伐隊が結成されても七、八人くらいだろう？」

「確かに報復にきた人間の数は八人だったが……元々、その村は魔族の中でも戦いを好まない弱い者たちが集う村でな。なす術《すべ》がなかった……私だけではな」

その日を思い出してか、メノウの手は震え始めた。まるで、自分のしでかしてしまった過ちを激しく後悔するかのように悲愴《ひそう》な表情で。

「皆……殺されたよ。私のただの憂さ晴らしが、皆の命を奪う結果へと繋《つな》がってしまったのだ」

今でも鮮明に思い出すことができるその光景を脳裏によぎらせ、メノウは表情を変えず、ただただ起きてしまった悲劇を後悔した。その悲劇を作り出した人間のせいにするわけでもなく、己が過ちと認めて。

「一人残らずか？　お前は生きてるんだから……何人かは生き残ったんじゃないのか？」

「ほとんど亡くなったさ……もしかしたら私のように生き残った連中がいたのかもしれないが……わからん話さ。とはいっても……私も瀕死《ひんし》状態で、そのまま放置されていれば恐らく今頃ここにはいなかったのだろうがな」

「……アリスに助けられたか」

「どうしてわかる？」

「そこまで話されれば馬鹿でもわかる。それに、アリスの性格が昔と今とで変わらないなら、死にかけの仲間を放って自分だけ逃げだすような真似《まね》はしないだろうからな」

「……アリス様が好きなのか？」

「なんでそうなる。僕を師匠のような幼女ハンターと一緒にしないでくれ。僕は心身共に大人な女性が好きなんだ、子供に興味はない」

妙に仲間を知り尽くしたかのような雰囲気を出すレックスに、メノウは思わず肩の力を抜いてふっと一息つき、「貴殿は本当に変わったな」と、笑顔を見せる。

レックスの言葉通り、人間の報復を受けて命尽きようとしていたメノウを救ったのはアリスだった。

『メノウ……！　死んじゃ駄目だよ……まだ、やりたいことがたくさんあるんでしょ!?』

その日、後悔と憎悪が渦巻くメノウの途切れかけた意識の中で、声をかけ続けた者がいた。

人間が村に襲撃してきた時、魔王のご息女という理由でいち早く村の中の隠れ倉庫へと避難していたはずの少女が、まだ生き残っている者がいる可能性を信じて安全な場所から飛び出し、メノウの元へと駆けつけたのだ。

『なん……の……用です？　早く……逃げ……』

『よかった……生きてる！　早く、人間が来ないうちに早く逃げよう！　ほら、薬草食べて！』

力なく横たわるメノウを引っ張るようにして、アリスは懸命にメノウの命を繋ぎ留めようとしていた。その行動が、メノウにはまるでわからなかった。

自分が蒔《ま》いた種にもかかわらず、自分だけが生き永らえるために逃げ出そうとする選択はその時のメノウにはなかった。そして、その種を蒔いた張本人であり、ずっと冷徹な態度を取り続けていた相手を助けようとするアリスの行動も理解しがたかった。

きっと知らないのだろう。そう思い――、

『あの人間は……私が呼び寄せました。私が戦いを挑み……逃がしてしまい……報復に』

メノウは、はっきりと真実を告げた。だが――、

『……知ってる』

返ってきたのは、それすらも承知で助けようとしているという、不可解な意志表示だった。

『この村が人間に見つけられても、山奥にあるおかげで人間も「害はないだろう」ってむやみに手出ししないから……もし襲われるなら、こちらから手を出した時だって、皆言ってた』

仮に、手を出す好戦的な者がいるとすれば、それはメノウ以外ありえなかった。それをアリスは理解していた。

『ならなぜ……不幸をもたらした私を助ける？　ほかにまだ……生きてる者がいるかも……』

◀◀◀

『関係ないよ！　メノウが魔族に手を出したわけじゃないでしょ？　メノウは魔族で……ボクたちの仲間のはずでしょ？　メノウだったら……仲間を見捨てるの？』

メノウにとっても、その質問の答えは否だった。

人間をゴミだと思っているし、自分の力はほかの魔族よりも優れていると考えてはいる。だが、だからといってほかの魔族が目の前で殺されかけているのならば、メノウは間違いなく魔族として、魔族を助ける行動に出たはずだからだ。

それは理屈じゃなく、自分が魔族だから。

『……仲間が死ぬのは悲しいよ。皆、そう思ってたはずだよ。だから皆、戦いとは縁のないこの村に集まって……暮らしてたんだ』

今にも泣きそうな声色で、それでも必死に感情を抑えて、アリスはメノウの身体を引っ張って逃げ出そうと頑張っていた。頑張って仲間を救おうとしていた。

でも、メノウはそれに応えなかった。

『なら……なおさら私は今ここで救われるべきじゃない！　その者たちの命を私が……奪った！』

『奪ったのはメノウじゃない……奪ったのは、人間と魔族の悲しいこの関係性だよ。ボクたちはちゃんと理解してる……人間が憎かったり、倒すべき敵って考えてる魔族がいることくらい。でもそれは……決してその魔族が悪いわけじゃない。今のこの関係性が全部悪いんだよ？』

◀◀◀

『なら……なぜ、皆戦わない？　その関係を打ち砕くために人間を滅ぼせば済む話のはずだ』

命尽きそうな死に際に、メノウは自分がずっと気になって仕方がなかったことを、まだ幼い少女であるアリスに聞くのは不毛であると考えつつも、問い詰めた。

ずっと、自分以外は皆腑《ふ》抜けで、戦うことに怯《おび》えているのだと考えていた。だが、実際の答えをメノウはまだ知らなかった。きっとこうなのだろうと、勝手に決めつけていたからだ。

だがその答えは、アリスによってもたらされた。

『確かに、どちらかがいなくなれば済む話かもしれない。でも……争いで失う人の多くは、戦いを望んだ人たちじゃなくて、戦いを望まない人たちだって……皆も、お父さんも言ってた。ボクたちは仲間を失いたくないから……皆生きててほしいから……』

涙目で気丈に振る舞おうとするアリスの姿を視界に映し、その言葉を聞いてメノウは全てを悟った。そして、如何《いか》に自分がちっぽけだったかを理解した。

この幼き少女よりも、自分がはるかに劣っていたと思えるほどに。

『そうか……そういうことだったのか』

魔王が人間に戦いを仕掛けなかった理由、自分をアリスと共にこの村に滞在させていた理由もメノウはその時ようやく理解した。

魔族は人間よりも強く、人間に戦争を仕掛ければ勝つ可能性は高いかもしれないが、それには大きな犠牲が伴い、敵も味方も、たくさんの命を散らすことになる。

◀◀◀

そして一番辛い思いをするのは、戦いを望んだ者ではなく、望まない者であると、己が驕《おご》りで大勢の仲間を死なせ、今回の事件を起こしてしまったメノウには、それが痛いほど理解できた。

『だから……メノウも生きて。そして今度は仲間のために戦ってあげて……約束だよ？』

『……わかり……ました』

その時メノウは、自分が統率者としては相応《ふさわ》しくないのだと自覚した。

己が野心を思いのままに振るえば、きっと大勢の命を失うことになる。それをメノウはまるで考慮していなかった。そして、今の自分ではそれを考慮しながら戦うことは、きっとできないだろうと悟った。仲間を傷つけずに戦う術《すべ》を、この時のメノウは知らなかったから。

そしてメノウは、『野心よりも……大切なものがある』と口にしていた魔王の意図を理解した。魔王はいつか魔族の民が傷つかず、人間に脅かされずにすむ機を窺《うかが》っていたのだと。

それと同時にメノウは、いつかそんな機が訪れた時、己が力を存分に振るえるように、民が傷つかない戦いを采配できるように、魔王の元で学び、多くの知識と力を身に付けようと決意した。

「結局、身に付けた力は何の役にも立たなかったがな……初陣《ういじん》で鏡殿にコテンパンにされてしまいだ。あれに目の前に立たれた時は絶望しかけたぞ？　……なんせ、私の全力の魔法を三連続で喰《く》らわせてもピンピンしてるんだからな」

◀◀◀

鏡との出会いを思い出してか、メノウは青褪める。

「役には立ってるさ。少なくともお前がいなければ危うい場面は何度だってあった。師匠が圧倒的すぎて埋もれているが、タカコも、メノウも、パルナも、クルルも、ティナも、アリスも、誰か一人でも欠けていたら……きっと僕たちはここにいない」

「……そうだな、その通りだ」

レックスが本心でそう言っているのがわかったからか、メノウは少しくすぐったい気持ちになり、誤魔化《ごまか》すように肩まで湯に浸かって、「ふふ……そうか、役に立っているか」と笑みを見せる。

「しかし、魔族にもいろいろあるのだな。師匠と出会わなければ……知る由《よし》もなかったが」

不気味に笑い声をあげるメノウを横目にフッと軽く鼻で笑い、レックスはそう語る。

「確かに魔族にも色々ある。それこそ人間と同じようにな」

メノウはそう言うと、レックスが放った言葉の中に少し不可思議に思った部分があったのか、緩んでいた表情を戻して深刻そうに眉間に皺《しわ》を寄せた。

「アリス様も言っていたが……我々魔族は、本来はこの現実世界で肉体を持たない。ただのデータとしての存在でしかないはずだ。魔王様が殺されればリセットされて消えてなくなる存在でしかない」

「……何が言いたい？」

◀◀◀

「いや……どうして我々魔族もレックス殿や鏡殿たちと同じように、考え、悩み、行動し、そして感情が揺れ動くように作ったのだろうと疑問に思ってな」

「まあ……そうだな。仮に人間の成長を促す敵としての存在だけでいいのなら、モンスターのようにとまでは言わんが、ある程度知識を持って連携行動を行うだけでよかったようにも思えるな。リセットされてなくなるというのなら……お前が話してくれたような小さな物語が生まれ、アリスみたいな魔族が現れる可能性を残した意味もわからないし、僕もそこはわかりかねていた」

「そこだけ不可解なのだ。私は……いっそ感情をもたない存在として作ってくれた方が、幸せだったんじゃないかと思う時が何度か……」

まるで苦しんできたと訴えかけるような表情でメノウは言いかけるが、その言葉に対して怒りを感じられる表情をレックスが向けていたのが視界に入り、メノウは咄嗟《とっさ》に口をつぐむ。

「苦しいことはいくらでもある。僕だってたくさんある……だが、なかった方がよかったなんて思ったことは一度だってない。歩んできた道があったおかげで僕たちは……お前は今こうしてここにいるんだろう？　それを不幸なんて言わない方がいい。アリスと師匠が悲しむぞ？いや……僕たち全員か」

「そう……だな。不幸と思った分、よかったと思えることはたくさんあるか。すまない、変なことを口走ってしまったようだな。レックス殿も、言うようになったものだ」

メノウは変に気負ってしまっていたと反省し、リラックスした様子で一息吐きながら、再び湯に深く浸かる。だが反して、レックスの表情は穏やかではなかった。

明らかに、話せない重い何かを抱えている。それを、感じ取ってしまったからだ。

『少なくとも、自分の在り方について悩み、苦しそうな表情を浮かべることなんてメノウには一度もなかった。何より、この世界に来てからメノウはずっと何かに悩んでいる』。レックスはそう考えていた。

「聞かないでおこうと思っていたが……メノウ、お前は僕たちに何を隠している？」

レックスが言葉を発した瞬間、メノウの表情が明らかに固くなり、静けさが周囲を包み込む。

先ほどと変わらず「チャプ」と、湯に触れる音しか響いていないにもかかわらず、別の空間に移動したかのような張り詰めた空気が二人の間に漂い始めた。

暫《しばら》くして意を決したのか、黙っていても仕方がないと諦めたのか、メノウは「ふっ」と軽く鼻で笑い、ゆっくりと口を開こうとする。だがその瞬間――、

「メノウ！　レックス！　無事か!?」

浴場の扉が「ガラガラバンッ！」と勢いよくスライドして開かれた。

するとそこから、ここまで全力で音を立てないように走ってきたのか、珍しく取り乱して血相を変えた鏡が姿を現した。

「無事のようでござるな。ご主人は心配し過ぎでござるよ。自分のことだけならあんなに肝が

太いのに、仲間のこととなるとご主人はこんなにも取り乱すのでござるなぁ」

鏡の頭上にちょこんと座っていた朧丸《おぼろまる》はメノウとレックスの姿を見るなり、そう言ってヤレヤレといった表情を浮かべる。

「いやいや、まだ大丈夫と決まったわけじゃないだろ？　メノウとレックスは無事みたいだが」

とりあえず二人が無事なのを見て鏡は安堵《あんど》した表情を浮かべるが、ここにいない仲間がまだいる、安心している場合じゃないと気を引き締め直す。

その傍《かたわ》らで、メノウとレックスの二人は何があったのか全く理解できず、鏡のコロコロと変わる表情を呆《ほう》け面で眺めていた。

「鏡殿……血相を変えてどうしたのだ？　何かあったのか？」

「ああ、実はかくかくしかじかで」

「落ち着いてちゃんと話せ師匠。それで伝わるのは漫画のキャラクターだけだ」

その後、メノウとレックスは裸のまま事情の説明を受けるのもなんだと、一度浴場から出て脱衣場で着替え、鏡と共に外へと出る。それから鏡より、ここに戻る時にも使った外へと通じる抜け穴が何者かによって破壊され、ふさがれたことを聞かされる。

それがどういった事態で、どれだけ深刻な問題なのかを瞬時に察したメノウとレックスは、「悠長に風呂に入っている場合ではないな」と、表情を曇らせた。

◀◀◀

「敵は既に、我々の行動を監視しているということか……まずいな、いつ奇襲を受けるかわからん。だが……これでここが小型のメシアを扱っていた敵の本拠地である可能性が高まったな」

「ああ、師匠が事態に気付いてすぐに我々と合流してくれたのはさすがとしか言えん。孤立した時に奇襲を受ける可能性が一番高いからな」

「しかし、ここは敵の本拠地だ。孤立していなくとも戦力が分散した段階で襲われる可能性もある……女性陣は無事なのだろうか？」

メノウはアリスの御身を案じ、不安そうな表情ですぐ隣にある浴場の女性側入り口を見つめる。レックスと鏡も同じく心配しているのか、どこか落ち着かない様子で女性側入り口を見つめていた。

その光景を朧丸は鏡の頭から下りて傍らで傍観し、「こういう事態でなければなかなかにヤバい光景でござるな……」と、別の意味で深刻そうに冷や汗を浮かべていた。

「一応、女性陣への警告はピッタに任せてある。予定通りならそろそろ皆に事情を話してここに連れ出してくるはずだけど……遅いな。何やってるんだ？」

すっかり保護者の感覚になってしまっているからか、ピッタとアリスが危険な目に遭っているかもしれないと想像し、落ち着かない様子で鏡は女性側入り口前でうろうろと歩き回る。

「男と違って女は手間のかかるものだ、師匠。もう少し気を落ち着かせて待たないか？　それにあいつらのことだ。そんなに心配しなくともなんとか難を切り抜けてるはずだ」

「……っつ、そうだな。もう少し落ち着いて皆を待つとしよう」

見かねたレックスがそう言って鏡を宥《なだ》めると、三人は、今は大人しく待とうと、近くにあった薄汚れた木造のベンチに座り、ただジッとピッタが女性陣を連れて浴場から出てくるのを待つ。だがそれから三分が経過しても女性陣は姿を現さず、痺《しび》れを切らしてメノウがベンチから立ち上がった。

「何かあったに違いない……乗り込むべきだ、鏡殿！」

「よっしゃあ！」

メノウが音頭を取ると、鏡とレックスはなぜか待ってましたと言わんばかりに立ち上がり、浴場の女性側入り口へと駆けこもうとする。

「待つでござるよ。まだ待ち始めてから三分しかたってないでござろう？　それにご主人や貴殿たちが女性側の浴場に入るのは万が一の時、気まずいことになるでござる。仮にまずい状況になっていた場合も、そのまま巻き込まれて全員犠牲になって終了という可能性もあるでござるしな」

「ならどうするんだ？　言っておくが、僕だってむやみに突入したいわけじゃないからな」

朧丸の制止を受けて、最初にレックスが踏みとどまる。

それに続いて、鏡とメノウの二人がレックスの言葉にピタッと足を止め、「本当か？　本当

◀◀◀

にむやみに突入したくないのかこいつ？」と、レックスがむっつりであるのを知っているが故に心の中で疑問を抱き、ツッコんだ。

「某《それがし》が行くのが一番安全でござるよ。某なら自分の姿を透明化することもできる故、敵がいたとしても安全に皆の安否を確認できるでござる」

「なるほどな……なら、朧丸の力を使って俺たちも乗り込めばいいんじゃないか？」

「いや、待つでござるよご主人。万が一何もなかった場合、色々とまずいでござろうし、だからこそピッタ殿を先に一人で行かせたのではござらんか。何よりいくら透明化とはいっても、存在がなくなるわけではござらん。敵がいた場合、浴場の扉を開ける時など大きい身体であればあるほど相手に気付かれるリスクもあるでござる」

「なるほどな……ならば僕だけが行こう」

「ちょっと待て」

なぜかそこで、自分だけが行くと言い出したレックスの肩を、鏡とメノウはほぼ同時にガッと摑《つか》んで止めた。

「なんでそこでお前なの？　レベル的にも飼い主的な意味でも、普通は俺が行くところだろ」

「レックス殿が行くのは……何か別の意図があるようにしか思えないんだが？」

「何で僕はそんな評価なんだ。ここは勇者たる僕が勇者らしく勇気を振り絞ってだな……！」

「はい嘘ぉ！　嘘丸出し！　さすがチクビボーイ！」

◀◀◀

そして始まる。誰が女湯へと向かうかの争いが。

「ふむ、やはりここは私が行こう。人間ごときにアリス様の裸体を見せるなど……ありえぬ！」

「き、貴様！　この期《ご》に及んで魔族と人間は違うなどと言うつもりか!?　魔族も人間も関係ない！　……僕たちは平等に接し合うことができるって共に学んだだろうが！」

言い合いはさらにエスカレートし、取っ組み合いに発展しかけるが、見かねた朧丸がすぐに「いや、某だけで行くでござるよ。というか争ってる場合じゃないでござろう」と呆《あき》れた様子で制止し、一同は「確かに」と頭を冷やす。

「そういえば師匠、朧丸はオスなのか？　メスなのか？」

「いやわからん？　全然気にしたことなかった。どっちなの？」

「某にもはっきりとしたことはわからんが……多分メスでござるかな。まあ、生物的に別種すぎる故、どちらでもよいでござろう？　某にとって人間の性別など、どうでもよいでござるからな」

「よし、行ってよし」

どこか検査を受けたかのような言いようのない感覚に包まれ、「某の性別なんてそんなに重要なことでござるか？」と、疑問を抱きながらも、鏡の許可を得て朧丸は女性側の浴場へと透明化した状態で入る。

そんな朧丸を三人は、透明化する間際まで不安そうな表情で見つめていた。

◀◀◀

それから十分ほど経過するが――、

「戻って……来ないんだが？」

朧丸は戻って来なかった。透明化できる朧丸が何もないのに戻って来れないわけがなく、明らかに朧丸の能力を上回る何者かが関与していると鏡とメノウは判断した。

「師匠……もはや悠長なことを言っている場合じゃない！　今すぐ乗り込んで何が起きているのかを確かめるべきだ！」

「お前なんでちょっと嬉《うれ》しそうなの？」

「ふざけるな！　こんな一大事に……そんなわけないだろう！」

確かに少し焦《あせ》って深刻そうな表情をしていたが、レックスはどこか女湯に入るのをワクワクしているかのような、浮き足立った様子だった。その様子がどこか腑《ふ》に落ちなくて、鏡は表情を歪《ゆが》める。

「鏡殿、レックス殿の言う通り悠長なことを言っている場合ではない。レックス殿の内心はさておき、ここは今すぐに突入するべきかと私も思う」

「いや、そう……だな。そうだよな。いや、俺も今すぐに突入したいんだがちょっとなんか気になって……いや、うん、よし！　行こう！」

意を決し、三人は女性側の入り口を通って中へと入る。浴場に入る前にある脱衣所には、女性陣の服が綺麗《きれい》に畳まれて置いてあり、浴場内に入ったきり出てきていないのが窺えた。

つまり浴場内で何かが起きた。もしくは朧丸が戻ってこないことから今現在も起きていると、三人は瞬時に理解し、息を呑《の》んでその浴場内の入り口に視線を向ける。

「透明化していた朧丸が戻ってこないってことは扉が開いた瞬間に作動する罠《わな》って可能性もあるぞ？　アースクリアと違ってアースの文明で作られた罠は幅広いからな。下手すれば全員お陀仏《だぶつ》って可能性もある」

「ならどうするのだ？　鏡殿？」

「一人先に入って、その後に残りの二人が突入するのが安全かつ妥当な方法だろうな」

「なら最初は僕が行こう」

罠の可能性を考慮してすぐには突入せずに、冷静に踏みとどまっていると、レックスは自分が犠牲になると言って一歩前へと足を進めた。

「先陣を切って出るのは……勇者の務めだ。そうだろう？」

「お前……こういう時だけ勇者とか言って……いや、でも頼もしい。なんかいつもの五倍くらいは頼もしく見えるぞ！　なんでだこれ！」

レックスは輝いていた。まさしく勇者と名乗るに相応しいほど、恐れのない表情で、何かに期待しているかのような不敵な笑みを漏らしながら、前へ、前へと進んでいく。

一番危険な仕事を自分からやると言ってくれたレックスを止める理由はなく、鏡とメノウは黙ってレックスの背後を見守る。

◀◀◀

そして次の瞬間、レックスは意を決したのか、勢いよくスライド式の浴場の扉を開き、そのまま一気に中へと入り込んだ。すると――、

「ぐぁぁぁあああああああああああああああああああああああああ！」

中へと入り込んで間もなくして、レックスの苦しみを訴えるかのような、ヒキガエルが鳴くような叫び声が、鏡とメノウのいる脱衣所にまで響き渡った。

「メノウ！　師匠！　絶対にこっちに来るな！　来ては……なら……ぁぁああああああ！」

何かに襲われているのか、締め付けられているかのようなレックスの苦しむ声が聞こえ、メノウと鏡は顔を見合わせたあと、レックスのあとを追って浴場内へと突入する。

「あら……またネズミが入り込んだみたいね」

二人が浴場に入り込んだ瞬間、二人の背筋に悪寒が走った。恐怖で今すぐ逃げ出したいほどの威圧が襲い、顔を青褪《ざ》めさせて震え上がった。

そこに立っていたのは、この世のものとは思えない、言いようのない化け物だったから。

「覚悟………できてるわよね？」

二人の視界いっぱいに、タオルを女性らしく筋肉ムキムキの身体へと巻きつけて裸体を隠し、片方の手でレックスの顔面を肉がめり込むほどの力で鷲摑《わしづか》んだタカコの姿が映る。

先に入ったレックスは、既に息絶えたのか、タカコに顔面を鷲摑みにされながらぷらんっと力なく垂れ下がっていた。

「覚悟……できてません」

あまりの恐怖に、メノウはなんとか助かろうと敬語で応え、冷や汗を頰に垂らす。

「こんなモンスター……見たことねえぞ」

同じく鏡も、今まで戦ってきたどのモンスターよりも圧倒的な力強さを持つ相手を前にして冷静な思考力を失い、仲間である目の前の相手を新手のモンスターとして認識し始めていた。

だが鏡は、残った冷静な思考力で必死に周囲に目を配って状況を確認しようとする。すると周囲には、何かあったのではと心配していたほかの女性陣が普通に入浴していた。

ドン引きした表情でパルナとクルルがタオルで胸元を隠しながらこちらに視線を送り、メリーとアリスとティナの三人は湯船に肩まで浸かって裸体を隠し、少し怒った表情で鏡へと視線を向け、奥で油機が「あらー」と、「やっちゃったねー」とでも言わんばかりの微妙な表情でこちらを見ており、そしてその隣に、とても機嫌良さそうに鼻歌を歌いながら、湯に浸かるピッタがいた。

「いや、あれ？　あいつ何してんの？」

一見普通に見えた光景だったが、よくよく考えると何かがおかしい、と鏡はピッタに視線を向ける。

ピッタの片手には、先に透明化して中に入ったであろう朧丸が動けないように握られていた。

「ん？　ピッタさん？　ん？　え？　そういうこと？」

暫くして、ピッタと鏡の視線がピッタリと合う。するとピッタは、「ッハ!?」と、忘れていたのか、「ばれた……怒られる」と言いたいのか、どちらとでも取れるような微妙な表情を浮かべた。

「いや、これはあれだな。完全に後者だな」

ピッタの片手に握られている朧丸に視線を向けて、冷静に鏡は判断する。透明化した朧丸であっても、五感が鋭い獣牙族《じゅうがぞく》の数倍の感知能力を持つピッタの前では無意味に等しい。

透明化は姿が見えないだけで、気配や音まで誤魔化すことはできないからだ。

「お父……変態です」

「いや待って？　おかしくない？　おかしいよねピッタちゃん？　君は俺に変態って言う資格ないよね？」

「ピッタだけならともかく……お姉たちも……いるのに」

そう言われて鏡は再び周囲に視線を向ける。ピッタの言葉により鏡とメノウとレックスはわけもなく女性風呂に突入してきた変態と化し、さらなる嫌悪の視線を女性陣から向けられていた。

もしかしたら何か理由があって突入してきたのではないかと希望を残していたアリスとクル

ルの眼差《まなざ》しからも光が消え、まるで汚物を見るかのような表情へと変わっている。

「ちょっと待ってほしいんです。弁解させてほしい、いやほんと。俺ね？　皆が心配でめっちゃ必死に走ってきたんですよ？」

「最低です……鏡さん。神が許しても私は絶対に許しません」

「いや、ちょっと、あれ？　なんで？　ティナたん俺の今の話聞いてた？　ていうか俺だけ？」

「レックスさんはともかくメノウさんが覗《のぞ》きなんてするわけないでしょう。鏡さんがそのかした以外にありえないですから」

湯船の中のティナは、小さい身体にもかかわらず豊満な胸元を両手で隠しつつ、むーっとした表情を鏡へと向ける。

「とりあえず爆破魔法でいいかしら？」

「よくないと思う」

湯船から出ていたパルナは有無を言わさず、片手に持ったタオルで裸体を隠し、もう片方の手に魔力を籠《こ》めて鏡へと向けていた。

「鏡さん……スキルで魔法を跳ね返したら駄目ですよ？」

「ちょ、お前ら！　こんなところで魔法なんて使ったらレジスタンスの連中が起きてくるだろ！」

その隣で希望を失ったかのような瞳のクルルも、パルナと同じように片手に持ったタオルで裸体を隠し、魔力の籠もった手を向けていた。

「やっぱりてめぇはがっかり英雄だったみたいだな。最低中の最低だぜ」

続いて、ない胸を必死に隠そうと両手を胸元でクロスさせながら、メリーが嫌悪の視線を鏡に向けてそう言い放ち、すぐさま気恥ずかしいのか隠れるように顔の半分を湯に浸けてぶくぶくと泡をたてる。

「あっはっはっは！　やっぱ面白いなぁ鏡さん！　いや、本当に面白い」

別に見られてもいいと思っているのか、湯に浸かりながら豪快に笑い、油機《ゆき》は湯船のふちをバンバンと叩《たた》く。いつもであれば「何笑ってんだ」と一言言ってやりたいところだったが、今はそんな場合ではないと鏡は視線をアリスへと向ける。

「アリス！　お前なら俺が意味もなく女性風呂に突入したりしないってわかるだろ？　こいつらに落ち着くように何か言ってやってくれ！」

「大丈夫だよ鏡さん。ボクももう大人だからって見られて恥ずかしいなんてことはないから。大丈夫！　ちゃんと今日のこのことは忘れるから！　そう、忘れるから……これから起こることはボクハナニモシラナイ」

「駄目だこりゃ」

自分が覗かれたことよりも、鏡がほかの皆の裸体を見ようとしたことがショックだったのか、アリスはメリーと同じように徐々に顔を湯へと浸からせ、ジト目で鏡に視線を送りながらブク

◀◀◀

ブクと泡をたて始める。

「そろそろいいかしら？　お待ちかねのデストロイタイムよ？」

「やばいやばい。全然待ってないし、このままだと聞いたこともない謎の時間がやってくるぞ。メノウ、とりあえずここは逃げよう」

　ジリジリと詰め寄ってくるタカコとパルナとクルルを前に、鏡は命の危険を感じて浴場から逃げ出そうとする。だが、なぜかメノウはその場から逃げ出さず、立ち止まった。

「何してんだメノウ!?　死ぬぞ!?」

「いや……だがレックス殿が！　最初は敵だったとはいえ……奴はもう魔族である私を何も気にせず支えてくれる立派な仲間。その仲間を置いていくわけには……置いていけば……レックス殿は恐らく……！　駄目だ……私は、私はここで逃げるわけには！」

「お前は何を言っているの？」

　さすがに本当に殺されるわけがないだろうと考えていた鏡は、メノウのあまりにもアホな発言に呆れた表情を浮かべる。だがその数秒後、鏡は自分の考えが間違っていたことを思い知らされる。鳴ってはいけない音が、レックスの頭部から鳴り響いたからだ。

「タカコちゃん落ち着いて？　ちょっと、いやマジ……ちょ！　レックスの顔からミシミシ音が鳴ってるから！　これ以上は本当にやばいから落ち着いて！」

　それから、言うに言い出せなくなったピッタがさすがにまずいと感じて半ベソをかきながら

◀◀◀

「ごめんなさい」と言うまでの数分の間、男たちの命を繋ぐための報われない戦いは続いた。

Data 2 LOAD

「知ってるかメノウ？　俺さ……皆を心配して『制限解除』の反動も抜けきってない身体でここまで走ってきたんだぜ？　信じられるか？」

　鏡がメノウに語り掛けるが、先ほどの一件が相当心に負担をかけたようで、メノウは憔悴《しょうすい》した表情を浮かべたまま何も返事をしなかった。

「ご、ごめんね鏡さん？　あ、ほら、ボクはどっちかっていうと……鏡さんの味方寄りだったと思うし……その、ほら！　パルナさんやクルルさんみたいに攻撃しようとはせずに何もしなかったし！」

「ボクハナニモシラナイ」

「あの……えーっと、えへへ」

◀◀◀

現在一同は、湯船から上がって着替えを済ませ、浴場前へと集まっていた。

人に信じてもらえないということがこんなにも辛いことなのだと知った鏡は、アリスに言われた言葉をそっくりそのまま機械のように棒読みで復唱し、遠い目でノア施設内の天井に設置されている照明を見つめる。ノアの施設内はすっかり明るくなり、そろそろ誰かが起床してもおかしくない時間となっていた。

「まぎらわしいあんたが悪いのよ、そりゃ突然何も言わずに突入してきたら誤解するでしょう？」

ぶつぶつと文句を垂らす鏡を見て溜息《ためいき》を吐《つ》き、パルナが指を突きつける。

「俺、めちゃくちゃ説明しようとしてたんだけど？」

「細かい男ねぇ、だから謝ってるでしょ？　いいじゃないあんたもいいもん見れたんだから」

「いい……もの？」

至って真剣な表情を浮かべながら、「そんなもの見たっけ？」と少し前のことを鏡は思い出そうとする。だが、相当インパクトが強かったのか、どうしても脳裏にタオルを胸元に巻きつけたタカコをよぎらせてしまい、「っう！」と表情を青褪めさせた。

「そうだそうだ。こうやって皆謝ってんだから恥かかせんなよな、男らしくねぇぞ」

「お前は言いたい放題か」

パルナと同じく小さいことでいちいち時間を取らせるなと言いたいのか、メリーが不機嫌そ

◀◀◀

うに鏡の脛《すね》を軽く足蹴にする。

女性陣二人から無下に扱われ、元はといえば自分のせいではないはずなのにと、鏡がチラッとピッタに視線を向けると、ピッタは悪かったと感じているからか、ビクッと身体を震わせて、しゅんっとした表情を見せた。

「ピッタも……お風呂入りたかったです。でも、今は危ない状態だって言ったら……入れなくなると思ったです。でもみんな無事で、楽しそうにお風呂入ってたから、なら大丈夫って……」

「気持ちはわかるけど、先に無事なの報告してくれないと勘違いするだろう？　そしてこんな感じに俺たちがとてつもなく不幸になる」

「ごめんなさい……です」

どうしても脳裏に焼き付いてはがれないタカコの半裸の姿を思い返し、鏡はげんなりする。

「いやーさすがピッタ殿でござった。透明化して浴場に入るや否や一秒もしない間にガッと掴まれて、さらに口を封じるように強く握られてあとはご存じの通り」

先に浴場内に向かった朧丸は、既に過ぎ去った出来事と割り切ったのか、鏡の頭の上であっけらかんとした口調で感心したように頷《うなず》く。

「お前は以外とあっさりしてるのな」

「まあ拙者に何かあったわけではござらんからな」

◀◀◀

「お前もうちょっと俺に対する労《ねぎら》いとかないの？」

「まあ結果的に皆無事だったのだからよいではござらぬか」

無事と聞いて鏡は真っ先にベンチの上で横たわるレックスに視線を向け、「全然無事じゃない奴もいるけどな」と、小さくつぶやいた。外傷よりも精神面のダメージの方が大きかったのか、レックスはまるで魂が抜けたかのようにベンチに横たわっている。

「普段の行いのせいですね」

「お前はちょっとくらい悪いって思えよ」

謝るどころか、「ざまあみろ」とでも言わんばかりの悪い顔を浮かべながら、ティナが手で口元を抑えて「ぷっ」と笑った。

「しかし、裸を見られたのも事実……普通ならお嫁にはいけない事態。これは、責任を取ってもらわなければ！」

するとそこで、ずっと何か言おうか言うまいか顔を赤くして迷っていたクルルが、意を決したかのように握り拳を作り、鏡に指をさして宣言するが——、

「え、じゃあボクも責任とってもらう！」

「はいはい、話が進まないからあとでね。もういつレジスタンスの皆が起きてくるかわからないんだし。そうなったら鏡ちゃんも姿を隠さないといけないでしょ？」

これ以上話が逸《そ》れるといつまでたっても休むことができないと、誰よりも一番暴れていた夕

カコが冷静に手をパンッと軽く鳴らして仕切り直す。

すると、勇気を振り絞って言葉を発したクルルとアリスは目を点にしながらも押し黙り、その光景にパルナは声に出さないよう口元と腹を抑えて笑っていた。

鏡も、一番暴れていた奴が最も早く冷静になっているのが少し腑に落ちなかったが、今はそんなこと言っている場合じゃないかと、気持ちを切り替える。

「とりあえず、既に私たちの動向がばれているのを知って助けに来てくれた……ってのはわかったけど、特にまだ何もされてないし、鏡ちゃんもここに来る途中で何かされたわけじゃないのよね？　あの抜け穴の入り口を破壊されただけなのかしら？」

「今のところそうだな。鉄の扉が設置されてた入り口を破壊するだけで何もしてこない」

「……何が狙いなのかしら」

顎に手を置いて、タカコは一考する。

「……何か引っかかるわね。メノウちゃんはどう思うかしら？」

「……愚策ではあるな。確かに見つかっていることをあえて知らせるのは相手に混乱や警戒を生ませ、精神的に追い込むことはできるがな。しかしこのタイミングでやるくらいならば、安心させておいて奇襲をかけた方が相手にとって得なはずだ……あえて爆発を起こして鏡殿の注意を引くことで、入浴していた我々に奇襲を仕掛けるというのが目的だったのならば話はわかるが」

結局、見つかっていることを教えるだけで、特に何もしてこなかったことにメノウもタカコと同じ引っ掛かりを感じていた。

「そうよね……実際鏡ちゃんがそれを危惧してここまで急いで来たくらいだもの」

タカコに促され、鏡は頷いて応える。実際、鏡が女性風呂に突入するくらい慌てていたのも、敵が地上を爆発させることによって鏡の注意を引き、皆と別々の行動をさせた後、奇襲をかけるのが目的だと考えていたからだ。

「一応、我々をこの地下施設に閉じ込めるという意味では、ほんの少しの間なら効果はあるがな。今のところ……ただ監視しているぞと、わざと教えてくれただけに近い。これが余裕なのか……何かを意図してなのかが全くわからん」

「え？　どうして？　出入り口をふさがれたなら閉じ込められたも同じじゃないの？」

そこで、不思議そうに油機がメノウに顔を近づけて、マジマジと見つめながら質問する。

「メリー殿と油機殿はまだ鏡殿の力を充分見られていないかもしれないが、鏡殿であれば再び埋められた穴を掘り返すくらいのことは簡単にできる。それに私は昔、鏡殿が地面を猛烈な速度で掘っているのを見た……いや、体験したというか」

吐き気がするほどの螺旋《らせん》回転をその身で体験したのを思い出し、メノウは「っう！」と辛そうな表情を浮かべて口元に手を当てる。

それを見て油機も「とりあえず、昔凄《すご》いことがあったのはなんとなくわかったよ」と、これ

◀◀◀

以上聞くのは無粋であると察し、乾いた笑みを浮かべながらメノウの背中をさすった。

「まあでも、全員が通れるサイズで掘り直すってなるとやっぱり時間はかかるから、閉じ込めるのが目的なら半分は上手くはいってるんだけどな。どっちにしたって『制限解除』をしないとそんなに速く掘れないし、俺も今日は『制限解除』を使えないから。一日は完全に閉じ込められたままだ」

メノウの見解を鏡本人は否定する。

制限解除をして掘るといっても、メノウの言うようなスピードが出せるのは直下で掘る場合であり、上に向かって掘る場合はちゃんと歩いて上れるように斜めに掘る必要がある。また、アースクリアの再生する土の時とは違い、ちゃんと掘ったあとに通れるようにしなければならないため、掘ったあとの邪魔な土をどける作業が発生する。それを含めればそれなりに時間を必要とするため、閉じ込めるのが意図であるなら間違いでもないと鏡は考えていた。

「むぅ……ならば鏡殿の言う通りやはり閉じ込めるのが目的なのか？　考えにくいが……」

「目的はわからないけど……身動きがとりづらくなったのは事実じゃないかしら？　少なくとも、単独行動は絶対に避けるべきね。もしかしたらこういう不安な状況にして暫く泳がせておくのが目的なのかもしれないし」

パルナも自分なりに色々と可能性を模索したが、明確な答えはわからず、アリスや仲間を守るためのさしあたっての行動を提案する。

◀◀◀

「お風呂の時は要注意ですね。それ以外はパルナさんの言う通り極力固まって行動しないと……というより、やっぱりこういう状況でもレジスタンス内で生活するんですか？　ここは一旦退《ひ》いて、機を窺った方がいいんじゃないです？」

ティナも同意見なのか、敵の目的や意図を考えるよりも先に、今後の行動について思考を巡らす。不安そうな表情を浮かべるパルナとティナを見て、メノウも「ふむ」と一考し——、

「外で生活するのも困難であろう？　ここに来る前にも論議した通り、既に動向がばれている状態とはいえ、結局我々がレジスタンスに戻った段階でいずればれることではあったのだ。当初の予定通りでよかろう……ここまできたらなるようにしかならん」

既に結論づけていた対策とは言えない方針を、メノウは言葉にして再度二人に向けて告げる。

二人にとってもわかってはいたことだったが、対策のない状況は不安が押し寄せた。

もしくは、いや、やはりというべきか、この精神状況をもたらすのが目的だったのではないかと、ティナとパルナは頬に冷や汗を垂らす。

「鏡さんはどうするの？　この分だと鏡さんの住処《すみか》もばれてるよね？　ピッタちゃんと朧丸ちゃんもいるから、ボクたちと一緒に行動もできないだろうし」

「……本当ならあそこを拠点に來栖《くるす》のいるセントラルタワーを少しずつ探索しようと思ってたが、そうも言ってられないからな。俺たちは暫く身を隠しながらこそこそ独自で色々と調べようと思う」

◀◀◀

その返答を聞いて、アリスは表情を曇らせる。

「身を隠すって……どこに？」

「敵の素性もわからないうえに表立って行動もできない分、俺たちが多分一番危険が多いだろうし……位置を把握されないように転々と移動して、敵にばれないようにする。拠点がばれても、常に移動されてたら相手も把握しづらいだろうし」

合理的な意見ではあったが、それでもアリスの表情は曇ったままだった。また自分の傍から離れてしまうことに対し、またずっと会えなくなってしまうのではないかと、心配し過ぎではあったが恐れを抱いていたから。

「……それがいいかもしれんな。どこにいても位置を特定可能な何かしらの道具か力があるなら効果は小さいかもしれんが、やらないよりはマシだろう。セントラルタワーに調べには行くのだろうが……その時が一番危険だ。充分に気を付けてくれ」

メノウはアリスの表情から気持ちを察したが、仮に敵が鏡の強さを知っている場合、鏡は狙われやすい立場にあると、鏡の意見に賛成する。普段はアリスに甘いメノウも、今は個人的な感情よりも優先しなければならない現実があるとハッキリ言い切った。

「そうと決まったなら今日はとにかく休んだ方がよさそうですね。疲れを残した状態で敵と相対する状況になるのが一番まずいでしょうから」

先ほどまで顔を赤くしていたクルルも周囲の雰囲気に感化されて落ち着きを取り戻し、冷静に皆の疲れ切った顔色を考慮して、提案する。

「とはいっても……朝礼まで一、二時間くらいしかないけどね」

タカコも同じことを考えていたのか、そう言って頷くと、「そろそろテントに戻りましょう」と、自分たちのために用意された専用のテントのある場所へと向かおうとする。

「……その前に一応聞いておくが、僕たちは師匠と連絡を取ることはできるのか？」

そこで、そろそろ行くと耳にして、ベンチの上でぐったりしていたレックスが起き上がり、よろめきながらも鏡に質問を投げかける。

「んー……やっぱりあれだ。三日に一回こっちから顔を出すようにする。もし顔を出さなかったら……何かあったと思ってくれ」

鏡のその物言いは、必ず何かが起きることを伝えているようにレックスには感じ取れた。鏡が向ける真っ直《す》ぐな視線から、その時は任せると遠回しに言っているのが伝わり、レックスは瞼を閉じて軽く鼻で笑い、「任せろ」と、頼ってくれていることを嬉しく思った。

「ところで……寝るにしても固まった方がいいと思うんですけど、メノウさんとレックスさんはどうするんです？　男性用テントと女性用テントで別々ですが」

戻ろうと皆が足を踏み出したところで、ティナがもっともなことを口にする。

実際、今回の入浴中の騒動も、男女が分かれていたからややこしくなったのもあり、タカコたちは歩を止めて、「それもそうね……」と一考し始めた。しかし、入浴もそうだが男女で分

◀◀◀

かれているのには色々とデリケートな理由がある。

それを無視してひとまとめにするのもどうなのかとタカコが悩んでいると――、

「テントの位置は近いし、何かあったらすぐにわかるでしょ。まあでも……念のためにあたしとアリスがレックスとメノウのテントで休むようにするわ。二手に分かれましょう？」

パルナが「そんなしょうもないことで悩まなくていいわよ」と、自分から男性用のテントに行くことを提案した。

「え、ボクも？」

なぜか巻き添えを受けたアリスが、少し嫌そうに尋ねる。だが、すぐパルナに「ん～？」と笑顔で睨《にら》まれ、「異論はないです」と、渋々視線を逸らして承諾した。

「お前は……それでいいのか？　いや、別にいいならいいんだが」

さすがのレックスも、アリスとは関係なく色々なまずさを感じてか言葉を挟む。メノウはむしろ大歓迎なのか何も言わず、わざとらしくただ遠くを見つめていた。

「一緒に旅をして、野宿だってしたこともあるのに今更でしょう？　あたしは気にしないわよ？　アリスとメノウも今更でしょうし……何？　それとも何かする気なのあんた？」

いたずらっぽい笑みを浮かべながら見つめてくるパルナから視線を逸らし、「いや、何もしないが」とレックスは言葉を詰まらせる。普段は色々な煩悩《ぼんのう》を抱えているレックスだったが、いざという時になると気弱になるヘタレだった。

◀◀◀

「油機ちゃんとメリーちゃんも、私たちのテントで一緒に休みなさい。特にメリーちゃんなんて普通の人間なんだから、安全のためにも一緒にいた方がいいわ」

「えーいいのぉ？　あたし寝相悪いよ？」

てっきり分かれて休むことになると思っていた油機も、一緒のテントで休めると聞いて「楽しそう！」と、危機的な状況で致し方なしの提案であること関係なしに笑顔を浮かべる。

「大丈夫よ。私はもっと悪いから」

だがすぐに、「あははぁ……」と乾いた笑みを浮かべて乗り気にならなければよかったと油機は後悔した。

「おい、確かお前ら女性用で二つテント支給されてただろ？　私は油機とタカコとは別のテントにしてくれよな」

対してメリーは、油機を生贄《いけにえ》に条件を提示し、それを呑《の》むのであれば睡眠に対する安寧を得る。一人不運な目に合うことになった油機に対し、先ほどたっぷりと恐怖をタカコに植え付けられた男性陣は、心底憐れんだ表情で見つめていた。

「それじゃあ……ボクたち行くね。ちゃんと……三日に一回は連絡してね、約束だよ？」

「ああ、約束だ」

それから、一同は長かった一日を終え、しばしの休息を得ようと鏡たちを置いてテントへと向かう。去り際、「もう……約束破ったら駄目だよ？」とアリスに言われ、念を押すように安

◀◀◀

心させるかのような笑顔を向けると、鏡は皆を見送った。

「お父……今日はどこで寝るです？　隠れ家……ばれてるです。戻ったら……」

アリスたちの姿が見えなくなると同時に、ピッタがそうつぶやく。

「ん？　……そうだな、掘った洞窟の中で寝よう。正規のルート以外のどこかで寝ていれば、探されても数時間くらいは見つからずに済むだろうし……近づいてきたらピッタが――」

そこまで言葉にして、鏡は突然表情を強張《こわば》らせた。

「お父？　どうしたです？」

「なあ……隠れ家にいたとしても、誰かが近づいてきたらピッタ、お前なら気配でわかるよな？」

「寝っててもわかるです」

それを聞いて、鏡は一考する。

今まで、世界を救うための調査をする過程で、隠れ家ではなく外で野宿することはいくらでもあった。

それでも、獣牙族や喰人族《くいとぞく》の脅威にさらされることなく生活できていたのは、ピッタの絶対的とも言える五感があったからだった。音を発さない喰人族であってもその気配を察知できるピッタの力で、今まで難なく外の環境でも過ごせていた。それだけ、ピッタの五感は絶対的な信用があった。

◀◀◀

「あの隠し通路が爆発する直前に……人の気配はあったか？」

「遠すぎて自信はあまりないですが、気配があったのはお父とお姉たちだけです」

妙な違和感が鏡を襲う。仮に、隠し通路の出口周辺を破壊するだけの火薬が詰められた爆弾が設置されていたのであれば、気付けないわけがないからだ。

少なくとも、隠し通路からノアへと戻る時、爆弾らしきものは置かれていなかった。

魔法や兵器で破壊したのであれば、ピッタがそれを使用した存在に気配で気付く。でも、感知しなかったことからその線は限りなく薄い。

「つまり……あの段階ではなかった？　転送で爆弾を？　いや……それならレジスタンスの人間の犠牲を減らすために使ってるだろうし……さすがにありえない。ならどうやって……？

俺たちの理解を超えた能力？　もしくは道具？」

「ご、ご主人？　どうしたでござるか？」

突然ぶつぶつと一人で考え事を始めた鏡を、朧丸とピッタの二人は心配そうに見つめる。すると暫くして、鏡は朧丸をヒントに何か思いつきそうなのか、凝視し始めた。

「姿を消せる能力を持っているとか？　あと音を消すとか？　実はあの時見えないだけで敵が傍にいたとか？」

しかし、その能力があるのであれば、なおさらメノウたちが入浴して油断している間に襲い掛からなかった理由がわからず、鏡はその可能性を捨てる。

「お父？」

　すると今度は朧丸ではなく、ピッタを凝視して鏡はぶつぶつと唸《うな》りながら考え事を始めた。

　ピッタの能力で見つからないということであれば、やはりピッタの能力に感知しない力をもった存在がいたとしか思えない。だが、それを確信するには、まだあまりにも不自然な要素が多すぎた。

「となれば待てよ……？　そもそも…………」

　暫くして、結論づけたのか鏡は「ふぅー……」とうんざりしたような表情を浮かべると、手を額へと当てて溜息を吐く。

「色んな可能性があるけど…………どれもそうだったらやばいな。やっぱ一応、先手を打っておくか。……犠牲を払ってでも」

　想像以上に追い詰められた現状に鏡は冷や汗を垂らす。

「もう、あとには引けない。なら……臆さず進むだけだ」

「悪い顔をしてるでござるよ」

　一つだけ、できればやらないでおこうと考えていた打開策を頭に思い浮かべ、鏡は見るものを不安にさせるような嫌な笑みを浮かべた。

　仮に、自分が行きついた最悪の未来が正解であるならば、もはやそれ以外に前へ進む方法はなかったからだ。それが正しい場合、これから為すこと全てに意味がなくなるから。

「お父……怖い」

だがそれは、もしかしたら自分にとっても不利益になるかもしれず、仲間たちからも恨まれるかもしれない方法だった。それ故に、それを実行するにはリスクを背負う覚悟が必要だった。

しかし、それくらいの覚悟もできないようでは世界を救えない。何も前に進むことはできない。そう考え、意を決し、アリスたちが向かった先とは真逆の方向へと鏡は歩きだした。

「なら……利用してやるさ。その逆境をな」

Data 3

LOAD

「おーう！　お前ら起きてるか……っておぉ？　おいおいおいおいおいおい、おお？　どういうこったこりゃ…………もしかしてお前ら、そういう関係だったのか？」

耳を突くような野太い豪快な声と共に、ノアを明るく照らす照明の光がテントの中へと差し込まれる。突然視界に広がった光が眩《まぶ》しく、ぼんやりとする意識を揺り起こしてすぐに寝返りを打とうとするが、それよりも眠気が勝り、一同は光を浴びながらも再び夢の中へ戻ろうと瞼を閉じた。

「いや、起きろ！　もう九時だぞ？　朝食の時間だぞ朝食！　朝はしっかり食べないと、一日しっかり働くことなんてできんぞ？」

「ん……んん、もう朝礼の時間にゃの？　もぅ……？」

「寝ようとするな！　朝礼はまだだ。朝食の時間なのにお前たちがこんから迎えに来たんだ」

まず最初に身体を起こしたのは、アースクリア内でも普段から規則正しい生活を送っていたアリスだった。眠り始めてから一時間もたっておらず、睡眠を要求する身体をなんとか振りきろうとトロンとした目を擦《こす》る。それからフラフラと頭を揺らしながら一分ほどボーッとするが、起こしに来たバルムンクが「おいおい、まさかそのまま寝るとかないよな？」と不安そうに声をかけることでようやくテント内をキョロキョロと見回し、隣側で眠っていたメノウの身体をゆさゆさと揺さぶり始める。

「ん……ぬ？　天使が……目の前に？」

「それ……なんか前も………聞いた気がしゅる。朝だって……」

アリスに身体を揺さぶられて、メノウも眠そうに目を擦りながらもようやく目を覚まして起き上がる。すると、アリスとメノウの声に耳をくすぐられてか、パルナも眠そうにトロンとした目をしながら起き上がり、テントの扉から顔を出すバルムンクへと視線を向けた。

◀◀◀

「んん？　もう時間……？　あれ？　なんでバルムンク隊長がいんの？」

「朝食の時間になっても起きてこないから起こそうと思ってな。とりあえず先にメノウたちを起こしに来たんだが……パルナとアリスがいたんで驚いてたところだ！　そういうことなら先に言ってくれれば最初からそういう分け方にしたのに」

「なぁーに勘違いしてんのよ……ちょっと事情があってこっちに来てたんだけど、そのまま寝ちゃっただけよ……ほら、レックス、あんたもとっとと起きなさい」

パルナは眠い目を擦りながら寝床の横に置いてあった杖《つえ》を持ってレックスの腹部を殴りつける。すると、「うーん……」と眠そうにしていたレックスも「うぐぅ!?」と悲痛な声をあげて寝床から飛び上がるように起き上がった。

「起こし方が……荒い！　パルナさん、もうちょっと優しく」

「大丈夫よ……勇者なんだし。頑丈でしょ」

念のために怪我《けが》はないかアリスがレックスの傍に寄って確認する。レックスは何が起きたのかさっぱりわからない様子で周囲をキョロキョロと見回していた。

その光景をバルムンクは「面白いなお前らは」と豪快に笑い、「ほかの連中も起こしてこい、飯はしっかりと食えよ」と言い残してテントから出て行った。

「……昨日は、長い夜だったわね」

「全くだ……寝始めた頃にはもう明るくなっていたしな。結局一時間も眠れていないんじゃないか？　まだ全然眠い……」

「ほらほら、朝ご飯できてるって！　早く行こうよ」

ぽけーっとした表情で虚を見つめるレックスとパルナとは裏腹に、アリスはてきぱきと布団を畳んで身支度を整え始める。

「あんた……さっき起こされたばっかりなのに元気ね」

「ボク、寝起きはいい方だから」

「日頃から素晴らしい生活習慣をなさっている証拠だ。お前たちも見習うといい」

「あんたは寝起きが悪いわね」

アリスにならっててきぱきと布団を畳もうとするが全く畳めておらず、逆にぐちゃぐちゃになっているのに気付かず手を動かすメノウを見て、パルナが冷めた視線を送る。

数分後、残る眠気に悩まされながら四人が支度を整えて外へと出ると、ノアの施設内は朝に地上に出ている時と変わらないくらいに明るく照らされ、その光の下、ワイワイと昨日見た時と同じく、賑《にぎ》やかなレジスタンスの日常的光景が視界に広がった。

「……まるで昨日の戦いなんてなかったみたいに賑やかね」

「いや、そうでもないみたいだぞ？」

怪訝な表情を浮かべながらレックスは、賑やかに楽しそうな表情を浮かべるレジスタンスの隊員たちの中に、浮かない表情で深刻そうに話し合いをする二人組を見つけ、指を差す。

◀◀◀

明らかに周囲とは雰囲気の違う二人を前に、四人はお互い頷きあって詳しく事情を聞くために その二人の傍へと近寄った。

「何かあったのか?」

レックスが声をかけると、「あ……いや」と、二人はどこか聞かれたくなさそうな微妙な表情を見せる。

「誰にも言わん、相談に乗ってやれるかもしれんし、話してはくれないか?」

そしてメノウがダメ押しをすることで、顔を見合わせてどうするか悩んでいた二人も、浮かない顔の理由を四人に話した。

「……食料庫が荒らされていた?」

二人は、今日の朝食当番だったらしく、朝に鍵を持って食料庫へと足を運んだとのことだった。そして、食料庫の錠前が何者かによって破壊されており、中に保存してあった食料がごっそりなくなっていたと二人は話す。

食料はノアの住民にとって最も貴重な資源であり、盗まれたことがほかに漏れれば混乱と不安を招くことになると表立っては話せず、こうして内密に犯人を見つけるための手掛かりを収集しているとのことだった。

こういった事例は前代未聞らしく、食料難を理解しているノアの住民は、食料庫に手を出せば自分たちのライフラインが脅かされることになるのを理解しているため、錠前をかけなくて

◀◀◀

して語る。

も決して侵入したりはしないはずなのに、と朝食当番だったレジスタンスの二人は表情を暗く

「……どう思う？」

話を聞いたあと、レックスがおもむろにメノウへと問いかける。

「間違いなく昨日の一件と関係はあるのだろう。……だが」

「目的がさっぱりわからないわね」

昨日の今日ということもあって、間違いなく敵側が意図して仕掛けてきた何かであるのは明白だった。しかし、その意図がわからず三人は頭を悩ませる。

食料を盗むことで後々自分たちのせいにし、レジスタンスにとっても、正式に敵とすることで自分たちを手っ取り早く捕縛しようと考えているのかともメノウは思考するが、そうなるように陥《おとしい》れるにしてはあまりにも首尾がずさんすぎた。

現状であれば、自分たちが盗んだという証拠もなければ、自分たちのせいであるとするに必要な疑わしい要素もない。でっち上げるにしても、それをでっち上げた人物を問い詰めれば出どころがわかり、逆に正体を明かすことに繋がってしまう。そんな間抜けなミスをするような相手とは思えず、メノウは可能性を模索し続ける。

未《いま》だ昨日の抜け穴の爆破の意図もわかっておらず、または、こうして無駄に考えさせることで、精神的ストレスを与えるのが目的なのかもしれないと、頭を悩ませた。

◀◀◀

「今は考えても仕方ないよ、とにかく皆を呼びに行こう?」

とにかく相手の目的がわからない以上、相手の出方を待つしかなく、メノウたちは最初の目的通り女性陣のテントへと向かう。

「おお、もう起きてたか。起こしに行こうかと思ったが不必要だったな」

「あ、メリーさん、油機さん!」

その途中、一足先に目を覚まして行動していたのか、妙に薄着になって汗をかいた状態の油機とメリーに遭遇する。

「なんであんたたち……朝っぱらからそんなに汗をかいてるの?」

「ふぃー」っと額の汗を拭いながら爽やかな笑顔を浮かべる油機を前に、パルナが少し引いた表情で問いかける。

「いや……まあ一応習慣だ。普段、朝食前に運動するようにしてるんだよ。でも一日くらいやらなくてもいいと思ってたが、油機に叩き起こされて仕方なくな……さすがに私もまだ眠い」

言葉通り眠いのか、メリーは運動をしてきたにもかかわらずトロンとした目元をクシクシと擦る。

「いやはや、タカコさんの寝相が悪すぎたってのもあるけど……昨日の今日で全然眠れなくてさ。メリーちゃんを誘っていつもの日課をこなそうと思ってね。ほら、それにこういうのはどんな状況でも習慣づけてやるから意味があると思うし! まあ~メリーちゃんはまだまだ寝た

◀◀◀

い盛りのお子ちゃまだから、睡眠欲を優先したかったみたいだけど？」

「あ？」

「いや……ウソウソ、嘘だからガバメントの銃口向けないで」

昨日の今日でいつも通りの調子でやり取りを見せる二人に対し、パルナは呆れた様子で「元気ねあんたら」と溜息を吐く。一瞬、その様子にアリスが「パルナさん、それなんだかおば……」と言いかけるが、色んな危険をパルナの一睨みで察して押し黙った。

「人通りが多い朝とはいえ、単独行動は感心しないぞ？　いつ何があるかわからんからな」

「っと……そうだった。すまん、油機に連れられるがままに何も考えず日課をこなしてた」

少し呆れた様子でメノウが問い詰めると、メリーはハッとした表情で頭に手を当て、申し訳なさそうにシュンとした表情を見せる。

油機に視線を向けると、舌をペロッと出して「ごめんごめん。メリーちゃんと一緒だったらいいと思って……油断してました」と素直に反省の意志を示した。

「ていうかあんた眠れなかったみたいだけど、そんなにタカコさんの寝相悪かったの？　あたしなんだかんだでタカコさんが寝てるところ見たことないのよね。あの人の方がいつも遅く寝てるのに早起きだからさ」

「その話は……やめよう？」

真顔で放たれた油機の一言でパルナは全てを察し、それ以上は何も聞かずに女性陣のテントへと向けて歩を進める。それに続いて、ほかの者もパルナのあとを追った。

二つ支給されていた女性陣用のテントの前へと到着し、まずタカコが眠っていたテントの扉を開いて中を覗く。

すると一同は、テントの中に敷かれてあった布団があらぬ方向に吹き飛んでおり、その空間の中央で豪快に両足を広げて眠っているタカコの姿を目にした。

寝相が悪いのにいびきはなく、「すーすー」と小さな女の子が出すような静かな寝息を立てているのが妙に不気味に見え、一同は思わず扉をスッと閉じる。

とりあえず先にティナとクルルを起こそうと、すぐ隣に設営されているテントの扉を開いて中へ入ると、ティナが可愛《かわい》らしくうずくまり、静かな寝息を立てて眠っていた。

「あれ……？　クルルさんは？」

テントの中にはティナ以外の姿はなく、クルルが使っていた寝具だけが残されており、アリスが不穏な表情でキョロキョロと見回す。

「起きてどっかに行ってるんじゃないか？　あんたたちを起こしに行ったとか？　もしかしたらすれ違ってるかもな」

「あたしたちが外に出る直前はまだスヤスヤと寝てたもんね」

「……ん？　お前たちが外に出た時はまだ寝ていたのか？」

「ああ、普通に寝てたぞ？」

◀◀◀

メリーと油機の言葉を聞いて、メノウはどこか違和感を抱き、クルルが使っていた寝具に手を当てた。寝具にはまだ、ついさっきまでそこにいたのがわかるくらいに温《ぬく》もりが残っており、メリーと油機の言葉通り、恐らく二人が出た時はまだ寝ていたのが窺えた。

「………どういうことだ？」

「どうしたのメノウ？　クルルさんなら多分トイレとかに行ってるんじゃないの？」

クルルの寝具の前で、妙に神妙な面もちで思考を巡らせるメノウが気になり、アリスが声をかける。

「いえ……杞憂《きゆう》だといいんですが」

メノウが不安に感じたのは、『クルルがティナを起こさずに一人で行動した』という点だった。仮に、クルルが目覚めた時、同じテント内にメリーがいたのなら、眠った時と変わらない現状に安心してトイレに一人で行くこともあるかもしれない。

だが、眠る前とは違うメリーがいないという現状を前に、クルルがティナを起こさずに一人で行動するという愚行を犯すとはメノウには思えず、嫌な予感に包まれる。

ティナはまだ眠っている。そして敵が攻めてきてメリーがいなくなったと考えるべき状態にもかかわらず、クルルは一人行動に出た。この状況がとてつもなく不自然に感じられた。

「クルル殿を探そう。どちらにせよ、一人で行動するのは危険だ」

「それもそうね……朝食前の軽い運動ってことで。どうする？　二手に分かれて行動する？」

◀◀◀

メノウの不穏な表情を読み取ってか、少し楽観視していたパルナも表情を強張らせる。

「そうだな……本当なら全員でまとまって行動したいが、今は効率を優先して二手に分かれて探そう。パルナ殿、ティナ殿、タカコ殿はレックス殿と共に、それ以外は私と」

二人の強張った表情から事態が思っていたよりも深刻なことを察し、一同は素直に頷き返す。

その後、ティナとタカコを起こして現状を説明し、一同は二手に分かれてクルルの捜索を開始した。

男性用のテントに向かったのではないかとメノウたちは一度戻り、女性用のテントから男性用のテントへと向かう経路になるであろう道を何度も往復するがクルルは見つからず、また、トイレに向かったのではないかとレックスたちが確認を行うが見つからず、それ以外もくまなく探したが、クルルはどこにもいなかった。

Data
4
LOAD

「クルルさん……どこにもいないね」

アリスが心配そうに表情を曇らせながらつぶやく。

慎重に行動しなければならないこの状況下で、クルルが意味もなく違う場所へと移動するとは思えず、もはやクルル本人に何かあったと考える以外になかった。

「私が寝てる隣で……不甲斐《ふがい》ないです。私……クルルさんに何かあったかもしれない時に呑気《のんき》に寝てました」

「あんたのせいじゃないわよ。喰人族みたいに音や気配を出さない能力を持った奴がクルルを連れて行ったのかもしれないでしょ？」

近くにいたにもかかわらず、何もできなかったことを悔やんでいるのか、ティナは下唇を噛む。

そんなティナをパルナが窘《たしな》めるが、パルナもティナと気持ちは同じだった。

「クーちゃん……大丈夫かしら」

クルルは既に始末されたか、ただ捕まっただけなのかはわからなかったが、これ以上の大掛かりな捜索は自分たちの身にも危険が及ぶと中断し、一同は無事を祈る。

◀◀◀

「ごめんね……あたしたちが目を離したばっかりに」

「すまん……やっぱりテントを離れていなければ」

まさか、朝から奇襲をかけてくるとは思わなかったのか、油機とメリーが気まずそうに肩を落とす。そんな落ち込む二人の肩にポンッと手を置き、メノウは左右に首を振ってそれ以上言わなくてよいと、フォローした。

「……私が近くにいながらごめんなさい。まさかこんなに早く行動してくるなんて思ってなくて……油断していたわ」

「いや……私もだ」

実際、タカコと同じくメノウにとっても相手の行動は予想外の速さだった。

行動するのであれば、今日の早朝、鏡の作った抜け穴を爆破する前の、まだ油断している時に動くはずだとメノウは考えていたからだ。

今朝早く、自分たちに警戒するように促すだけで何もしてこなかったため、暫くはこちらに不安を与えるだけで泳がせておくつもりなのかと考えていた矢先の奇襲。

「これが狙いだったのかと錯覚するほどに……行動の意図が読めん」

何より、なぜ最初にクルルを狙ったのかがメノウには理解できなかった。

仮に順に排除していくのが目的であるなら、後々厄介になる可能性を考慮して強い者からか、てっとり早く弱い者を狙っていくのがセオリーだった。

◀◀◀

だがクルルは、賢者とはいえ強さはタカコとレックスよりも劣る。何より、テントが近いとはいえ、すぐ近くにタカコが孤立した状態で眠っていたにもかかわらず、なぜあえてティナと同室にいるクルルを狙ったのか、その意図がわからずにいた。

「我々のテントにいた者を狙わなかったのはなぜだ？　孤立している状態じゃなかったから？　いや……それだとタカコ殿が狙われない理由が………」

考えれば考えるだけその意図がわからず、メノウは頭を悩ませる。

「全員！　ただちに中央広場に集結しろ！」

するとその時、怒りの交じった叫び声が周囲に響き渡る。

朝礼かとも思ったが、朝礼にはまだ少しだけ時間が早く、また、少し怒りを感じられる声色だったことから何かあったのかと、一同は顔を見合わせて困惑する。

近くで談笑していたレジスタンスの隊員を含め、その怒号を耳にした者はすぐさま表情を引き締め、中央広場へと次々に向かっていた。そのことからまだクルルがいなくなったことによる不安を拭いきれていなかったメノウたちも、そのあとに続いて広場へと向かう。

「朝食中、または朝食を終えて探索の準備を行っていた者も急に呼び出してすまない。朝礼には少し早い時間だが……緊急事態が起きてな、前倒しさせてもらった」

◀◀◀

広場には、険しい表情で腕を組んだバルムンクが立っていた。レジスタンスの隊員たちも、まだ何があったのか知らされていないのか、困惑した表情でバルムンクの言葉を待っている。

「昨日から今日にかけて、食料庫を荒らした者がいる。先ほど、本日の朝食当番だった者から報告を受けて知った情報だ」

神妙な面もちで放たれた言葉を聞いて、集まったレジスタンスの隊員たちはざわつき始める。

「朝食当番の者は混乱を招かないように皆には黙ってようとしていたみたいだが……事態は考えているよりも重い。レジスタンス以外にこのことが漏れるのはまずいが……お前たちには伝えておく必要があると思ってな。今までこんな事態は一度もなかった……食料庫を荒らすことは、統制を大きく乱してしまうことになると全員が理解していたからだ」

そこまで聞いて、メノウは深刻な表情で額に汗を浮かべながら「……まさか」とつぶやいた。

妙な焦りようにアリスが不安げに顔を覗き込み、「……メノウ？」と声をかけるが反応がなく、メノウはバルムンクが続ける言葉に耳を傾ける。

「俺もさっき確認してきたが……食料庫の錠前は壊されていた。道具を使われたような形跡もなく、無理やり力まかせに壊したかのような状態だった。……となれば、そんなことができるのはアースクリア出身の人間以外にありえない」

アースクリア出身の者と聞いて、一同は不穏な表情を浮かべてうろたえ始める。

アース出身の者に比べれば、身体的にも圧倒的な差のあるアースクリア出身の者が和を乱し

◀◀◀

始めたとなれば、止めるのにも命がけになるため、内心穏やかではいられないからだ。

英雄としてこの世界を救いに来た存在が、唯一残された安寧の場所までも危険にさらしているという状況が、アース出身の者はもちろん、アースクリア出身の者も信用を疑われるということで不安を胸に抱かせた。

「そして……鍵を使わなかったことから、鍵の場所を知らない者である可能性が高い」

その瞬間、周囲にいたレジスタンスのメンバーのほとんどが、メノウやアリスたちへと視線を向ける。

「え、ちょっと……」

明らかに威圧的な態度で怪しんだ視線を向けるレジスタンスの隊員たちを前に、ティナは思わずたじろいで一歩下がる。その隣でメノウは、「そういうことか……」と、やられたと言わんばかりの険しい表情を浮かべていた。

「メノウ……どういうこと？」

メノウの声に反応して、アリスが囁《ささや》くような声量で視線を変えずに問いかける。

「やはりというべきですが……恐らく敵はレジスタンスの隊員の中にも数人潜んでいる可能性があります。ですが、敵が私たちに干渉、もしくは監視をしようと思えば気配や殺気で潜り込んでいるのを我々に気取られる可能性がある……ピッタ殿もいますしね。ですが……レジスタンスの隊員全てが、最初から我々を疑うような目で見てくるとなればその判別は難しくなります。……相手の目的は、食料庫を荒らし、何も知らないレジスタンスの隊員たちの敵意を我々に向けさせてカムフラージュすることだったのではないでしょうか」

「そんな……私たち、盗んでませんよ！」

焦燥して声を荒らげるティナに対し、メノウは諦めたかのように「我々がそう言っても、信じてはくれんだろうな」と瞼を閉じて溜息を吐く。

レジスタンスの隊員たちが一斉にこちらを向いたのが、その証拠となった。今までこんな事態は一度も起きたことがなかったのに、鍵の在りかを知らないアースクリア出身の者が盗んだとなれば、一番疑わしきは間違いなくタカコたちだったから。

それだけではなく――、

「一人……足りないみたいだが、どこに行ったんだ？」

さらにメンバーが一人足りていないことで、疑心の目がバルムンクより注がれる。

「待ってくれおじき！　こいつらは……」

犯人は別に存在し、昨日の件も含めた話をしようとメリーがフォローしようとするが、メノウが片腕をメリーの目線にまで広げて首を左右に振り、発言を止める。

今、自分たちの置かれた状況を説明し、食料庫を荒らしたことについての納得を得るのはリスクが大きすぎたからだ。

仮に、レジスタンスの連中に自分たちの置かれた状況を説明すれば、半信半疑でほとんど信用を得られないながらも、本当の敵を探すために動いてくれる可能性はわずかだがあった。

だがそれは、レジスタンスに潜んでいる本当の敵にすらも味方のふりをさせるチャンスを与えることにも繫がる。

そうなれば、味方を演じられた末に裏切られる可能性も出てくる。それは鏡も想定していた一番あってはならない状況だった。裏切られたという精神的ダメージに、仲間を大切に重んじているティナやアリスたちが冷静を保てるとは思えなかったからだ。

懐《ふところ》に入られれば疑ってかかるのも難しくなるため、この状況に置かれてしまったのであれば、むしろ全員敵と考えて行動した方がマシな状況とメノウは判断した。

「クルル殿は……今朝からいないが、食料庫を荒らしたのは我々ではない。むしろ、我々と思わせるための工作とも考えられるであろう?」

疑心の目を向けるレジスタンスの隊員たちを前に、メノウはきっぱりとそう告げる。

だが、その疑心の目は、レジスタンスの隊員たちからだけではなく、バルムンクからもなくなることはなかった。

「今朝の話だが……なぜ、男性陣用のテントにパルナとアリスがいた？　パルナ……確かお前は事情と言っていたな？」

メノウの返しに、バルムンクはさらに食って掛かる。

バルムンクも、食料庫を荒らしたのはメノウたちだと考えていた。むしろ、怪しいと思える要素が多すぎて、メノウたち以外に考えようがなかったからだ。

「この世界に来てからの今後の方針とか、このままレジスタンスに所属して協力するのかとか、あたしたちの指示役でもあるメノウに相談しに行ってたのよ」

パルナは気丈に言葉を返すが、バルムンクから放たれる、朝起こしに来た時とはまるで別人かのような威圧感を前に、思わず頬に汗を垂らす。

「お前たちのまとめ役はタカコだと思っていたが……？」

「まとめ役はね。でも、考え事や方針決定は一番冷静に物事を考えられるメノウなのよ」

「ほぉ？」

不自然ではない返答に、バルムンクもまだ完全にメノウたちが黒であると決めつけていないのか、しばし一考する。その悩みぶりを前に、メリーがすかさず「おじき」と声をかけて前に出ると、「こいつらはやっていない」と仲裁を図ってくれた。

「私から見てもあまりにもタイミングが良すぎる。さっきメノウも言ってたが、まるでこいつらがやったかのように誘導してるみたいにな」

「状況を利用したか……その可能性も充分あるな。確かにわざとらしすぎる部分も多い」

「確たる証拠は何もないんだろ？　一度失った信用を取り戻すのは大変なんだ。私たちにしても……こいつらにしてもだ。もっと慎重になるべきだぜ」

これ以上ないフォローに、周囲にいた油機を除く女性陣四人は思わずメリーに視線を向けて

◀◀◀

笑みを浮かべる。その視線に気付いてか、メリーは気恥ずかしそうに「これくらいは当然だろ……」と、頬を赤くして顔を俯《うつむ》かせた。

メリーの周囲から寄せられる元々の信頼も厚かったおかげか、心なしか疑ってかかっていたレジスタンスの隊員たちも、「それもそうか」と、疑心の目を和らげていく。

「では、クルルはどうした？」

だが、バルムンクがぶり返したその一言で、再び一同に疑心の目が注がれた。

「確かにお前たちがやったと決めつけるのは早すぎるし、疑わしき者はほかにもいる。だが、今一番疑わしいのはクルルを連れていないお前たちだ。クルルが食料を持ち逃げした可能性が今のところ一番高いからな。今頃……食料をどこかに隠しているのかもしれん」

「な、クルルさんがそんなこと……！」

あまりの言い草にティナは激高するが、冷静な表情でメノウはティナの口元に手を当てた。

「クルル殿は賢者としての素質を生かし、このアースの世界に来た者とはいえ、元はヘキサルドリア王国の王女でもあった。身分を捨ててこの世界に来たほどに覚悟を持ったクルル殿が、盗みを働いたとは考えにくい」

クルルが王女であったという情報を知らない者が多かったからか、レジスタンスの隊員たちはこぞって「……王女？」と口にして動揺し、ざわつき始める。

「なるほど、確かにそれなら考えにくい。だが……それでも目の前にいないとなればお前たちを疑わざるを得ない。もしかしたら過酷な現実を前に、楽な道へ逃げ出したのかもしれないからな」

「わかっている。信じたくはないが……その可能性は否定できない」

「……メノウ？」

まるで、メノウもクルルがやったのかもしれないと疑っているかのような口ぶりに、アリスは思わず不穏な表情を浮かべて首を傾《かし》げる。

「しかし見つからなければ断定もできないはず。実際、我々にもクルル殿の動向はわからん」

無論、クルルが独断でいなくなったわけがなく、何者かによって攫《さら》われたであろうことは、メノウも理解していた。しかし、「クルルはやっていない」と断言し、フォローしても、そのまま見つからなかった場合、今度はメノウたちが疑われることになる。

それを理解していたメノウは、たとえ汚名を着せてしまうことになったとしてもクルルを切り捨て、『自分たちは何も知らない』ということにしようとしていた。

独断で動いたということにしてしまえば、見つからない相手を前にメノウたちも共犯であると言い切る証拠もなく、また、独断でいなくなったからこそ無関係を主張できる。

メノウが避けなければいけなかったのは、共犯ということにされ、懲罰房のような身動きの取れない場所に閉じ込められることだった。

そうなればなす術もなく、「脱走した」、「危険だったので処分した」など、適当な理由をで

◀◀◀

っち上げられ、レジスタンスの隊員たちに知られることなく、隊員たちも知らない場所へと捕らえられる可能性があったから。

「クルル殿は我々が見つけ出して連れてくる。もしかしたら風呂に入ってる可能性もあるのでな」

既に先ほど、風呂場は調べていたが、時間稼ぎのためにメノウはあえてそう告げる。

「いいだろう。とりあえずはクルルを見つけてからお前たちの言い分を聞こう。疑わしきは……お前たちだけでもないからな」

すると、バルムンクも一旦は納得したのか、瞼を閉じて軽く唸り声をあげながら頷く。そしてバルムンクの疑惑の目の矛先は、同じくアースクリア出身のほかの者へと注がれた。

一同は、疑惑の視線がほかへと注がれているうちに広場を離れて自分たち用に支給された女性陣用のテントへと向かう。

「アースクリアの出身だからといってクルルさんみたいなか弱い女性が強引に錠前を引き剝《は》がせるわけないのに……こんなの酷《ひど》すぎます！　クルルさんは仮にも王女なんですよ!?」

「落ち着いてティナちゃん。身体能力を強化する魔法を使えばクルルちゃんでもどうにかできるだろうし。向こうからすれば疑わしいに変わりないわ」

テントに戻るや否や、慈悲のないバルムンクの疑いようにティナがヘソを曲げ、タカコが冷静に相手側の思考になって宥める。

◀◀◀

「許してやってくれ……おじきはレジスタンスのまとめ役として、一刻も早く和を乱す奴を見つけたいんだ。それだけ責任感をもってレジスタンスの隊長をやってくれてるんだよ」

「……わかってますけど」

ティナの怒りはもっともだったが、バルムンクの心境もわからないでもなかったメリーは、親しい仲であるバルムンクに代わってティナに頭を下げる。

レジスタンスでの生活も長く、タカコたちの事情も知るメリーが今一番複雑な心境にあるのを察し、ティナは何も言えなくなって救いを求めるように視線をパルナへと向けた。

「なんであたしを見るのよ」

「いや、パルナさんならこういう時に気の利いた台詞《せりふ》を言ってくれると思って」

「今は仲間内で気を遣ってる場合じゃないでしょ？　どっちの言い分ももっともなんだし。これからどうするのよ？　クーちゃん探したところで見つからないし……絶体絶命じゃない？」

「だがこれは逆にチャンスでもある」

ヤレヤレと溜息を吐くパルナとは裏腹に、余裕のある表情でメノウはそう言い切る。

メノウには考えがあった。

「レジスタンスに属さない一切姿を見せない敵であれば手の出しようもなかったが、レジスタンスの隊員たちの中に敵が交ざっていると仮定するならば勝機はある。追い詰めるための策だったのだろうが……逆につけ入る隙を与えているのに向こうは気付いていない」

明確ではないが、敵がレジスタンスに潜んでいるという情報は、メノウにとっては救いの兆《きざ》しだった。その潜む敵を暴き、問い詰めることができれば、攫ったクルルの居場所を聞き出し、救出することもできる。

そのため今は、逆境をチャンスに変えようとしていることを気取《けど》られないように慎重に動くことが大事であるとメノウは考えていた。

「自分たち以外の全てを疑ってかかるんだ。たとえ……親切そうなのが相手だったとしても」

「なんか……妙に頼もしいですねメノウさん。まるでこういう状況に慣れてるかのようです」

迷ったそぶりもなく、鏡に代わっててきぱきと今後の動きを指示するメノウに、ティナが尊敬の眼差しを送る。

対するメノウはその言葉を聞いて、かつて、同胞を巻き添えにして村を失わせたことにより、同胞から嫌悪の目線を向けられ、全てを信じられなくなり、全てを敵であると疑心暗鬼になっていた頃を思い出し、「懐かしい感覚だ」と、思わず不敵な笑みを浮かべた。

「行くぞ、とにかく……せっかく時間をもらえたんだ。まだ探していない場所もある。一応だが……クルル殿を探しに行こう」

そして一同の、どこに敵が潜んでいるかわからない状況下で、クルルに続いて仲間を消される可能性に怯えながら過ごす、疑心暗鬼の日々が始まった。

たった一人

◀◀◀
Chapter.3

Data 1

LOAD

クルルがいなくなって二日間が経過した。

クルルの捜索は半日かけて行われたが、メノウが予想していた通りクルルは見つからず、クルルは食料庫を荒らした犯人の筆頭として扱われた。

そうなったのも、クルルがいなくなったことに対してメノウたちが、「自分たちにもなぜいなくなったのかわからない」と主張し、無関係を貫いたからだ。

クルルは独断で行動しているということにして、食料庫を荒らした片棒を担《かつ》いでいないとしたその結果、クルルは奪った食料を持ち逃げするために身を隠したということにされた。

クルルの捜索は今もなお行われている。というのも、ノアから出るには昇降路を使う以外にないため、クルルは現在ノア内のどこかに潜伏しているということになっているからだ。

「クルルさん……無事かな」

「わかんないけど、無事を祈るしかないわね。ほら、そんな不安そうな顔すんじゃないわよ。いつも笑顔のあんたが暗い顔してると、皆滅入《めい》るでしょ？」

クルルの身を案じて不安げな表情を浮かべるアリスの頬を、パルナはぐにーと引っ張って無

カドカワBOOKS 注目の新作
6月10日(土)発売!!!
【学生】【裁縫職人】【傍観者】
そんなハズレ職の僕らが勇者!?
――なんて酷いキャスティングミスだ!
カクヨム総合月間1位獲得
勇者召喚が似合わない僕らのクラス
著者:白神怜司　イラスト:目浮津
勇者召喚されたはずの高槻悠とクラス一行。しかし、彼らの職は「勇者」ではなく、へんてこスキル持ちのハズレ職だった!　無理せずまったり狩りして勇者を目指すが、いきなりラスボス級の魔族が襲撃してきて……!?

◀◀◀

理やり笑顔を作らせる。

残された一同にできることは少なかった。

当初の目論見では、敵の本拠地がこのノアの施設にあると思っていない様子を演じ、敵が不用意に手出しするのは損であると思わせることで安全を保ち、その間に別行動の鏡《かがみ》が、來栖《くるす》がモンスターと異種族を作り出して外に排出していることや、小型のメシアを保管していることを示す証拠をセントラルタワー内を探索して握る予定だった。

だが、敵はメノウたちを放置するどころか攻撃をしかけ、クルルを消し去ってしまったため、メノウたちは鏡が証拠を摑《つか》むのを待っている余裕がなくなり、自分たちが消される前に一刻も早く來栖を追い詰める証拠を得る必要ができてしまった。

だが、未《いま》だ成果はあげられていない。

というのも、朧丸《おぼろまる》の力で透明化し、時間帯を気にせず自由に動き回れる鏡に比べると、行動に制限がありすぎたからだ。

メノウたちはレジスタンスの一員として働かなければならず、常に自由に動き回れるわけでもない。また、食料庫を荒らしたと疑われているメノウたちは変な行動を起こさないか見張られている立場にあり、レジスタンスが寝静まった深夜にこっそり抜け出して時間を作るしかなかったからだ。

それでもなんとかその条件下で調べられる場所はほとんど調べ尽くした。一番怪しいと考え

◀◀◀

ていたノアの中央施設であるセントラルタワー内も、油機《ゆき》とメリーの協力を仰いで内部へと侵入して調べはしたが、來栖が使っていた転送装置を使わなければ入れないような隠された場所があるのか、見つけ出すことはできなかった。

しかし、仮に來栖の持つ転送装置でなければ行けない場所があったとしても、そこ以外の普通の場所にも隠された場所があるかもしれず、隠し通路がこのノアの施設内にないか、メノウたちは時間を作ってはしらみつぶしに探し回っている。

だがそれでもやはり時間は限られており、日中はレジスタンスとしての活動を余儀なくされる。現在も、ノアの施設内にある畑でとれた食料を、監視として他の隊員も同行のうえで、食料庫へと運んでいる最中だった。

「どうして……クルルさんだけなのでしょうか？　この二日間……捕まえようと思えば捕まえるチャンスはあったはずなのに」

食料を運んでいる途中、ふとティナが思い立ったように言葉を漏らす。並んで食料を運んでいたメノウも、「……ふむ」と一考するが、すぐに「わからないでもない」と、まるで敵の行動が冷静かつ適切だと褒めるかのように瞼《まぶた》を閉じた。

「我々を食料庫の犯人に仕立て上げるのが目的だったとするなら、クルル殿で一旦《いったん》打ち止めにするのは理に適《かな》っている。現に今も、我々が共犯者であるという疑いは拭いきれていないし、ほかのレジスタンスの者たちから向けられる視線もいいものとは言えないからな」

「どういうことですか？」

「今は逃げ隠れたことにされているが、一人ずつ消えていけば、いずれその考えは逃げ隠れたのではなく、何かよくない事件が起きてるのではないかという疑念に変わる。そうなれば疑う対象が増えて敵の身まで危うくなる。敵も、それは望まないだろう」

「……なるほど。じゃあ次に誰かを消すタイミングがあるとすれば、一気に私たちを消しに来るってことですね。全員を共犯者だとするために」

ティナの言葉通り、全員を一気に消し、そのあと昇降路を誰もいない時間に起動させておけば、「メノウたちはノアから逃げた」ということとして処理でき、証拠も隠滅できる。ティナの考え方は正しかったが、メノウはなぜか「そう……だな」と小さくつぶやくだけで浮かない顔をしていた。メノウには一つだけ気がかりなことがあったからだ。

それは、全員を消すタイミングをなぜこうも先延ばしにしているのかということ。

今、この状況で一人ずつ消すのはレジスタンスに不信感を与えるため合理的ではない。だが、一気に消すのであれば別に今の状況であっても問題はないはずだった。

敵は別に待つ必要性はない。チャンスがあれば一気に畳みかければいい。実際、チャンスは何度かあった。入浴時や就寝時間などの特に無防備になる時間帯にも何もしてこず、休憩時間を利用して三手に別れて行動し、あえて敵をおびき寄せるような真似《まね》もしてみたが、現れなかった。

◀◀◀

常時、警戒はしていた。だが、その警戒が何も意味を成さないとでも言わんばかりに敵は何もしてこなかったのだ。メノウはそれが気がかりで仕方がなかった。

「わざと泳がされている……そう考えるしかないわね」

「……タカコ殿も気付いていたか」

「何を狙っているのかはわからないけど……私たちを泳がせておくってことは、泳がせておく意味があるからとしか考えられないわ。私たちは生かされている。そして敵は何かの機を待っている……そう考えるしかないわね」

三百キロはあるであろう食料の詰まった三つの木箱を片腕で運びながら、タカコもメノウの隣で感慨深くつぶやく。

実際、初日にクルルだけを狙い、周りの者を消さなかった理由もわからなかった。あえて、鏡が作った抜け穴を破壊した理由もわかっておらず、敵が何をしたいのかメノウたちはわかりかねている。

「もしかしたらこの疑心暗鬼状態を利用して、行動がとりにくいのをいいことに私たちを利用し尽くすつもりかもしれませんよ？」

閃《ひらめ》いたとでもいうように、ティナが指をパチンと鳴らす。しかし、既に想定済みだったのか、メノウは首を左右に振って否定した。

「我々だって大人しく従っているわけではない。相手側からすれば煙たい相手には間違いないのだ……今は泳がせているだけかもしれないが、放置はしないだろう」

メノウのその言葉にティナは両手で持った木箱に頭を打ち付けて「ですよねー」と、不安そうにうな垂れる。

「我々にできるのはレジスタンス内に潜む敵の素性を暴いて問い詰めるか、一刻も早く來栖を敵と言い切れる証拠を摑むかのどちらかだ。ノア内のどこかに証拠があるのは間違いないはずだ……恐らくセントラルタワー内なのだとは思うが……我々には探し出す手段もない」

「なら、これ以上犠牲が出ないように一旦ここから逃げるとか？」

「相手の手口もわからん。ここから逃げたところでさほど危険は変わらない。むしろ、この状況で逃げればレジスタンスも敵に回って余計に不利になるぞ？」

「……最悪、セントラルタワー内で大暴れして強行突破を図る？」

「敵の数もわからん……得策ではないはずだ。証拠を摑んでほかの何も知らない者たちを味方につけたとしても、古代兵器を大量に持ち隠していることを考えれば避けたいリスクだ」

万が一の場合、防御力を無視してあらゆる物体を破壊できる自分がセントラルタワー内で暴れれば、隠されている部屋も見つけ出せるのではないかと考えていたタカコは、メノウに諭され考えが浅かったと表情を暗くする。

「表情が暗いぞ、そんなことでどうするお前ら？　敵に殺してくださいと言っているようなもんだぞ？」

「むしろなんであんたはそんな元気なの？」

タカコと同じく木箱を三つ運びながら、鼻息を荒くして張り切っているレックスの姿に、パルナはアホを見るかのような冷たい目線を注ぐ。

「絶望的な状況なのはどうあがこうが変わらないんだ。だが、なんとかなると信じて行動しなければ精神をすり減らすだけだろう？　クルルの身も心配だが、こうして不安でたまらなくなる状況に陥《おとしい》れて、判断力や冷静さを削《そ》ぐことが敵の思惑かもしれんだろ？」

「そうかもしれないですが、何かレックスさんが言うと無性に腹が立ちますね」

「待て、僕は一応勇者だぞ？　役割的にも今の台詞《せりふ》はあってるはずなんだが？」

「役割じゃなくてキャラの問題でしょ。あんたチクビボーイだし」

「それは全く関係ないだろう！」

雰囲気をよくしようとキリッとした表情を見せるレックスを、ティナとパルナは全力でいじり倒す。

「え、お前チクビボーイって姓なのか？」

「ち、チクビボーイ……！　うっは」

「おい、その気の毒とでも言いたげな顔をやめろ。お前もクスクス笑うな油機！」

レジスタンス内に敵がいるかもしれないという、ずっとそこで過ごしていた者にとっては悲しい現実を前に、暫《しばら》く何も言わず木箱を運んでいたメリーと油機も、ビックリした表情でレッ

◀◀◀

クスに視線を送る。

元気を出せと言われても気休めにしかならなかったが、そのやり取りにアリスがクスクスと笑っているのを見て、メノウも「悲観している場合ではないな」と、気を取り直した。

「おぅ！　ここにいたか」

その時、仲睦《むつ》まじく荷を運ぶ一同の前に、いつもの作業服ではなく、装備を整えた状態のバルムンクが気さくに声をかけながら、姿を見せる。

その隣には、背後から見れば女性と見間違えるような黒く長い髪をした長身の男性が立っており、油機とメリーを除いて一同は、内心「誰？」と思いつつも、特徴あるその姿を注視した。

狩人が好んで身に着ける帽子を被《かぶ》っており、目元もまるで獲物を狩るハンターかのように鋭く、にもかかわらず暗殺者を連想させるような長く黒いコートを羽織っており、服も黒一色で統一されている。見た目からも近寄りがたい雰囲気が放たれているうえに、表情を遮るように黒い布が鼻から口にかけて巻いてあり、どう接すればいいのか迷う容姿をしていた。

「辛気臭い顔をしているな……まあ無理もないが」

怪しい雰囲気の漂う男性に視線を向けていると、不意にバルムンクが心配そうな表情で語りだす。

すると、メリーと油機を除く全員が表情を強張《こわば》らせた。一同はバルムンクこそが敵との内通者ではないかと考えていたからだ。仮に、敵がこのノア施設内にいるとして、レジスタンスに

◀◀◀

ばれないように今まで上手《うま》くやってきたとするなら、それはレジスタンスのリーダーが上手くコントロールしてきたという可能性が高かったから。

メリーと油機はそれを全力で否定したが、メノウは可能性の一つとして捉えている。どれだけ二人に信用されていようが、考慮しておかなければ、裏をかかれるのは自分だと、心を鬼にして。

「あーなんだ。すまなかったな……俺も隊長としてまとめ役を担っている手前、相手が誰であろうと疑わしきはしっかり調べないといけなくてな、まだどうなのかは判明してないが……俺は信じてるぞ。なんせ、油機とメリーが必死になってお前たちを庇《かば》うくらいだからな」

「おい！　恥ずかしいこと言ってんなよおじき！」

「いいじゃねえか、事実なんだ。じゃじゃ馬のお前が懐《なつ》くような連中だ。俺だってそんな奴《やつ》らが統制を乱すような真似をするとは思いたくもないからな」

バルムンクとメリーとのやりとりを見て、可能性を考慮しすぎて邪険な態度を取るのも違うと考え直し、メノウを除く全員の表情が柔らかくなる。それでもメノウは、バルムンクが何かボロを出さないかと注視し続けた。

「それで？　何の用なの隊長さん？　あたしたち食料を運んでいる最中なんだけど？」

パルナが木箱を地面へと置いて、とりあえず話を進めようとバルムンクに視線を合わせる。

「この前の遠征の疲れも取れてないところで申し訳ないが……お前たちには再び外に出てもら

◀◀◀

いたい」

「外？　何をしに？　また大移動をしている異種族でも現れたわけ？」

「そうじゃない。それならもっと緊急を要して全員を集めているさ。別にお前たちに責任を負わせるつもりで言っているわけじゃないが……食料庫が荒らされたせいで食料の補充が必要でな」

「食料って……食料庫にはまだまだ食料が蓄えられていたじゃない」

「食料庫には常にノアの施設内の住人が一週間は食べていける食料を確保しておかなければならない。いつ何があるかわからないからだ」

一定量の食料を常に用意しておくことは、戦時中や、今のノアのように食料が安定して確保できない状況下では非常に重要だ。緊急事態ではないとはいえ、今の段階から確保に動くことの必要性に関してはメノウにも理解できる。だがメノウは、バルムンクのその指示に対し、

「……まずいな」と心の中で声を漏らした。

「……？　どうしたのメノウちゃん？」

「……いや」

先ほど、クルルを消して以降誰にも襲い掛からず、一人ずつ消していくわけでもないと言っていたが、それはノアの施設内にいる場合に限る。というのも、ノアの施設内で誰かが消されていくという状況はレジスタンスにいらぬ混乱を与えるだけだが、外へと出てしまえば、たと

え仲間が消されたとしてもレジスタンスに疑われることもなく、『外で殺されてしまった』、もしくは『そのまま行方不明になった』として扱われるからだ。

食料庫が荒らされた段階で防ぎようのなかったことだったが、敵が誰なのかもわからず、クルルを消したその手段もわかっていない状態で外に出るのは非常に危険に思えた。

バルムンクがこれらを意図してメノウたちに外出命令を出したのかどうかはわからないが、どちらにしろ、死地へと赴くことになるのはレジスタンスに所属している以上は避けようがない。メノウはギリッと歯を噛《か》みしめる。

「どうかしたのか？　メノウ？」

「ん？　あ、いや。急に腹が痛くなってな」

「おいおい大丈夫か？　外に出る前に用は済ましておけ。トイレはほら、あっちだ。集合は今から一時間後、三日前に遠征に出た時と同じ場所に集合だ」

バルムンクが怪訝《けげん》な視線をメノウに向けるが、メノウは咄嗟《とっさ》に腹を抑えて誤魔化《ごまか》した。上手く誤魔化せたからか、バルムンクは「朝はちゃんと出しとけよー！」と豪快に笑い声をあげる。

「ところでさ、どうしてロットさんが一緒にいるの？」

そこで、一同もずっと気になっていたバルムンクの隣に立っていた男性を指差して油機が指摘する。ロットという聞き覚えのある名前を聞いて、アリスが思い出したように「この人がロットさん!?」と、ずっと気になっていたのかすぐさま近寄ってまじまじと見つめた。

◀◀◀

「油機さんとメリーさんから聞いてるよ！　あなたがロットさんなんだね！　ボクはアリス、アースクリアのヴァルマンの街出身だよ！　よろしくね」

その近寄りがたい容姿など関係なしに、アリスは笑顔で言葉をかけるが、ロットは一切表情を変えずに睨《にら》みつけるだけで何も返事をしようとしなかった。さすがのアリスも初めての反応だったのか、「ええっと……」とたじろいでしまう。

「おいロット！　折角挨拶してくれてんだから返事くらいしろよな！」

そこで見かねたのか、あんまりな態度を見せるロットに対し、メリーが少し怒った表情でずかずかと詰め寄り、顔に指を差す。

だが、ロットはやはり何も言葉を発しない。しかし、暫くジーッとメリーを見つめたあと、懐《ふところ》から小さな袋に包まれた飴《あめ》玉を取り出して、そっとメリーの掌《てのひら》に載せた。

「……仕方ねえ奴だ。まあこんな感じに無口な奴なんだ。許してやってくれ」

「メリーちゃん……チョロ!?　飴玉一個で懐柔されちゃうとかチョロすぎでしょ！」

「ば、馬鹿野郎！　別に飴玉をもらったから許してやれって言ったわけじゃねえぞ！」

油機の指摘通りなのか、メリーは少し頬を赤くしながらフンッとそっぽを向く。それと同時にロットは懐からもう一つ飴玉を取り出し、アリスの手元へとそっと置いた。

アリスが困惑しながらも「あ、ありがとう」と頭を下げると、ロットは無表情のまま手を差し出して握手を求め、アリスがそれに応えると、ロットは満足したように背を向けてスタスタ

◀◀◀

とレジスタンス本部の奥側にある昇降路へと向けて歩き始めた。

「え？　ちょっとロットさん？　おーい！」

わけもわからず去って行くロットに困惑しながらも、アリスは受け取った飴玉を口へと運び、コロコロと口の中で転がし始める。その光景にパルナは「やっぱまだまだ子供ね……」と、感慨深くもどこか安心したような表情を浮かべた。

「だっはっは！　もう満足したみたいだな！　元々俺が顔を合わせたいから来いって無理やり呼んだだけだったしな」

いつもの調子で去って行くのを見て、バルムンクが突然豪快に笑い声をあげる。

「どういうことだよおじき？　ちゃんと説明しろって」

「ああすまんすまん！　食料探しは何もお前たちだけでしろって言っているわけじゃないんだ。調達班と一緒に行ってきてもらう。だから調達班のリーダーであるロットと会わせておこうと思ってな！　あ、ちなみに俺が鎧《よろい》をつけてる時点でわかってるとは思うが俺も手伝うぞ？」

ロットを連れてきた理由がわかり、「そういうことかよ」とメリーが溜息《ためいき》を吐《つ》く。結局会うには会えたが、ロットという人物がどんな人なのかわからず、メリーと油機とバルムンクを除く一同は困惑した表情で既に遠く離れてしまったロットの背中を見送った。

「ロットさんはいつもあんな感じだから気にしなくていいよー。基本何も喋《しゃべ》らない人だから。でもとってもいい人で、しかもめちゃくちゃ強いから頼りにしていいと思うよ」

◀◀◀

「強いってどれくらい強いんだ？　アースクリア出身の人間なんだろう？　役割はなんなんだ？」

強いと聞いて、師匠である鏡を目指して修行中の身であるレックスが過敏に反応を示す。

「前も言ったけど役割は狩人で……確かレベルは249って言ってたよ？　全然喋らないから聞き出すのに苦労したけど」

「レベル249だと？　ということは……スキルを二つ持っているのか？　249って、タカコよりも強いんじゃないのか!?」

「んー……ロットさんの強さはどっちかっていうとサポート的な意味での強さなんだよね。タカコさんと正面から殴り合ったらタカコさんの方が強いと思うよ？　だから私たち奪還班じゃなくて調達班にいるわけだし」

「サポート的な強さ……スキルが何か影響してるのか？」

「うん。ロットさんって五感を強めるスキルを持っててね？　獣牙族《じゅうがぞく》みたいに臭いや音で敵の存在を感知できるんだよ。さすがに喰人族《くいとぞく》みたいな音を発しない相手は拾いきれないみたいだけどね。でもそのおかげで調達班はリスク少なく安心して外で物資を調達できるんだよ。もう一つのスキルは何か知らないけど」

それを聞いて一同は意外とでも言いたげな顔を見せる。というのも、あれだけ無口なのだ。危険が迫った時に周囲に指示を出す光景をイメージできなかった。

◀◀◀

「というか、調達班ってことはルナもいるんだよな？　あいつ、いつもロットと一緒にいるのに、今日はいないのか？」

「ここにいるよん？」

誰かを探すようにメリーが周囲をキョロキョロと見回していると、背後から陽気に返事をする女性の声が至近距離で聞こえ、一同は咄嗟に振り返って声の主を確認する。

するとそこには、「にゃはは！」と楽しそうに頭で腕を組む、銀色で少しふわふわとしたセミショートの髪型の、見た目十八歳くらいの少女が立っていた。

見た目はまだ若いのに、どこかお姉さん気質な感じのする怪しげな目元で、パルナとはまた異なる妖しさの漂った美しい容姿をしており、チラッと見える八重歯が笑顔の華やかさを際立《きわだ》てている。

「いやー相変わらずかわいいなーメリーちゃんは、キョロキョロとあたいのこと探してさ」

「どうせお前のことだろうから隠れてると思ってな」

こうやって相手を驚かせるのがいつものことなのか、メリーは呆《あき》れた様子でルナに話しかける。その傍《かたわ》らで、タカコとメノウは異常なまでの驚きを見せていた。背後に立っていたのに、まるで気付けなかったからだ。

「ロットに飴玉もらって嬉《うれ》しそうに舐《な》めてたのもかわいかったなぁ？　んん？」

「よし、許さん」

馬鹿にしているのか、ただからかっているのかよくわからない煽《あお》りを受けて、メリーがホルダーに入れてあったガバメントの銃口をルナへと向けるが、「ぬははは！　当たらん！　当たらんよメリーちゃん！　残念ながらあたいに当てるのは十年早い！」と笑い声を上げながら、シュッシュとタカコよりも素早い身のこなしでメリーの周囲をぐるぐる回り始めた。

「もしかして……盗賊なのかしら？」

盗賊が好んで着用する身軽な服装をしているのも相まって、タカコがルナの役割に臆測をつけて問いかける。

「へぇ凄《すご》いね！　よくわかったね！　えーっと？」

「タカコよ。その身のこなしの良さと、さっき私たちの背後にいつの間にか立ってたのが、盗賊ならではのスキルなんじゃないかと思ってね」

「おぉ！　タカコは頭が回るねぇ！　でもはっずれー！　音もなく背後に近づいたのはあたいのスキルの力じゃないよ？　ただの忍び足だから集中してれば気付けたはずだよ」

「スキルじゃないの？　あなた……いったいレベルはいくつなの？」

てっきりスキルによる力だと思っていたタカコは素直に驚いた顔を見せる。

「あたいへキサルドリア王国のスラム出身でさ。日常的に盗みとか働いてたんだよね。その暮らしが長かったから音や気配を出さずに歩く癖ができちゃってさ。ごめんね？　驚かせちゃって？　あ！　ちなみにレベルは１９８だよ」

◀◀◀

「その若さで198……？　というより、そんなに実力があるならどうして奪還班じゃないの？」

「そりゃもちろん、あたいがただ素早いだけで戦闘向きじゃないからさ。スキルも一つしか持ってないしね……あと二つレベルを上げてれば新しいスキルが手に入ったんだけどね……」

レベルをちゃんと上げておかなかったことを後悔しているのか、ルナはトホホと落ち込んでわざとらしく肩を落とす。なぜレベルが上がるのを待ってからこの世界に来なかったのか気になったが、あまり深くは関わる必要はないと、タカコは言葉を心の奥に閉じ込めた。

「あ、ちなみにそいつに影を踏まれるなよ？　ルナに影を踏まれたら動けなくなるからな」

「影？　どういうこと？」

「そういうスキルなんだよ、そいつが持ってる力は。まあ動けなくなるのは下半身だけで、上半身は動くからかなり中途半端なスキルなんだけどな」

「うぉおおい！　どうしてばらすかなこの子は！　アホなのかな？」

「うるせぇ、日頃の恨みだバカヤロー」

「んもぉ！　どうしてくれんのさ！　これでタカコたちにスキルを使ってイタズラしにくくなったじゃんかよぉ！」

「そもそもすんな！」

油機とはまた違ったうるささがあり、メリーとルナのやり取りを見ていた一同は思わず残念

◀◀◀

そうな表情で苦笑する。その反応にすかさずルナは「なーに苦笑いなんかしちゃってんのぉ！　大丈夫大丈夫！　すぐに友達になれるからね！」と、ポジティブにウインクをしてみせた。

「とまあそんなわけで、さっきいたロットとここにいるルナと一緒に外に出て、食料を調達してきてほしい。頼んだぞ」

「ちょっと待ちなさいよ。まだあたしたちが行くなんて一言も言ってないけど？」

その時、パルナもメノウと同様に外に出ることを不安に感じていたからか、用を果たしてそのまま集合場所へと向かおうとするバルムンクに食って掛かる。

「悪いがこれはレジスタンスの大事な活動の一つだ。拒否するのはいいが、レジスタンスへの貢献を拒むものをここに置いておくことはできん……って話になる。すまないが協力してくれ。なーに、この前の遠征に比べれば遥《はる》かに安全な任務さ」

バルムンクはあくまでこれは食料調達のための外出で、強力な力を持つメノウたちの力を借りたいと言い張り、「それじゃあ待っているぞ」と半ば強引に押し切ってその場から去った。

「あ、ちょっと！　ったくもう！」

「そうカリカリするなよボインなお姉ちゃん。あたいと仲良く一緒に外へ行こうぜ？」

「おっさんかあんたは……パルナよパルナ。ちゃんと名前で呼びなさい」

「へぇーパルちゃんね。オッケー了解」

距離感の測り方を知らないのか、ルナは気安くあだ名で呼ばれて怒っているパルナをおかま

◀◀◀

いなしにケタケタと笑い、フレンドリーにそのまま一同の名前を順に聞いて呼びやすいあだ名をつけ始めた。

「……策は練るか」

そんな中、メノウは思考を巡らせて外に出た時の立ち回り方を考えていた。

これが敵の罠《わな》である可能性は高く、外で奇襲を受けることになると考えていたからだ。それならばその罠を逆に利用してこちらが有利になるようにできないかと思考を巡らせていた。敵が奇襲を掛けてくる時、必ず何かしらの接触を行ってくると予想していたからだ。

接触するということは、確実に敵もこちらに近づくということ。それに乗じて何とかしてその敵を捕まえようと、メノウはかつて魔王の参謀として魔王軍を動かしていた知将としての能力を発揮させ、数年ぶりに相手の裏をかくための策を練り始める。

そして、頭の中で策を練りながらも、とりあえず手元に持っていた木箱を全てレックスに押しつけ、トイレへと向かった。

◀◀◀

Data 2

LOAD

それから一同は、バルムンクに頼まれていた通りに広場へと向かい、食料調達のためにレジスタンスの部隊の一つ、調達班と共にノアの外へと向かった。

敵を殲滅《せんめつ》してレジスタンスの隊員たちが活動できるエリアを確保することが目的の奪還班とは異なり、調達班の主な仕事は、奪還班が確保したエリア内で物資を調達することにある。

一見、敵との戦闘を避けられる危険のない仕事のように見えるが、そんなことはなく、仮に奪還班が処理しきれなかった異種族やモンスターがいた場合は、物資の捜索中に奇襲を受けることもざらにある。

そのため、調達班は突然の奇襲にも対応できる身体能力も持ち合わせていなければならず、連絡系統の支援を行う者以外はアースクリア出身の者だけで構成されている。

物資は旧文明が残した建物内に隠れていることが多く、現在メノウたちもノアの地下施設から数キロメートル離れた先にある旧豊島《としま》区の池袋《いけぶくろ》と呼ばれていた地域に向けてレジスタンスの隊員たちと固まって移動をしながら、道中にある家屋を探索していた。

「物資の調達の基本！　とりあえず地面を見ながら歩く！　オッケー？」

◀◀◀

現在メノウたちとバルムンクを含める調達班は、リーダーであるロットを中心に、三チームに分かれて行動していた。それぞれロット、ルナ、バルムンクがチームリーダーとして行動し、食料回収の効率を高めるためにバラバラにポイントを分けて探索を行っている。

そしてメノウたちは、ルナのチームに入って行動していた。

「なんで地面を見ながら歩くのよ、前見てないと危ないじゃない」

「あっはっはっは！　アホ丸出し！　食べられる雑草とか、植物が生えてたりするんだよ！」

ただ聞いてみただけにもかかわらず、「そんなことも知らないの？　ださ！」と小馬鹿にされ、パルナは瞬時に威力を弱めた爆破魔法をルナに向けて撃ち放つ。だが、爆破魔法はかすりもせず、ルナは瞬時にパルナの背後へと回って「はい、残念」とパルナの頬をプニッと突いた。

かれこれこのやり取りが既に何度も繰り返されており、最初はパルナも無視していたが、次第に行動がエスカレートし、今では普通に爆破魔法を撃ち放つようになっていた。とはいえ、パルナの攻撃は未だに一度も当たっていない。というのも、ルナの動きが、武闘家であるタカコの俊敏性を遥かに上回っていたからだ。

そしてタチの悪いことに、目で追いきれないほどの俊敏性を利用して、さっきから無駄にイタズラを仕掛けてきている。主に犠牲になっているのがパルナだ。

だがそれでも仕事はしっかりとこなしており、ルナは先ほどから食べられそうな植物を見つけては持ってきていた布袋に入れている。そんな、テキパキと動いては物資を調達するルナに

◀◀◀

感化され、ほかの調達班の隊員たちも、モンスターや異種族が近くに寄ってくる危険性を恐れずに探索を行っていた。

「お、ロットから信号受信。敵が近くに寄ってきてるってさ。皆ぁ、周囲を警戒して」

というのも、敵が近づいている場合、ロットのスキルによる感知により、事前に隊員たちに通信機によって知らされるからでもある。ロットを中心にチームがポイントを分けて行動しているのもそのためで、通信機が赤の場合は敵が近くにいる可能性があり、青の場合は周囲に敵がいないため安全に探索を行えるという仕組みになっていた。

「ちょっとレックスかタカコさん、あたしの代わりにあいつぶん殴って。あたしじゃ当てられないから」

「悪いが、僕は女性に手をあげるつもりはない」

「私が何かされたわけじゃないし……私が殴っちゃうと取り返しがつかないもの。悪いけど諦めて頂戴」

レックスとタカコに断られ、ルナはさらに「うはー断られてるぅ！」と、パルナの周囲をくるくると動き回って煽り始める。

「まあまあ怒らない怒らないー。ほら、ルナとパルナって名前も似てることだしさ」

「それがどうしたってのよ……！」

そんな二人のやり取りを、傍らでアリスが尊敬の眼差《まなざ》しで見つめる。パルナを怒らせれば、

◀◀◀

手痛い反撃が必ず待っているというアリスの常識が、ルナの行動で覆《くつがえ》されたからだ。

「そうか……ボクも素早さを身に付ければ…………！」

「へぇーアリスちゃん。あんたルナの肩を持つわけ？　あたしを困らせるために？」

「そ、ソンナコトカンガエテナイヨ？」

わざとらしく口笛を吹くアリスに、パルナが手に持っていた杖《つえ》をアリスの頬に食い込ませる。

「っふ……パルナ殿。そんなことでは保護者としてはまだまだ三流……アリス様のわがままと巧みに付き合えてこそ真に保護していると言えるはずだ」

「あんたのは保護じゃなくて甘やかしでしょ」

「ていうかメノウ。わがままって言った？　まるでボクがいつもわがまま言ってるみたいに聞こえたんだけど？」

「ちょっと三人共！　真面目《まじめ》に働いてくださいよ！　私だけじゃないですかさっきからちゃんと働いてるの！」

わちゃわちゃと揉《も》める三人に、ティナが頬を膨らませながらこんもりと膨らんだ袋を目の前に突き出して怒号を飛ばす。

その様子にすかさずメリーが「いや、お前がさっき拾ってたものの中に毒キノコとか交ざってたからな？　拾えばいいってもんじゃないぞ？」とツッコむが、「判別はレックスさんに任せるからいいんです！」と、半ば強引に持っていた袋をドンッとレックスへと押し付けた。

そんな馬鹿をやっている一同を、タカコと油機は苦笑して見守りながらも業務に当たる。

だがその一連の行動も、そうやって気を抜いているように見せかけているだけで、実際は神経がすり減るのではないかと思うくらいに、一同は周囲へと気を配らせていた。

幸い、敵は未だ現れず、ロットとルナの協力もあってモンスターと異種族の被害も受けずに一同は任務に当たれていた。だがそれは、ほかの隊員が見ている状況下では敵も下手に手出しできないからだと考えられていた。

「おや、バルムンクのおっさんからだ」

その時、通信が入ったのか、ルナはロットから渡されていた物とは別の会話用の通信機を懐から取り出し、「もぴもぴ？」と耳に当てる。何かの指示を受けたのか、「ほーい」と返事をすると通信機を懐にしまい、ルナは手をパンパンッと叩《たた》いて周囲の注目を集めた。

「それじゃあそろそろ、何人かで適当に固まって、ここらへん一帯の家屋をバラバラに探すよ。そうだな……四人ずつくらいで分かれて探そうか。危険が迫ったらあたいがすぐに教えてやるから安心しろよー。あ、遠くには行くなよ？　声が届かなくなったら危険も知らせられないからな」

それを聞いた瞬間、さっきまで穏やかな様子で食料を調達していた一同の顔つきが変わり、警戒を強めた真剣な表情になる。

というのも、レジスタンスから離れて食料を調達しなければならない状況に必ずなるであろうとメノウが前もって予測をたてていたからだ。レジスタンスの隊員たちが見ていない状況下で、誰かが消された場合、不幸な事故ということで片付けられる。となれば、敵は必ずレジスタンスの誰かが見ていない状況を作るだろうとメノウは考えていた。

少なくともこれで、調達班の誰かが敵と内通していることがわかった。指示を出したバルムンクが一番怪しかったが、ほかの者が促した可能性もある。どちらにしろ、レジスタンスと別れて行動している状況で敵が襲い掛かってくる可能性は高く、その時に逆に敵を捕まえてしまえば、明らかになることだ。

「ここまでは予定通り……これからが本番だ。皆、気を付けてくれ」

そう声をかけることで、一同は顔を引き締める。むしろ、これはメノウたちが望んでいた展開だったからだ。

ルナの指示通り一同は四人ずつに分かれると、自分たちという餌を元に敵を捕まえるべく、周囲を警戒しながらそれぞれ別々の家屋へと入って行った。

Data 3 LOAD

敵を警戒しなければならないとはいえ、食料もちゃんと調達しなければならない。予定通りの展開になったあとも、一同は探索を続けていたが敵は未だ現れず、メノウとアリスとレックスと油機の四人は一時間くらい探索してからいったんの目途をつけ、廃棄された高層マンションの屋上で休憩を挟んでいた。

「……凄いよね。こんなに建物が密集した世界が昔は栄えていたなんて。きっと……人の数も多かったんだろうね。それが今は誰もいないなんて」

屋上から見える街の景色を腰をおろしながら眺めて、ふいにアリスが感慨深くつぶやく。

屋上から見えた景色は、廃屋となったビル街に生い茂った苔《こけ》や草木が太陽の光に反射され、どこか神秘的な美しさを放っていた。

「バルムンク殿は、この世界は異種族やモンスターたちの手によって奪われたと言っていました。ですが、ふたを開けてみればその世界に異種族やモンスターを作った人間がいて、世界が滅んだあとにもかかわらずそれを作り続けている。しかもそれが……この世界を取り戻そうと躍起になっているレジスタンスの内部にいる人間である可能性が高いなんて……皮肉な話で

◀◀◀

す」

目の前に広がっている世界を作った原因が結局は自分たち人間であるということに呆れを感じながらも、メノウは溜息を吐く。

「來栖さん……なのかな、やっぱり」

悲しげな表情で吐かれたアリスの言葉の意味を、メノウは痛いほど理解できた。

鏡がもたらした情報、そしてレジスタンス内でクルルが消えたことも合わさり、黒幕が來栖である可能性は非常に高かった。こうして、來栖以外の敵が誰なのか、コソコソと嗅ぎ回っているのも、その証拠を掴むためでもある。

だが、仮に黒幕が來栖であった場合。それはつまり、人間がこの世界を滅ぼしたということにも繋《つな》がってしまう。人間が躍起になって取り戻そうとしている世界は、人間の手によって滅んだという事実は、仲間同士で争うことのなかった魔族二人には憐《あわ》れな現実にしか見えなかった。

「わかりません……ですが、我々が今追っている敵が人間であることは確実でしょうね」

メノウの言葉に、アリスは表情を曇らせる。

逆に、メノウは「っふ」と軽く鼻で笑った。人間の世界のために、人間が蒔《ま》いた種を何とかしようとしている自分がいようとは、昔の自分では考えられなかったから。

「もし、敵が人間だったとしても、本当に人間がこの世界をこんな風にしちゃったのかな?」

「人間は争う生き物です。それは、歴史が証明していること。人間を滅ぼしたのが人間の手によってというのも……不思議な話ではありません」

メノウの言葉に、アリスは納得がいかないように「そう……なのかな」と言葉を漏らす。

その表情から、またしてもアリスの言いたいことがメノウには理解できた。

外の世界は、人類が地下施設ノアへと逃げ込む以前の建築物がそのまま残されている。風化による劣化や、苔などが生い茂った影響で風景は変われども、そのほとんどが人類がいなくなる直前のままなのが窺《うかが》えた。その証拠に、風化を免《まぬか》れている家屋内にあるものを物資としてレジスタンスは調達している。

街の至るところには戦いの痕跡が残されている。まるで隕石《いんせき》が衝突したかのようなクレーターが街のところどころに存在し、抉《えぐ》り取られたかのように破壊された建築物がそのまま残されている。

だがそれは、異種族とモンスターが人間と争った跡とは思えなかった。

実際、旧文明の兵器と呼べる代物は、異種族を簡単に捕らえるほどの強い力を持ったものだった。そんなものを持ち合わせている人類が異種族やモンスターに負けるとは、メノウにも思えなかったからだ。

來栖やレジスタンスの隊員たちは、この世界は異種族やモンスターの手によって奪われたと言っていたが、仮に來栖がその異種族やモンスターを生み出していたのだとすれば、この世界が滅んだ理由が、何か別に存在するような、そんな感じがしていた。

「どちらにしろ、今はわからないことです。全てを知るためにも、今は敵を追い詰めるための証拠を摑みましょう」

「うん……そうだね」

「話は終わったか？　そろそろ行くぞ」

二人っきりにしようと、暫く話しかけないでおいたのか、話の目途がつくや否やレックスと油機が立ち上がる。

「そろそろタカコと連絡を取っておいたらどうだ？」

「ああ、そうだな」

レックスの提案を受けて、メノウは懐にしまっておいた通信機を取り出す。

結果的に予想通り二手に分かれて行動することになったが、メノウは元々ほかの隊員に見られていない状況下で行動する際、メンバーを二手に分けるつもりでいた。それ故、ルナたちには内密に通信機を別途持ち運んでいた。

というのも、メノウはこの時点で二カ所を同時に奇襲することは不可能であると結論づけており、メンバーを二手に分けることで、一網打尽にされるのを防ごうと考えていたからだった。

もしも奇襲を掛けるとしても、ほかのレジスタンスの隊員たちが付近にいる状態で目立つ行動は難しい。それでも仮に、外に出たレジスタンスの隊員全員が敵であれば話は別だったが、

◀◀◀

それほどに大規模な数の敵がレジスタンスに潜んでいるのであれば、こそこそとクルルを消すような行動はせずに、もっと公に行動しているだろうとメノウは判断していた。

となれば、奇襲を掛けるにはやはり目立たないように、かつ、相手が抵抗して騒ぎたてたり逃げられたりしないように動かなければならない。そう考えれば、方法は限られてくる。

「タカコ殿、首尾はどうだ？　何か不審な者が近づいてきた様子は？」

『四人でお互いの位置を確認し合いながら行動しているけど、今のところ敵らしい存在は見当たらないわ。この調子で物資を調達してそちらに合流するわね』

ヒントは、クルルが消えた時に既にあった。いくら寝ているとはいえ、高レベルの賢者であるクルルが普通の奇襲を受けて何も抵抗できずにただ消されるとは考えにくい。

それも、隣にティナが寝ている状況であればなおさらだった。

つまり敵は、抵抗のしようもない、もしくは抵抗しても周囲に気付いてもらえない何かしらの手段を用いた奇襲が行えるとメノウは予測する。

そう考えたのも、音と気配を消し去る喰人族を敵が外に排出しているということから、敵の中にそういう力をもった何者かがいる可能性を考慮したからだ。

そして恐らく、多くは存在しない。

それは、喰人族の知能が低いことが根拠になった。仮に敵が、喰人族が持つ力のオリジナルを持っていたとして、喰人族を作ることでその力を量産していたと仮定しても、固定の人物だ

◀◀◀

けを狙って消せるような知能をもった成功例はまだいないと判断した。バルムンクが「喰人族の知能が進化している」と言っていたのも、その能力を最大限に発揮させるため、敵もその部分を強化させる実験を現在も行っているからと考えれば辻褄《つじつま》が合う。

オリジナルが存在したとしても、その数は少ない。故に、クルルを消すタイミングで全員を消さなかったのは、消せなかったからだとメノウは考える。

そしてオリジナルがクルルを殺さずに捕まえて運んでいったと考えれば、隣に寝ていたティナが何もされずに放置された理由にも説明がつく。単純に手が足りなかったからだ。そう考えれば、クルルもまだ生きている可能性がある。

とはいえ、これはメノウの臆測でしかない。しかし、少なくとも散らばっている状態では一気に消し去ることはできないだろうとは踏んでいた。そう考えての二グループ行動だった。

「気を付けろタカコ殿、相手は恐らく喰人族と同じような力を持ち合わせているはずだ。そうなれば頼れるのは視覚のみ……最後まで油断するな。そして逆に……捕まえるんだ！」

『ええ、わかってるわ』

タカコの返事を聞くと、メノウは安心した様子で通信機を切って懐へとしまう。

「メノウ！」

その瞬間、レックスの警告を促す叫び声が周囲に響き渡る。あまりにも突然に血相を変えて叫び出したレックスに目を見開いてメノウは戸惑うが、レックスがロットから受け取った通信

◀◀◀

機の色が赤になっているのを見て、すぐさま背後を振り返って魔力を手元へと込めた。

するとそこには、マンションの壁を伝って屋上へと上ってきたのか、黒い何かが音も気配もなく、既にメノウのすぐ視線上を跳びかかってきていた。

「現れたな！」

すぐさまメノウはそのまま仰向《あおむ》けに寝転がるように背後へと飛び退《の》き、爆破魔法を黒い何かへとぶつける。

「僕に任せろ……はぁぁぁぁあ！」

そしてすぐ、爆破魔法によって上空へと打ち上げられた黒い何かに向けてレックスが剣を抜いて飛び上がり、空中で一刀両断する。

そのままレックスは着地し、黒い何かは音を発さずに地面へと落ちると、その身をぐったりと横たわらせてそのまま息絶えた。

「メノウ！　大丈夫？　怪我《けが》してない？」

あまりにも一瞬の出来事に身体《からだ》を硬直させていたアリスが、慌ててメノウの元へと駆け寄る。

「安心してください。無傷です。それより今倒した黒い何かは……？」

「残念ながらただの喰人族だ。敵じゃない……いやまあ敵には変わりないがな」

黒い何かに視線を向けると、レックスは少し不満そうに顔を左右に振り、剣を「チンッ」と鳴らしながら鞘《さや》へと戻す。

「いや、当然だ。見晴らしのいい場所で敵が襲ってくるとは思えない。恐らく敵はかなり狡猾《こうかつ》で頭のいい奴だ。こんな失敗するとわかっているような迂闊《うかつ》な行動には出ないだろう」

気を取り直してメノウは立ち上がり、置いていた物資の入った布袋を持ち上げて肩にかける。

「そろそろ行こう。ここにいても敵は来てくれないからな。できれば屋内で気付いていないふりをしながら敵を待ち伏せして……ん？」

「……タカコからじゃないか？」

その時、今度は向こうから連絡をしてきたのか、メノウの懐に入れてあった通信機がぶーぶーと震えだす。連絡を取ったばかりなのに何事かとメノウが通信機を取ると、なぜかタカコらしからぬ取り乱した様子で息を荒くしていた。

『め……メノウさんですか？』

「……!?　ティナ殿か？　どうした……いったい何があった？」

『タカコさんが……タカコさんがいなくなりました』

通信機から発せられた声が聞こえたのか、アリスとレックスと油機は目を見開いてメノウへと視線を向ける。メノウ自身も、「馬鹿な……最も速く動けるタカコ殿が？」と信じられないといった表情だった。

「何があったのだ？　敵が近づいていたことに気付かなかったのか!?」

『いえ……何も近づいていませんでした』

◀◀◀

「ほかの者は何をしていたのだ!?　なぜタカコ殿から目を離した!」

『見てました!　私が……私が見てました!』

「ならなぜ!?」

『消えたんです……』

「……は?」

『タカコさんが、まるで……透明化するように、消えたんですよ!』

その瞬間、メノウは青褪《あおざ》めた。一つの可能性を、考慮し損ねていたことに。

「………………すぐに合流しよう。予想通り敵は複数人を同時に消し去ることはできないようだ……二手に分かれて行動する意味はもうない」

『メノウ……さん?』

「すまないティナ殿、私の思慮不足…………私の失態だ。恐らく私の考え通りであれば、今しばらくは敵も奇襲を仕掛けてこないはずだ。すぐに合流してくれ」

そう言い残すと、メノウは歯を食いしばりながら通信機を切る。

メノウは敵ばかりを見て、味方に存在した敵が作りし存在に目を向けていなかった。それは、朧丸が使える能力の一つ『透明化』。仮に喰人族が失敗例だとするならば、朧丸は成功例。そして喰人族のオリジナルが存在すると仮定するならば、無論、朧丸が持つ能力のオリジナルがいてもおかしな話じゃない。

「クソッ！」

考えていたはずなのに、考慮しきれなかった自分に腹が立ち、メノウは拳を地面へと打ち付ける。何よりも腹が立ったのは、『透明化』、『気配消し』、『音消し』の能力を持つ敵の奇襲の防ぎ方を思いつけないことに対してだった。

仮に考慮しきれていたとしても、防ぎようがなかったと。結局、踊らされていただけだったのだと。

「落ち着けメノウ。お前のことだ……今回で色々とわかったこともあるんだろ？」

「……ああ」

レックスの言葉通り、今回のことでわかったこともあった。だがそれでも、今のところ防ぎようはなく、メノウは頭を抱えて悩み始める。

とりあえずわかったことの一つ目は、『透明化』、『気配消し』、『音消し』の能力を合わせた敵の奇襲の方法。そしてもう一つが、その力によって犠牲になるであろう数だった。

今回も前回も、一人に限らず全員消せばいいはずなのに消さなかった。これは、一人しか消す方法がないと仮定する以外にない。仮にオリジナルがいたとしても一人、もしくは複数人のオリジナルのスキルをもった存在が力を合わせて行っており、殺すのではなく捕縛という手段を使っているため、複数人はその能力を持ったものたちだけでは運びきれず、捕まえる対象を一人に絞らざるを得ない状況なのだろうとメノウは判断した。

「恐らく敵は透明化が使える。ティナ殿が言っていた目の前で消えたというのは恐らく敵のスキルの影響を受けて消えたのだろう」

「喰人族の能力に加えて透明化か……防ぎようがないな。だが、タカコがあっさりとやられるとは僕には思えないんだが？」

「この世界には我々が知らない技術が多すぎる。眠り薬や痺《しび》れ薬など、投与されれば終わりのものを与えられればタカコ殿でも防ぎようがないだろう。それに我々は……攻撃に特化しすぎているからな」

よく考えれば、自分たちのパーティーは純粋な正面からの戦闘に特化しすぎているとメノウは頭を抱える。ひねったスキルを持っているとしても、ティナぐらいだろう。

まさか、こんなにも幅広く様々な力が存在するとはメノウも思ってもいなかった。

「ティナ殿のスキルがダメージだけではなく、そういった身体の自由を奪う力にも抵抗できるものであればよかったが……人間とは、凄《すさ》まじい生き物なのだな」

そしてそれが今、自分たちにとっての敵である事実にメノウは畏怖した。敵のスキルの全容を知らない限り、対策の練りようがないからだ。

「しかし、やはりタカコが攫《さら》われたか……やはり強い者から順に消しているようだな」

「いや……それなら最初にクルル殿がいなくなったのはおかしいであろう？　確かにクルル殿も賢者の役割を持ったかなりの実力者ではあるが」

◀◀◀

「だが、その空間内にいた最も強い者には変わらないだろう？　狙った対象のグループ内の強い奴を狙ったと考えれば、辻褄は合うはずだ」

レックスが言うように、確かにグループ内で狙ったとするなら、それは正しかった。賢者の役割であり、攻撃と回復も得意とする厄介なクルルを先に始末したと考えれば、辻褄も合う。

だがそれでもメノウは腑《ふ》に落ちなかった。それでも万が一にも正体がばれて戦闘になれば、最も厄介になるのは旧文明の兵器を用いても、防御力を無視して攻撃できるタカコのはずだったからだ。

仮にクルルとティナが眠っていたテントを狙ったとしても、すぐ隣にタカコが一人で、それも無防備に眠っていたのに狙わない理由がわからない。

何か別の意図が存在しているような気がして、メノウは頭を悩ませた。

「ねえメノウ……クルルもタカコさんも大丈夫なのかな？」

その時、いなくなってしまった者たちを心配してアリスが不穏な表情を見せる。

「恐らく大丈夫でしょう。ほかの者がすぐに襲われないということは何らかの方法でタカコ殿を眠らせ、今運んでいるという状態。つまり生きてはいるはずです……恐らく」

生きていると聞いてアリスはほっとした表情を浮かべる。

だが逆にメノウはさらに深刻そうに溜息を吐いた。

捕まえるということは何らかの利用価値があるからだと、メノウは理解していたからだ。も

◀◀◀

しかしたら死ぬよりも辛《つら》い目に遭っているかもしれない。朧丸から聞いた実験の話を思い出して、メノウはそんな不安を感じていた。

「タカコ殿……すまない」

自分の浅はかさを呪ってメノウはそう吐き捨ててマンションの屋上から立ち去る。

その後、案の定敵からの追撃はなく、ティナたちと合流を果たしたメノウたちは、確保した物資を持ってバルムンクへと報告に向かった。

レジスタンス内に敵が存在し、そいつらが消したなどと言えるはずもなく、ただタカコが姿の見えない敵によって攫われたと説明すると、案の定、タカコは喰人族が進化したであろう存在の手によって殺されたことになった。そんな存在、いるはずもないのに。

もしそうなら、一緒にいたティナ、メリー、パルナも死んでいるはずなのに、たまたま運よく生き残ったとして処理された。

そしてそれは、バルムンク一人の判断ではなく、一緒にいたレジスタンスたちとの話し合いによって結論づけられたことだった。

むしろバルムンクは、ティナたちが殺されなかったことからタカコは殺されずに巣に持ち運ばれたのではないかと、まだ生きている可能性を考慮して捜索するように提案してくれていた。

だが、それがどれほど危険であるかを知っていたほかのレジスタンスの隊員たちが、犠牲が増える前にタカコを諦めて帰還し、このことを報告しようと提案した。それがまた、誰が本当の敵なのかをわからなくさせ、メノウたちは見えない敵を相手に苦しむこととなった。

◀◀◀

Data 4

LOAD

それから、一日が経過した。

まだ、ノア全体を照らす照明も灯《とも》っていない薄暗さのある早朝。

ツインテールの髪を解《ほど》いてロングヘアになっているティナが、トロンとした目つきでテント内に敷かれた布団からモゾモゾと顔を出し――、

「誰も……消えませんでしたね」

ふにゃふにゃと目の前であぐらをかいて座っていたメノウに告げた。

「早い目覚めなのだな……ティナ殿は」

「元々わたひは……教会の雑務をこなすためにょ……早く起きる習慣を……ちゅけてまひたから」

◀◀◀

まだ眠いのか、目元をクシクシと擦《こす》りながら、ティナは頭をフラフラと動かし、懸命に身体を起こそうと努める。

「やはり……ノア内部で消しにかかる時は一気に……か」

結果的に、タカコが消えて以降は誰も消えることはなかった。

元々、ノア内部で襲ってくる時は一気に消してくると想定していたメノウだったが、姿も音も気配も消す相手を前に無駄とは思いつつも念のため、二つ支給されていた女性用のテントを繋ぎ合わせて一つにし、その中にレックスとメノウも含めて全員を収容して休むようにしていた。

「メノウさんも……少し休んだらどうですか?」

「いや、タカコ殿が消えたのは私の責任だ。これくらいやって当然のこと……悠長に休んでなどいられん」

さらに念には念を入れて、メノウは寝ずの番を行っていた。だが、それも意味はなく、いたずらに体力だけが失われる。この状況に陥れるのが目的なのだろうかと思ってしまうほどに。

「ほかのレジスタンスの人が来る前に……皆を起こさないと。ばれたらうるさいでしょうし。ほら、アリスちゃん……起きてくださいよー」

自分もまだ眠いはずなのに、攫われたクルルの隣で呑気《のんき》に寝ていたという事実がまだ堪《こた》えているのか、ティナは顔をパンパンと叩いて強引に眠気を飛ばし、隣で寝ていたアリスを揺さぶ

◀◀◀

る。

「ふぃ……鏡……しゃん？」

揺さぶられたアリスは一瞬瞼を開いてトロンとした表情を見せるが、寝言を言うだけですぐさま再び瞼を閉じてしまう。

「夢にまで鏡さんが出るとか、好きすぎでしょう」

「ティナの夢には鏡さん出ないの？」

「そりゃ私も……たまには、出ます……けど」

「おいおい！　それ好きなんじゃねえの!?　おいおいおーい！」

「っな！　違いますよ！　そりゃ夢くらい好きじゃなくても見る……って」

眠っているアリスの頬をプニプニしている最中に煽られ、照れを隠すようにティナが勢いよく背後を振り返る。

するとそこには、何食わぬ顔で部屋の中央で座って干し肉をかじる鏡の姿と、どこから用意したのか湯飲みでお茶を飲むピッタと朧丸の姿があった。

「よう。三日ぶり」

「よう、じゃないですよ。急に現れてナチュラルに会話に交ざるのやめてくれませんかね」

「まあ……俺だから」

「なるほど」

◀◀◀

鏡のペースに合わせていては会話が始まらない。そう考えてティナは一度、深呼吸をして状況把握に努める。少し広くなったテントの中央に鏡とピッタと朧丸が最初からいたかのように座り、それをメノウは先ほどと変わらない表情で見ている。

「メノウさん……いるの知ってましたね」

「ん？　あ、ああ……知っていた。すまん。考え事をしていて言うのを忘れていた」

それを聞いてティナは大きな溜息を吐く。

「朧丸が透明になれるから驚かせようと思ってな。ほら、起こすのも悪いじゃない？」

悪びれた様子もなく、鏡は干し肉をかじりながらニヤリと笑みを見せた。

ティナにとってそれは、いつもであれば少しイラっとする光景だったが、今に限っては少しだけ頼もしく見えてしまい、安心したかのような微笑を浮かべる。

「色々メノウから話は聞いた。大変だったみたいだな」

「大変だったみたいだなって……なんかこう、もうちょっとないんですか？」

何食わぬ表情でアリスの頬をプニプニと突く鏡に、ティナは少しムッとした表情を向ける。

「勿論《もちろん》、ヤバいとは思ってるさ。でもここで深刻そうな表情で唸《うな》っていても仕方ないだろ？　少なくとも、メノウの話を聞いた感じだと……まだ殺されてはなさそうだし」

「確証は……ないがな」

「いや、充分さ。むしろその少なすぎる情報で、よくそこまでの答えに辿《たど》り着けたよ。おかげ

◀◀◀

で俺もまだ……冷静でいられる」

その瞬間、本当は心配に思っているのに、無理して冷静を装っている鏡に気付き、ティナは「……っあ」と、申し訳なさそうな表情で口をつぐむ。

「鏡さんはこの三日間、何をしていたんですか？」

「そりゃお前……敵の正体を探ったり？　敵の本拠地を探ったりだよ」

「……成果は？」

「ゼロ！　何もわからなかったし、見つからなかった」

何の成果もあげられていないのに、自信満々の表情でそう言い切った鏡を、ティナは「ッハン」と嘲笑する。

「おいおい、その顔をやめろ！　当然だろ？　敵は音も気配も出さずに、しかも朧丸と同じような透明化する能力を持ってるんだぞ!?　敵の本拠地はともかく敵の正体なんてそりゃ見つかりっこないって」

「じゃあどうするんですか、何か対策を練らないと……このままじゃ」

「メノウから話を聞いた感じ、正直打つ手なしだな。音も気配も姿も見えない相手からの奇襲だぞ？　防ぎようがない。ピッタの五感も通用しないってなればなおさらだ。姿が消えた瞬間に周辺を攻撃するって手段はあるけど、消された仲間を盾にされるし」

「そんな……鏡さんでもどうにもできないんですか？」

「だから今、かなり絶体絶命な状況なんだろ？　メノウがずっと頭を抱えてるようにな」

心強く思っていた鏡からのお手上げ宣言は、ティナの表情を曇らせた。ならばこの状況をどうすれば覆せるかなんて、ティナにはまるで思いつかなかったから。

「そう暗い顔するなよ」

だがそれでも、鏡の表情は曇っておらず、鏡はティナの頭をポンッと軽く叩く。

「このまま敵の本拠地を見つけられなかったら俺たちが全員消されるのは間違いない。なら、消される前に見つければいいだけだろ？」

「でも……見つかるでしょうか？」

「さあな。でも……見つからなかった時のための準備だけはしておいた」

「……準備？」

準備と聞いて、メノウが過敏に反応を示す。それがどういうことなのか、まるでわからなかったから。敵の意図もわからず、敵に翻弄され続け、敵の本拠地を見つけられなかったら自分たちは消えるしかない状況下で、見つからなかった時のための準備というのが何なのか、見当もつかない。

「何なのだそれは……鏡殿？」

「それは………まだ言えない」

しかし返ってきたのは、その理由さえもわからない不可解な黙秘だった。

◀◀◀

まるで、本当は伝えたいのに隠しているかのような、実は何かに気付いているかのような感慨深い表情で、鏡はまだ眠る一同の寝顔に視線を向けながら、小さくそうつぶやく。

「鏡殿……諦めたわけじゃあるまいな？」

「まさか？　俺が諦めるわけないだろ？　俺は何があろうと、絶対に諦めない」

不安になったメノウがそう声を掛けるが、鏡はすぐにあっけらかんとした表情で、いつもの頼りがいのある笑顔を見せる。

「まあ安心しろって、とりあえず準備が整ったってことを伝えたかっただけだからさ。だからお前たちの前にこうして姿を見せているわけだしな」

その言葉の意味はわからなかった。準備を終えたから姿を現したという理由も、その言葉を隠す理由もメノウには推測できなかった。だが——、

「だから……俺を信じろ」

こんなにも心強さを与えてくれる存在を信じないわけがなく、言葉の意味を全て理解することはできなかったが、メノウは素直に「ああ、わかった」と、微笑を浮かべて頷《うなず》いてみせた。

「しかしあれだな、寝てる皆を見ているとなんだ……いたずらしたくなるな」

「子供ですか」

とりあえず鏡は寝ているレックスの元へと近づき、鼻をつまむ。「フゴッ」っと一瞬苦しそうな表情を見せたあと、すぐに口呼吸へと切り替えたのを見て、鏡は思わずニヤッと笑みを浮

かべた。

「この状況で口をふさいだら……！」

「いや、普通にかわいそうなのでやめてあげてください。……と言いつつ」

目をキラキラさせる鏡に、ティナは溜息を吐いて呆れながら、レックスの口をつまんで呼吸を止める。しかし、それでもレックスは表情を青褪めさせるだけでまるで起きなかった。

「おお凄いですねレックスさん。全然起きませんよ」

「俺さ、初めてお前が怖いって思ったよティナたん」

「いいんですよ。よくよく考えればこの状況でしかも鏡さんが来てるのに、仮にも勇者のレックスさんが寝てるのは駄目だと思います。女性陣に手を出すのは許しませんけど」

暫くして、レックスの首が左右に激しく動き、限界が来たのか飛び出すように「ぶはっ！」と勢いよく起き上がる。

「な、なんだ……？　て、敵か!?」

「おはよう」

そこはさすがというべきか、起き上がると同時に枕元に置いてあった剣の鞘を持って素早く鏡から距離を取り、身構える。暫く寝ぼけて剣の柄を握りしめていたが、目の前にいるのが誰なのかを理解するとレックスは剣を地面に置き、大きな溜息を吐く。

「どうしてそういつも……突然現れるんだ。まあ無事でよかったが」

◀◀◀

「一応約束通りの三日後だろ今日は？　とはいっても、もう聞きたい話は全部聞けたし、そろそろ行こうとは思うがな」

「なんだ？　もう行くのか？」

「俺はレジスタンス連中からは死んでることになってる以上、一緒にはいられないからな。ピッタも連れてるし、事情を説明して一緒にいるメリットも今のところないし。話なら大体メノウには伝えたから、気になるならあとで聞いといてくれ」

その時、妙に鏡の態度がいつもと違うような気がして、レックスは怪訝な表情を浮かべる。

まるで、今すぐここから離れたいかのような、そんな雰囲気をレックスは感じ取った。

「……お父」

その時、何も言わずに静かに湯飲みに入れられたお茶を飲んでいたピッタが、何かに感づいたかのようにフワフワとした獣の耳をピクッと動かし、鏡のズボンの裾をくいくいっと引っ張る。

「……どうやら人が来たみたいだな。そろそろ俺たちも行くよ」

「アリスちゃんや、メリーちゃんが起きるのを待ってあげないんですか？」

「顔を合わせてもすぐにいなくなるんだ。それに長くここに留《とど》まってレジスタンス連中と鉢合わせてもまずいし」

鏡はそう言うと「行くぞ」と声をかけて朧丸を頭の上に乗せる。

◀◀◀

その後すぐにメノウへと視線を向け、懐に隠し持っていたのか「これを渡しておく」と、魔力銃器とは少し異なるシンプルな造りの銃を一丁渡した。

「なんだこれは？」

「信号弾だ。万が一敵の正体がわかったり、敵を追い詰めたりしたらこれを上空に向けて撃ってくれ。なんか……それっぽい何かが出るらしい」

「それっぽい何かとは……なんだ？」

「なんか煙みたいなのが出る。俺もノア内にはいるからさ、空に向けて撃ってくれればいやでもそれで位置くらいはわかるだろ？　緊急連絡用ってやつだ」

メノウは信号弾を見つめながら、鏡の言葉に違和感を抱いていた。敵の能力から、敵の正体がわかるようなことは恐らくない。無論、追い詰めるような状況には恐らくならないだろう。仮に使うことがあるとすれば、敵の本拠地を見つけた際に位置を伝える時くらいだ。

だが鏡は、敵の本拠地を見つけた時に伝えてくれとは一言も言わず、鏡にもわかっているであろう絶対に見つかりも捕まりもしない敵を見つけた時用として渡してきた。

きっと、それには何か意図があるのだろう。メノウはすぐにそのことに気付いた。ハッキリと言えない理由も恐らくあるのだろうと。

「……じゃ、行くわ」

だが、その真意を確かめる暇もなく、鏡はテントの外へと出ようとする。その間際、睨みつけるかのように視線を向けるメノウに気付いた鏡は、微笑を浮かべると、「皆を頼んだぜ」とだけつぶやいてそのまま外へと出て行った。

◀◀◀

Data 5

LOAD

テントの外はまだ薄暗かった。ノア全体を照らす光が徐々に光を強めてはいたが、それでもまだ早朝であるのがわかるくらいには薄暗く、何より静かだった。

周りにレジスタンスと思われる人影は、一つもない。

「……お父。どんどんここから離れていってるです」

「ここじゃ場所が悪いってか？　クルルやタカコちゃんを消したみたいに俺も消せばいいのに」

◀◀◀

「警戒しているのでござろう。なんせ、一瞬の間でもあればご主人なら捕まったところで束縛を解いて逆に攻撃を加えることくらいは簡単でござろうからな」

「なるほどな、じゃあ向こうの都合に付き合ってやるか」

鏡は笑みを浮かべてピッタを担ぎ上げると、「あっちです」とピッタが指示を出す方向へと音を立てずに跳躍した。

ピッタがテントの中で何も言わずにお茶を飲んでいたのは、ずっと五感を駆使して周囲に近づいている存在がいないか、索敵していたためだった。そうするようにピッタは鏡に言われていたからだ。

というのも鏡は、メノウから報告を受ける前から、敵が音と気配を出さずに行動できる力を持っているということも、クルルとタカコがいなくなったことも知っていた。

合流を考えている以上、仲間の居場所は常に把握していなければならない。そうじゃなくても仲間の安否を常に把握するため、鏡はピッタの五感で仲間がちゃんと全員無事でいるかどうかを調べてもらっていた。

無論、ピッタの五感で捕捉できる目標の範囲にも限界がある。そのため、鏡はどうしてもやらなければならない用事を済ます以外の間は、ピッタの五感で捕捉できるギリギリの距離で行動をしていた。幸い、朧丸の透明化のおかげでどこにいても見つかることなく行動できた。

そしてクルルやタカコが消えた時、ピッタは突然消えたと言っていた。それはつまり、敵が

◀◀◀

ピッタの五感をもかいくぐる力を持っているのだと判断するしかなかった。

そうなると疑問も出てくる。なぜ、まず孤立している自分を狙わないのか？

なぜ、その力を駆使して、一気に仲間を消してしまわないのか？

なぜ、最初に爆撃を仕掛けた時に、一気に終わらせなかったのか？

その答えに、鏡はすぐに気付いた。

「……いたです！」

ピッタの指示に従って走った結果、鏡たちはレジスタンスの本部を離れたノアの中心に広がる市街地にまで来ていた。

音を立てないように力をセーブして走っているにもかかわらず、それでも鏡の走る速度が相手を上回ったのか、ピッタが気配で捉えていた存在に追い付く。

それは、タカコよりも一回り大きく、顔を見せないように黒いフードマントを被った存在だった。

そんな、鏡と同じく幽霊が過ぎ去るかのように音もなく驚異的な速度で走り去って行くフードマントを被った存在を見て、「ようやくおでましか」と、鏡は間違いなくそれが敵であると結論づける。

「どうするでござるかご主人？」

「……相手に合わせよう。どこで戦っても同じだろうけど、もしかしたら敵の本拠地に案内してくれるかもしれないし」

まるでついて来いと言わんばかりに走り去る敵を前に、鏡は至って冷静に、すぐに追いつこうとはせず、背後をピッタリと付け回すような状態で追い続けた。

「……ッ!? 消えた!?」

その途中、目の前を走っていた敵の姿が、まるでどこかへと転移してしまったかのように消え去り、その場からいなくなってしまう。鏡たちもそれに応じて立ち止まり、すぐさま周囲を確認するが、ノア内でも特に見晴らしの良い場所にもかかわらず、そこには誰もいなかった。

そこは、鏡が拠点とする壁際のテントがある場所とは正反対に位置する壁際で、人どころか建造物も少なく、まるで何かの爆発物の実験場かのような、荒れた平地だった。

「見失ったです……気配もなくなったです」

「透明化……それと気配を消す能力か、すっげぇ厄介だな」

突如消えてしまった敵を前に鏡は慌てず、ピッタにしっかりと背中に掴まっているように指示すると、すぐさま身構えて攻撃に備える。

敵は姿どころか、気配も音すらも発していなかった。だが近くにいるのは間違いないと鏡は精神を集中させる。もしも敵がこちらに何かを仕掛ける場合は、必ず触れるか音を発する。その瞬間をついて、殴打を与えればいい。そう考えていた。

「強さはあっても……頭は回らないようだな」

◀◀◀

その直後、背後から男性と思われる声が聞こえ、鏡は言葉を返さずに背後へと瞬時に振り返る。そのまま振り返った時の勢いを拳にのせて殴打を放ち、ズドンッと鈍い音を静かな平地に響き渡らせる。鏡の手元には、確かに人を殴った時の感触が残ったが――、

「倒せるとでも……思ったか？」

その男は、鏡の重い一撃を正面から受けたにもかかわらず、吹き飛ぶことなく平然とした様子でその場に立ち尽くしていた。

予想外の手応えに、鏡は一瞬硬直する。だがすぐさま危険を察知し、フードマントの男から視線を外さないまま背後へと跳びのいた。

「がっかりだな……我々が姿を消せることには気付いていたのだろう？　わざわざ姿を見せたのがおびき寄せるためだとなぜ気付かない？」

しかし、鏡に攻撃を仕掛けるようなそぶりはなく、言葉通りがっかりしているのか、首を左右に振ってフードマントの男は溜息を吐く。その行動から、鏡は今までに出会ったことのない脅威を感じた。

「……気付いてたさ。気付いた上で乗ってやったんだよ。じゃないとお前ら……いつまでたっても姿を見せないだろ？」

「ほぅ？　うむ……まだ期待外れと言うには早かったか。すまないな」

そんなことは気付いているという鏡の言葉に、敵は安堵《あんど》したようにうんうんと頷く。

◀◀◀

敵の狙いの一つは鏡にあった。

というのも、敵も、鏡の居場所を正確には特定できていなかったのだ。

鏡という存在がいるのは敵も知っていたが、常に動き回り、さらに朧丸の力で透明化している鏡の居場所を特定してクルルやタカコのように消すのは困難を極めた。

故に、メノウたちのグループ全員を捕まえず、一部だけを捕まえるだけで留めた。それは単純に鏡をおびき寄せる餌を残しておくためだった。餌を残しておけば、仲間が消えている状況をピッタの力で把握している鏡は、これ以上仲間が消えないようにと必ずその餌との接触を図ると考えていたからだ。

さらにそのタイミングで、わざと気配を出してやれば、鏡が存在に気付いて追いかけてくるだろうとも考えていた。そしてその通りになった。

だがそんなことが狙いなのは、鏡にもわかっていた。わかった上で、挑発に乗ったのだ。

「クルルとタカコちゃんは無事なのか？　……お望み通り出てきてやったんだ。こっちの質問に少しくらい答えてもいいと思うんだが？」

「お望み通り……か、なるほど。馬鹿ではないらしいな」

フードを深く被っているせいか、顔は見えなかったが、その口調、声色、体格から鏡はそれが誰なのか見当をつける。予想通りと言えば予想通りだったが、鏡はできれば敵が、その人物であってほしくないと願っていた。

◀◀◀

その人物が敵という真実は、レジスタンスにとっても、ノアに住む人々にとっても、あまりにも残酷な事実だったから。

「安心しろ。まだ何もせずに保護している。お前たち全員を捕らえたあとにやってもらいたいことがあるからな。無論、その後は……いや、口にするのは無粋だな。やめておこう」

自分で捕らえておきながら、フードマントの男はそれが実は本心ではないというように言葉を止めて溜息を吐く。

「随分と俺の仲間のことを心配してくれているみたいだな……バルムンク隊長さんよ」

「気付いていたか……まあ、別に今更隠すつもりもなかったがな」

まるで、もう全てが終わったとでも言いたいのか、敵は躊躇《ちゅうちょ》することなく被っていたフードを外し、素顔を見せる。

そこにいたのは、獅子《しし》のように逆立った髪で男らしくも凛々《りり》しい顔立ちをした、レジスタンスに所属するものであれば見間違えることのない存在、バルムンクだった。

「随分と余裕なんだな」

「お前とは一度……いや、お前が獣牙族のエースであるならば何度もか？　戦ってるからな」

「……勝てるって言いたいのか？」

「少なくとも……俺が負けることは絶対にない」

本気で言っているのか、バルムンクは声色一つ変えずに言い切った。

どんな策があるのかはわからなかったが、少なくとも逃げることはもうできないのだと、鏡は判断した。相手に逃げられて情報を共有されるリスクがありながら、素顔をさらしたということは、鏡を逃がさない何かしらの対策があるからとしか思えなかったからだ。

少なくとも、バルムンクは鏡の殴打を喰《く》らってダメージを受けた様子はなかった。そのことからも虚勢ではないと、油断せずに鏡は身構える。

「……ご主人、気を付けるでござるよ。こいつは間違いなく、某《それがし》の身体をいじりまわした者に通ずる。某のような特殊な力を持っているやもしれぬ」

鏡の頭の上で、その小さな身体から発しているとは思えないほどの威圧的な殺気を、朧丸はバルムンクへと向ける。だが、それも予想通りとでも言いたげに、バルムンクは朧丸の殺気を受けて皮肉った笑みを浮かべる。

「随分と余裕みたいだな。隊長ともなれば、どんな状況でも焦《あせ》らないもんってか？」

「お前こそ……負けるとは微塵《みじん》も思っていないような顔をしているが？」

追い詰められたかのような焦った表情は一切浮かべず、いつも通りの平然とした顔で鏡とバルムンクはお互いを睨み合う。

「ピッタ、少し離れてろ」

ピッタを連れたままでは倒せないと判断したからか、鏡は力強く背中にしがみつくピッタを地面へと下ろし、一歩だけ後ろへと下がらせる。その瞬間――、

◀◀◀

「……っな!?」

意表を突かれたのか、バルムンクは思わず声をあげた。

ピッタが離れたと同時に、鏡はすぐさま地を蹴って間合いを詰め、渾身《こんしん》の殴打をバルムンクの腹部に打ち込んだ。あまりの速さに反応しきれず、バルムンクは表情を歪《ゆが》ませる。

「一発で……終わりだと思うなよ！」

一撃喰らわせただけじゃ倒れない。先の攻撃でそれを理解していた鏡は、間髪入れずに連続の殴打をバルムンクへと打ち込んだ。

たった数秒の出来事にもかかわらず、何十発もの拳がバルムンクの身体の正面へと打ち込まれ、まるで爆発が起きたのかと聞き違えるような肉を叩く音が周囲に響き渡る。

「無駄だ」

「……っ!?　なるほど」

たとえレベル150を超える巨大なモンスターであっても耐えきれない殴打の嵐を受けたにもかかわらず、まるで痛みを負っていないかのようにバルムンクが声を発したのを聞いて、鏡は思わずバルムンクの傍《そば》から跳びのいて距離をとる。

「なるほどな……こりゃ硬いとかタフだとかそういう話じゃなさそうだな。朧丸が言っていた特殊な力というやつか？　全然効いてないいな」

数十発も殴られたとは思えないほどにケロッとした顔で、バルムンクは笑みを浮かべる。

◀◀◀

「はっはっは！　特殊な力なんて持っていないさ。これは元々俺自身が持っていた力。戦士として魔王を倒す旅に出ていた俺が身に付けた……な」

「スキルか。……ん、待って、もしかして、もしかしてだけど、ダメージ無視とかそういうせこいスキルじゃないよな？　そんな凄いスキルだったら俺、思わずうらやま死するんだけど」

「そんなスキルがあるなら、こんなに苦労しないさ」

まるでバルムンクは、「そんなのがあればいいのにな」とでも言いたげに、深い溜息を吐いた。その時に少しだけ見せたバルムンクの表情がどこか寂しげで、鏡は少し困惑する。

「俺のスキルはダメージを防ぐんじゃない。流すんだよ……全部後ろにな」

親指をクイックイッと背後へと向け、バルムンクは笑みを見せる。

スキル……受け流し
効果……受けた衝撃を全て、衝撃を受けた部位から反対側に位置する部位へと流し、そのまま放出してダメージを回避する。

「充分せこいじゃねえか。そりゃタカコちゃんがあっさり捕まるわけだぜ。馬鹿みたいにタフだと思ったら、そういうタネがあったわけか」

「すまないな。お前が頑張って俺に与えたダメージは、全部背後へと受け流させてもらった」

◀◀◀

「謝れるくらい余裕ってか？　いいのかよネタばらしなんかしてさ？」

「ああ。情報通り……殴る蹴る以外に攻撃手段を持たないお前に俺は倒せないからな。それにもう充分だ……元々こうやって戦っていたのは、実は俺のわがままなんだよ」

「情報通り……？　わがまま？」

その瞬間、鏡の身体に異変が起きた。

ぐらりと視界が歪み、急に身体に力が入らなくなったのだ。あまりの気だるさに鏡は思わず片膝を崩してその場に座り込む。

「ご主人？　ご主人!?　しっかりするでござる！」

「……なんだ？　なんだよ………これ？」

意識が朦朧《もうろう》とする中で、鏡はそれがバルムンクの攻撃でないことを理解した。何者かに、自分の首筋に何かを刺された感覚があったからだ。

「そういう……ことか」

背後に視線を向けると、まるで不意打ちにでもあったかのようにピッタが地面に倒れていた。そのことから、鏡はいったいどんな攻撃を受けたのかを理解する。敵が近づいていることに気付けず接近を許したとなれば、それはもう――、

「いるんだな……近く……に」

タカコとクルルを連れ去った、姿も気配も隠すことができる何者かの攻撃しかありえなかっ

◀◀◀

た。

「ご明察。まさかまだ意識があるとはな、常人であれば抗《あらが》うこともできずに倒れるほどのきつい睡眠薬なのだが……いや、やはりお前は身体能力だけならば類を見ない力を持っているのかもしれない。もっとも……それだけしかできない者は不要だがな」

「な……に言って？」

「チェックメイトだ。すまないが……お前のあがきもここまでだ。なに、一人で行くわけじゃないから安心するといいさ……」

「う……ぁが」

気配を消して再び近づいていたのか、まだ動ける鏡にとどめと言わんばかりに、薬品の臭いが漂う布が何もない目の前の空間から出現し、鏡の顔に押しつけられる。傍にいた朧丸も同じくその薬を嗅がせられたのか、荒らげた声を発していた口を閉ざし、倒れるように眠ってしまう。

「……まだ、意識があるのか」

朦朧とし、眠気で身体も起こせない状態にもかかわらず、鏡は目を半開きにした状態でバルムンクを睨みつけていた。

だがそれも長くは続かず、遂《つい》に限界に達したのか鏡は地面へと倒れる。

「っふ。最後までわからん男だったな」

◀◀◀

バルムンクがそんな言葉を漏らしたのには理由があった。絶望的な表情は一切見せず、どこかまだ何かを狙っているとでも言いたげな不敵な笑みを鏡が終始浮かべ続けていたからだ。

しかし、バルムンクにはそれが、ただの負け惜しみにしか見えなかった。

Data 6

LOAD

「え!?　鏡さん来てたの!?　なんで起こしてくれなかったの!?」

「しー!　声がでかいですよ!　あの人一応死んだことになってるんですから……」

スプーンを片手に持ったアリスが思わず声を張り上げ、そのことを教えたティナが慌てた様子で周囲に気づかれていないかキョロキョロと見回す。

鏡が去ってから数時間後、眠っていたほかの者も起床し、一同はレジスタンス内に設営されている配給所の傍で、円になるように椅子に座って朝食をとっていた。

「んも……師匠は僕が起きてからすぐにいなくなったひ……起きたところでどうせ何も話せな

◀◀◀

かったと思うぞ？　うまいなこれ」

「馬鹿、アリスは見るだけでもいいから会いたいのよ。本当にあんたって女心わかってないわね」

もごもごとスプーンを口に入れて喋るレックスに対し、パルナが呆れたように溜息を吐く。

「あいふ……来てたんだな、全然気づかなかった」

まだ眠いのか、トロンとした目でもむもむとスプーンを咥《くわ》えながらメリーがそう言う。

「まあメリーちゃんはまだまだ小さなお子さまだから、充分に睡眠がとれてないと起こしてもフニャフニャ言うだけで何も喋れなかったと思うけどね、あっはっはっはっ……はぁあ！　やめてやめて！　冗談冗談！」

だがその数秒後、メリーのトロンとした目が鋭くなり、油機へと銃口が向けられた。

「まあでも、鏡さんはアリスちゃんを起こそうとはしていましたよ？　気付いてなかったかもしれませんが、ほっぺたとかツンツンされまくってましたし」

「え!?　そうなの!?」

ティナの言葉にアリスはなぜか満足そうに「そっかぁー」と頬をさする。

「なんでイタズラされたのに嬉しそうなんですか……」

「いや、あれは師匠にとってイタズラではない。あれはただそこにアリスの頬があったから突いていただけだ。師匠が本格的な嫌がらせなりイタズラを仕掛けるとしても、僕以外を対象に

◀◀◀

することはないからな」

「そうかもしれないですけど……なんでレックスさん、そんな誇らしげな顔してるんですか」

いつもと変わらない口調で、一同は会話を続けた。そうしないと、どこか落ち着かなかったからだ。仲間を失ったことで気落ちしていれば、そこに付け入られてまた仲間を失うかもしれない。そんな考えが、嫌でも一同の脳裏をよぎっていた。

「それで？　あんたはさっきからどうしてそんなに怖い顔してるのよ。鏡と何かあったわけ？」

そんな中、数十秒に一回、「ふむ」と頷いたり、「うーん……」と唸り声をあげながら、食事にも手を付けずにメノウが考え事をしていた。

「いや……何も」

「何もなかったらそんな顔しないでしょう」

お見通しとでも言うように、パルナはメノウを睨みつける。

だが、メノウはその睨みにも反応を見せず、思考を巡らせていた。

これまでの敵の意図、そして鏡の言葉の真意。受け取った信号弾を見つめながら、どうして敵の本拠地を見つけた時には使わず、敵を見つけた時にこれを使うように指示をしたのか？

敵の本拠地は探しても見つからない場所にあるのか？　それとも自分たちが敵の本拠地を見つけ出すことを期待していないのか？　そのどちらの可能性も、「無駄だから探すな」と言われていないため可能性が低く、メノウは頭を悩ませる。

結局、敵がどうやってタカコやクルルを捕まえたのか推測をたてられただけで、ほかは何もわかっていない。タカコとクルルを犠牲にしておきながら、前に進めていない。メノウはそんな自分の不甲斐《ふがい》なさに気が滅入っていた。

鏡が重要なことを何も話さずに出て行ってしまったのは、もしかしたら頼りにされていないのではないかとすら思えてしまい、メノウは何でもいいから自分がここにいる意味を見いだそうと必死にあがいていた。

「駄目だ……何もわからない」

色々と考えた結果、何も答えを見つけられず、メノウは溜息を吐く。

「ほら、やっぱり何か考えてるんじゃない」

「私は無力だ。与えられた情報の範囲内でしか答えを探せない……鏡殿にずっと頼りっぱなしにしていたツケなのだろうな。私だけでは、敵を追い詰めることなど……」

「なに辛気臭いこと言ってんのよぉーあんたらしくもない。別に一人で敵を追い詰める必要なんてないでしょう?」

パルナの言葉に同意なのか、レックスも「その通りだ」と頷いて反応する。

「少なくとも、お前は今残っているメンバーの中では一番頼りになる。僕なんかよりもずっとな。敵の正体を知る核心的なものはないが、お前がいなければわからなかったことも多いんだ……もっと自信を持て。それに、パルナの言う通り一人で追い詰める必要なんてないんだ……

もっと僕たちを頼れ」

「レックスさんの言う通りだよ！　メノウが気付いたことはボクなんかじゃ気付けないことばかりだもん！　情報の範囲内でしか答えを探せないって言うなら、答えに結び付けられるような情報を得られるようにボク頑張るから……」

「情報が足りないなら見つければいい……そうですね。見つからないと立ち止まるより、見つかるまであがき続けるのが鏡殿のパーティーらしい……か」

流し目で視線を向けるレックスと、不安を誤魔化すような精いっぱいの笑顔を向けるアリスを見て、変に心配をかけてしまっていたとメノウは気持ちを切り替える。

まだ何もわかっていない状況だったが、少なくとも気付けた要素はたくさんあった。

そのことから、次の行動に繋げていけばいい。そう考えて再びメノウは思案する。

「ならば……今夜行動に移そう」

「今夜？」

「ああ、敵に怯《おび》えていては何も始まらん。多少のリスクを冒してでも……我々は敵の本拠地を暴くために動くべきだ」

気付けた要素の一つとして、明確な理由はわからないままだが、敵はノアの施設内で仲間を消すのを躊躇《ためら》っている節がある。その証拠として外でタカコが消されてから今に至るまで誰も味方は消えていない。メノウはそれを逆手にとることにした。

仮に今夜、敵がノアの施設内で仲間を消す行動に出始めたとしても、敵には一人ずつしか消せない何かの理由があり、犠牲が出ても一人だけで収まる。

このまま黙って全員が消されるのを待つくらいであれば、犠牲を覚悟してでも前へと進む。

メノウはそう決意した。

◀◀◀

Data 7

LOAD

翌日に備えてほとんどの者が床につき、夜を演出するために放たれていた仄《ほの》かな光が失われ、ここが地下施設なのだと嫌でも実感してしまう常夜灯へと切り替わった深夜。一同は周囲に気付かれないようにレジスタンスの拠点から離れ、地下施設の中央付近に広がる市街地へと足を運んでいた。

「やっぱり、ぶ……不気味な雰囲気が漂っていますね、ここは。な、なんか……出てきそうです」

◀◀◀

「なに可愛《かわい》いこと言ってんのよあんた」

既に何度も深夜に足を運んだとはいえ、昼夜問わずに明るく賑《にぎ》やかなヴァルマンの街での生活に慣れているせいか、暗闇に包まれた街の雰囲気にまだ慣れていないティナは、落ち着かない様子で周囲をキョロキョロと見回す。

相反して元々薄暗い場所が得意なのか、パルナは怯えるティナを呆れた様子で見ていた。

「なんだかワクワクするね！　この状況で言うのはちょっと不謹慎かもしれないけど、なんだか昔、冒険してた時のことを思い出したよ」

「なんでアリスちゃんはそんなウキウキしてるんですか……言っておきますが、敵はおばけだけじゃないんですよ？　同じ人間が潜んでる可能性が高いんです」

「むしろそっちがメインじゃないの？」

無論、ティナの言う通りアリスもそれをわかっていないわけではなかったが、薄暗い環境は魔王城で一時過ごしていたことから慣れていたのと、普段から魔族として人間に怯えて暮らしていたことからティナほど恐れを抱くことはなかった。

むしろ、敵かどうかもわからない相手を前にするよりも、完全に敵とわかっている相手を前にすることの方がずっと楽と、アリスは考えていた。

「恐れを抱かねえのは結構だが、もうちょっと緊張感は持った方がいいと思うぜ？　メノウの話通りなら相手は姿を消せるんだろ？　今も近くにいるかもしれないし……気は張っておくべ

◀◀◀

きだ」

十四歳の子供とは思えない殺気をも感じさせる雰囲気を漂わせながら、メリーは手元の魔力式ガバメントをスライドさせて戦闘態勢になる。

「メリー殿の言う通りですアリス様。油断は禁物です……常に仲間の状態に気を配るようにしてください。恐らくノア内で攻めてきたりはしないとは思いますが……念のために」

「う……ごめん。ボクが悪かったよ」

何もできずに仲間を失うだけの現状がよほど堪《こた》えているのか、メノウはアリスに対しても余裕のない表情を向け、すぐさま手に持っていた地図を広げる。地図はクルルがいなくなった日に油機に用意してもらった物で、既に探索を終えた場所にはバツ印がつけてあった。

「まだしっかりと調べていないのはこの市街地……それとここから北東にある住民街からも外れた場所にある平地だ。油機殿とメリー殿いわく、人口が増えた時のための居住区予定地として残している場所らしいが……」

「前調べた時は何もありませんでしたね……ただの平地でした」

「何もないように見せかけて実はあったという可能性は残されている。既に調べてもらったあとでティナ殿には悪いが、もう一度念入りに調べ直してほしい」

「わかりました。市街地の方はどうするんですか？　どっちか片方だけ調べて、後日もう一度調べ直すってことですか？」

◀◀◀

「いや、二手に分かれて行動する」

はっきりと告げられた言葉を前に、その場にいた全員が困惑する。

「二手にって……大丈夫なの？」

状況が状況だけに戦力を分散することに疑問視したパルナがそう声をかけると、同じ気持ちなのか、レックスを除く全員がメノウへと注視して言葉を待った。

「大丈夫かどうかを問われれば大丈夫とは言い難いが、これが我々にできる最善の行動であるのは間違いないはずだ。何かを狙ってか、クルル殿が消えてからはノアの施設内で敵は行動に移らない。ならば、逆にそれを利用して相手が行動に移る前に敵に繋がる情報を探し出す」

「なるほど……二手に分かれようが今は消される心配はないってことね」

「それもあるが、消すとしても一人ずつになるはずだ。恐らくその力を持っている人数が少ないせいだろう。万が一消された場合でも、二手に分かれて行動していた方が総合的に見てメリットも大きい。姿も気配もない相手の奇襲を防げる可能性の方が低いであろうからな」

淡々と吐かれたメノウの言葉から、一同は単純に消されることも覚悟したうえでの判断であるのを理解する。恐れていては何も始まらないという覚悟が伝わったのか、一同はその提案を否定することなく黙って頷き、了承の意を見せる。

「それで、どう分けるんだ？」

まるで、初めからそうするとわかっていたかのようにレックスがメノウに話の続きを促す。

◀◀◀

すると、メノウはそう言ってくるだろうとわかっていたのか、ふっと鼻で軽く笑い、行動を共にするメンバーを口にした。

市街地を探索するメンバーとして、メノウ、レックス、油機の三人。

北東の平地を探索するメンバーとして、パルナ、アリス、ティナ、メリーの四人。

メノウがメンバー構成を告げると同時に、それぞれ目的の場所を主軸に探索を開始した。

各々、何か敵に繋がる情報が見つからないか、壁、地面などの至って普通に見える部分も念入りに調べ、隠された通路が存在しないか調べ尽くした。

結果、何もない壁や地面をコンコンと叩いたりして反響音を調べたりもしたが、隠し通路と思えるような場所は一切見つからず、敵に関する情報も得ることすらできず——、

パルナというメノウにとっても大切な相談役の一人を失うことになった。

Data 8

LOAD

敵はノア施設内では行動を起こさないと考えていたが故の行動であったはずにもかかわらず、それを逆手にとったかのような行動に、メノウは思わず目を見開いて「……馬鹿な」と言葉を漏らし、額からぶわっと焦りによる汗を浮かばせる。

敵がクルルを消して以降、ノア内で誰かを消さないのは、レジスタンスの連中に何か異変が起きていると思わせないようにするためとメノウは考えていた。そのことから消すとすれば、中途半端に一人ずつ消すのではなく、一気に短時間で消しにかかるだろうということもあたりをつけていた。

その理由を踏まえたうえで、パルナがこのタイミングで消えたのはつまり、クルルで消すのをやめていたその理由が敵側になくなったことを意味していた。

「馬鹿な……どうしてこうも裏目に出るのだ!?」

自分の考えを見透かしたかのような相手の行動に、苛立《いらだ》ったメノウが拳を地面に打ち付ける。

メノウたちは、パルナが連れ去られたあとすぐさま合流し、テントの中へと戻ってきていた。

「ごめんねメノウ……パルナさんが目の前で突然消えたから、慌てて敵がいると思って威力を

◀◀◀

弱めた爆破魔法を放ったんだけど……大きな人の形をした何かに遮られて助けられなかった」

パルナが消えたその瞬間を目撃し、助けようと唯一行動に出たアリスがそう言ってシュンとした表情で落ち込む。

「爆発を避けて人影が見えたということですね？　その人影は一人でしたか？」

「ううん。大きな人が一人と、その人に担がれたパルナさん。それとあと……二人くらいいたような気がする。ハッキリとはわからなかったけど」

アリスの説明を受けて、メノウは「……やはり」と言葉を漏らす。元より一人の行動とは考えていなかったからだ。パルナの姿を消したところで、パルナに暴れられては意味がない。となればそれを抑えつけるだけの人数がいるとメノウは踏んでいた。

つまり、透明化の能力は伝染する。朧丸が使える透明化と同じように。

そして複数人で行動していたことから、今回の一件がただ偶然見かけたから捕らえたのではなく、計画的に起こされた行動であることもわかった。

もはや、敵がいったいどういう意図のもとに行動しているのかがわからず、メノウは思わず歯を食いしばって自分の無能さを呪う。

「それよりこのテントの中にいて大丈夫なんですか？　メノウさんが言うように、これから敵は私たちを消すために本格的に行動するんですよね？　ここに留まるのは危険じゃないですか？」

パルナまでもが消されたことで、不安に押しつぶされそうになっているのか、ティナが落ち

◀◀◀

着きのない様子で周囲をキョロキョロと見回す。

「いや、むしろここの方が安全だ」

「え、何でですか?」

「正確には密閉された空間なら安全と言った方がいいだろうな。予想通りではあったが、アリス様の話通りであるなら敵は我々が暴れないよう取り押さえるために複数人で行動している。つまり來栖が使っていたような瞬間移動のような手段はないということだ。あるならば取り押さえる必要もないだろうからな。となれば、姿も気配もないが我々に気付かれないように近づくにはそこまでの障害を取り除く必要がある」

メノウはそう説明すると、しっかりとふさいだテントの出入り口を指差した。

「なるほどな、敵が来るとしても出入り口の扉は開けて近づいてくるというわけか」

合流したあと、すぐにこのテントへ戻るように指示した理由を理解したのか、レックスは手を顎に置いて納得したかのような顔を見せる。

「そうだ。既にこの中に潜んでいるとしても出るには出入り口を開く必要がある。その時に攻撃を仕掛ければ……とはいっても、相手もそんな間抜けな行動には出ないだろうがな」

「それならばこのままここで朝まで待って、翌日にレジスタンスの連中に事情を話せばなんとかなるんじゃないか? ノア内に仲間を消そうとする輩《やから》が潜んでいるとなれば、奴らは僕たちに協力してくれるはずだ」

「いや……無理だな。信じてもらう前に我々は消されるだろう」

「どういうことだ？　朝になれば敵も自由に行動はできなくなるはずだろう？」

「信じてもらうまでに時間がかかりすぎる。誰か一人が消えたことをレジスタンスに伝えたところで『どこかに行ってるんじゃないか？　常に一緒にいる方が変だろ？』と軽く流され、ようやく信じてもらって捜索が始まる頃には全員消されているはずだ」

「だが、それで消されたのならばそれで、レジスタンスの連中が怪しく思うのではないのか？そうなるのは敵側にとっても好ましい状況ではないはずだが？」

「誤魔化し方なんていくらでもあるはずだ。何ならもう一度食料庫を荒らしたことにして、我々全員が食料を奪って逃げたことにする方法だってある」

手の打ちようのない状況に、レックスは「馬鹿な」と言って、ようやくメノウがどうしてこんなにも憔悴《しょうすい》しているのかを悟る。

「だがさすがにこうも連日、人が消えたり、食料庫が荒らされたりするのは不自然だろう？なら、レジスタンス連中も少しくらいは変だと疑うんじゃないか？」

いくらなんでも敵側に都合が良すぎると、レックスがまだなんとかなるはずだと可能性を示すが、それを否定するかのように「そうでもない」と、至って冷静な表情でメリーが口を挟む。

「レジスタンスの連中は逃げ出したって考えるはずだ。最初に食料庫を荒らされて、クルルが持ち出して逃げたってことにされた時、誰もそんなはずはないって疑わなかっただろう？」

◀◀◀

「確かにそうだが……なぜそう思う？」

「こんな世界だぜ？　アースクリアでのんびりと暮らせるはずだったのが一転して地獄の世界だ。逃げ出したいって考えるのがむしろ普通さ。だから誰も一回や二回程度じゃ疑わない……なんならクルルに裏切られ、タカコが死んだことになっているこの状況でなら、なおさら絶望して逃げられたと思うのが普通だよ」

はっきりと告げられたどうしようもない現状を前に、一同はもちろん、それを告げたメリーさえも逃れられない絶望を前に不安で押しつぶされそうな苦い表情を見せる。

唯一、元より危機的な状況であったにもかかわらず、抗おうと策を練り続けていたメノウでさえ、お手上げと言わんばかりに顔を俯《うつむ》かせていた。

「恐らく明日、我々は全員消され、食料庫を荒らした共犯者として扱われることになるはずだ。ご丁寧に昇降路を起動させて外へと逃げたと偽装までするだろう」

もはや、この状況でひねり出せる策と呼べるようなまともな案は出てこず、メノウはそれだけ告げると押し黙り、それを見たレックスが「ここで終わりなのか？」と、あがくように拳を地面へと打ち付ける。

「たとえ策がないとしても……動くべきなのか？」

次の判断ミスが全滅に繋がる状況にまで追い込まれ、自分自身でも打つ手はないと額に汗を浮かべ顔を俯かせながら、それでもメノウは諦めずに思考を巡らせていた。

◀◀◀

もはや、あてずっぽうにでも敵の本拠地か正体を見つけ出す以外に手は残されていない絶望的状況。メノウ自身も情けないと思えるほどに落ち込み諦めかけている。それでもあがこうとしていたのは、メノウが鏡という存在を知っているが故だった。

「鏡殿なら……この状況でどうする？」

鏡はどんな状況でも諦めない。最後の最後まであがき続けて活路を見いだす。そしてそんな鏡が自分たちの元を離れて行動しているのは、ひとえにメノウを信じてくれているからだった。そしてそれを、メノウは理解している。

鏡から渡された信号弾を撃ち放つ銃を手に持って見つめながら、メノウは考え続ける。『まだ自分たちには鏡がいる。まだ諦めてはならない』と。

しかしそれでも、策は浮かばなかった。

「なぜだ……いったい何が、何が狙いなのだ？」

メノウたちがこのような状況に追い込まれたのも、メノウが相手の行動意図を読み切れず、全ての行動が裏目に出続けたからだった。謎は大量に残されていた。

敵は何を狙って自分たちをすぐには捕まえずに残していたのか？　そしてなぜこのタイミングで捕まえることを再開し始めたのか？

どうしてパルナを捕まえたのか？　強い者から順に捕まえないその意図はなんなのか？　捕まえる相手の条件はなんなのか？　その意図がまるでわからず意図、意図、意図と、メノウは

◀◀◀

何度も何度も可能性を考慮しては排除し、見えない敵の思考を読み解こうとする。だが、何もわからず、もう打つ手はないのかと諦めてしまいそうになったその時――、

「このまま……何もできずに終わるのか？　僕たちは何のために外へと出てきた？　アースクリアを救うにはこの世界に来るしかなかったとはいえ……このままじゃ意味がない」

レックスが放ったその一言で、メノウは思考停止させてレックスをポカンとした表情で見つめだした。

「レックス殿……今なんと言った？」

「……癇《かん》に障《さわ》ったか？　いや、すまない。少し弱気になっていた」

「いや、違うのだ！　もう一度、もう一度今漏らした言葉を言い直してくれ！」

勢いよく迫ってきたメノウにレックスは何事かと頬に汗を垂らしながら、「えーっと……？」と目を泳がせつつ自分が吐いた言葉を思い出して再度繰り返す。

「…………このまま何もできずに終わるのか？　僕たちは何のために外へと出てきた？　アースクリアを救うにはこの世界に来るしかなかったとはいえ……このままじゃ意味がない。そう言ったんだ」

「何もできない……？　来るしかなった？　意味が……ない？」

そしてレックスが言葉を吐くや否や、何が引っ掛かったのか自分でもよくわかっていないかのようにメノウは言葉を繰り返し続ける。暫くして、メノウは全てが繋がったとでも言わんば

かりに目を見開き、心の中で『そういう……ことか』とつぶやいた。

Data 9

LOAD

「これからもう一度、二手に分かれて敵の本拠地を捜索したいと思う」

「な、何を言ってるんですかメノウさん！」

突然、思いついたかのように馬鹿げた提案をしてきたメノウに対し、ティナは焦燥する。

今この状況で外に出たところで、無駄に仲間を失うだけであるということは、ティナにも簡単に理解できたからだ。

「だが、このままここでじっとしていたところで何も解決しない。敵の巧みな情報操作によって、我々は食料庫を荒らした犯人にされるかもしれない。どちらにしろ、動く以外に手段はもうないはずだ」

「それはそうだが、あてずっぽうに探しても無駄だろう？　敵も遠慮なくこちらを捕まえに来

◀◀◀

ているのならもう僕たちに残された時間は少ないはずだ」

レックスもそうする以外にないと考えていたからか否定はせず、冷静にメノウの考えを問う。

「その通りだ。調べる場所は絞る必要がある。可能性があるのは……ノアの中央施設。それと住宅街予定地である空き地だ」

「中央施設を調べるのか？　確かにあそこが一番怪しいが……我々ではどうあがいても入れないようになってる部屋があるはずだ。前に一度調べた時にそういう結論になっただろう？」

「だからこそだ。きっと見落としているところがあるはず……その可能性に賭けたい」

メノウらしからぬあてずっぽうな考えにレックスは目を細めるが、それだけ追い込まれている状況でもあったため、それ以上何も言わずに承諾する。

「でも……二手に分かれるのは危険じゃないですか？　パルナさんだって……二手に分かれて行動しているところを狙われたわけですし」

「いや……たとえ、共に行動していても同じはずだ。アリス様の爆破魔法が防がれたように、向こうも何かしら対策を講じているはず。いくら固まって行動しようが防ぐことはできないだろう。ならば、やられる前に手数を増やしてこちらが見つけ出す。それが最善だ」

メノウは暫く押し黙って周囲の発言を待つが、それ以上の名案が思い浮かばなかったからか誰も異論を唱えず、捜索は続行することとなった。

そうと決まればと、一同はテントから飛び出して周囲を警戒する。さすがにレジスタンスの

◀◀◀

拠点内で敵も行動しようとは思っていないのか、何かが起きる様子もなく、メノウはそれぞれの地点に向かうメンバーを発表する。

メノウ、レックス、アリスの三人が住宅街予定地へと向かい、残りの油機、メリー、ティナの三人が中央施設へと向かう。

油機とメリーに中央施設を任せるのは、単純に二人の方が内部施設の様子に詳しいだろうという理由からだった。その説明を行うと、一同は納得したようにそれぞれメンバー毎に分かれ、再び目的の場所へと向かい始める。

「レックス殿」

二手に分かれ、メノウたちは住宅街予定地でどこか怪しい場所はないかと捜索を開始した。

開始すると同時に、メノウは妙に緊迫した表情でレックスに声をかける。まるで、探すだけ無駄だから自分の話を聞けと言っているような面構えに、何か大事な話であるのを瞬時に察したレックスは、つぶやくように「なんだ?」と返事をした。

「次に狙われるのは……恐らく貴殿だ」

そしてハッキリと告げられたその不可解な言葉に、レックスは思わず困惑する。だがすぐに、何か確信があって言っているのだと、「どういうことだ?」とその真意を問う。

「レックス殿……貴殿には犠牲になってもらいたい」

「犠牲……? 何のためにだ」

◀◀◀

「上手くいけば、敵の裏をかくことができるかもしれん」

「その線が正しいであろう可能性はどれくらいだ？　僕が犠牲になる必要はあるのか？」

「わからぬ……だから確かめたいのだ。仮にそれが間違いだったとすれば、我々に挽回《ばんかい》のチャンスはない。だが、もし私の考え通りレックス殿が次に消えれば、パルナ殿が先に消され、レックス殿が消されなかった理由に説明がつく。そうなれば……私の考えは間違いないと断定できる。だから慎重に……最後に確かめておきたいのだ」

緊迫した空気がレックスとメノウの間に漂う。それもそのはずで、それは、レックスに命を落とすかもしれない犠牲になれと言っているようなものだったからだ。

だが、レックスは一考すると微笑を浮かべ、メノウの肩にポンッと手を置くと「わかった」とだけ告げ、急に立ち止まって話し合いを始めた二人をチラチラと気にかけているアリスの元へと合流しようとする。

「詳細は聞かないのか？」

「どうせ僕は消えるんだろ？　なら聞くだけ無駄さ。それに元々……仲間を頼れと言ったのは僕だからな。何も気にする必要はない」

正直なところ、この状況で敵の裏をかく手段があるというのであれば、それに乗らない理由はなかった。だが一つだけ懸念を思い浮かべ、レックスは歩を止めてメノウに振り返り――、

「……これだけは聞いておくが、お前は大丈夫なのか？」

レックスはどこか不安そうな顔で、再びそう問いかける。その表情は、これからやることが上手くいくかどうか不安になっているからではなく、単純に、メノウの考えがハッキリとした段階で、メノウが敵の裏をちゃんとかくことができるかを、心配してのものだった。

「何がだ……レックス殿」

「いや、お前が僕を頼ってくれたのは嬉しいが……なんというかな」

「言いたいことはわかる」

メノウも、レックスが感じている不安を理解していた。メノウが考えた作戦は、上手くいけば敵の裏をかくことができ、形勢を逆転させることができるかもしれない。だがそのリスクも大きく、正体を暴いたところで無駄に終わる可能性もあった。

メノウが考えた作戦とは、レックスを犠牲にすることだったから。

レックスを犠牲にするということは、単純に、パーティー内の戦力が著しく低下させることに繋がる。戦力が低下したパーティーで、敵と対峙《たいじ》できるかがレックスは不安だったのだ。

「いや……みなまでも言わない。僕はお前に任せることにしたからな。師匠がいない今、頼れるのはお前くらいだ」

「すまない……私にとってもこれは最後の賭けなのだ。必ずやり遂げてみせる」

メノウの迷いのない言葉にレックスは安堵し、もう何も言うことはないと背を見せる。

「もー二人共、ちゃんと怪しい場所がないか探してよね！　ボクだけじゃん、さっきから真面目に探してるの！」

「す、すみませんアリス様」

すると、話し込む二人に痺れを切らしたのか、アリスがツカツカと近づいてメノウに対して文句を垂らす。

わざとらしく頬を膨らませながらアリスはメノウを睨むが、すぐに「なーんてね」と笑顔を見せる。かつては殺し合う運命にあった二人が、手を取り合って行動する様を、ずっと魔族と人間の和平を望んでいたアリスが嬉しく思わないわけがなかったからだ。

「覚悟は決まっているみたいで安心はした……頼んだぞメノ………」

その時、転機は突然訪れた。

まるで、途絶えたかのように突然レックスの声が聞こえなくなったのだ。その違和感に気付いたアリスがすぐさま視線をレックスのいた場所へと向ける。

「あれ……メノウ？　レックスさんは？」

キョロキョロとアリスは周囲を見回すが、そこにレックスの姿はなく、平地となっている住宅街予定地にはメノウとアリスの二人の姿しかなくなっていた。

対するメノウは慌てることなく、黙って虚無を見つめていた。メノウは、レックスが最後に笑みを浮かべて言葉を発した瞬間、目の前から突然消滅するかのように消えていなくなったのを目撃していたからだ。

◀◀◀

◀◀◀

「これで……確信を持てた」

レックスを犠牲に得た確信。敵の本拠地である可能性も高く、普段来栖以外に人がおらず、誰からも見られる心配のない中央施設に向かったティナたちではなく、レックスが犠牲になった理由。その確信を得たメノウはすぐさま通信機を取り出し、別行動をしているティナたちへと連絡を取った。

「……レックス殿がいなくなった」

Data

10

LOAD

中央施設側と住宅街予定地側で分かれていた一同は再び合流し、住宅街予定地へと集まった。

というのも、捜索を続行せずに一度合流しようとメノウが提案したからだった。

「……このままじゃ全滅するよ!?　やっぱり二手に分かれて行動するべきじゃなかったんだよ！」

◀◀◀

レックスを失ったことを知った油機が、いよいよ追い詰められたと焦燥し、喚《わめ》き叫ぶ。

遂に、パーティーの中でも強い実力を持つ勇者のレックスまでもがいなくなってしまった。なのに、敵の目星はまるでついておらず、ろくな対策も打てずにいたずらに時間を過ごす状態が続いていることに、アリスとティナとメリーは顔を暗くする。

『鏡と今すぐ合流する』、『昇降路を強引に起動させてとにかく逃げる』、『暫く密閉された場所にたてこもって鏡が行動を起こすのを待つ』など、様々な意見が飛び交ったが、メノウは既に腹を決めたかのような表情で――、

「いや、見えない敵を相手にあがくのはこれで終わりだ」


一同の混乱を収めるように、ハッキリとそう宣言した。

「どういうことですか?」

すぐに真意を問いただそうとティナが聞き返すと、メノウは瞼を閉じて「罠を張ったのだ」と、まるでできれば信じたくはなかったとでも言いたげに感慨深くつぶやく。

「罠って……もしかしてレックスに発信機でもつけたのか? つっても……あれは稀少《きしょう》な旧文明の道具の一つで、あんたが持っているとは思えないし……」

罠と聞いて、メリーが思い出したかのように発信機の存在を口にする。しかし、メノウはそ

んなものは使っておらず、否定するように首を左右に振った。

「それがどういった物なのかはわからんが、その発信機とやらをレックス殿につけたとしても恐らく無駄だ。必ず外される……必ずな」

「必ずって、なんでだよ？」

「道具の存在にすぐ気付けるようなスキルをその敵が持っているからだ。嫌でも道具が視界に入るような……そんなスキルだ」

まるで、敵を知っているかのような口ぶりで話すメノウに、一同は思わず息を吞《の》んだ。

「あがくのはやめるってやっぱり……敵の本拠地か、レジスタンスに紛れ込んでいる敵が誰なのかわかったってこと？」

おそるおそる問いかけたアリスの言葉にメノウは頷いて返す。

それを聞くと同時に、追い詰められた状況を打開できると一同は表情をパッと明るくさせるが、そんな中、そのことに気付いたメノウは浮かない顔をしていた。

「次に狙われるのは必ずレックス殿だと私は考えていた。そして、敵と思われる存在にも目星をつけていた。だがまだ確信には至っていなかった。だから、その疑惑が確信に変わるよう……レックス殿には囮《おとり》になってもらったのだ」

「そういえば……突然の提案でしたもんね」

二手に分かれれば必ずどちらかの仲間が狙われることになるとわかっていながら、人数も限

◀◀◀

りなく減った状況でどうしてメノウが二手に分かれることを提案したのかがはっきりし、一同は納得したような表情を浮かべる。

「レックス殿と行動を共にしていたのは、私とアリス様だ。誰が捕まっても変ではない状況で、やはり消えたのはレックス殿だった。なぜだかわかるか？」

「……その中で一番強いから？」

アリスの答えにメノウは「そうです」と頷く。

「私が最初に考えた通り、強い者から順に消えている。だから、レックス殿が消えるであろうことはわかっていた。それと……」

「ちょ、ちょっと待てよ！」

メノウの考えには明らかな矛盾がある。すぐにそのことに気付いたメリーは困惑した表情でメノウの言葉を遮る。

「強い者から順って……さすがに違うだろ！　最初に消えたのはクルルだぞ？　その次はタカコだ！　その次がパルナ！　そしてさっきレックスが消えたんだろ!?　強い者から順ってことなら、最初にタカコを狙うべきじゃないのか？　タカコなんて最初、一人でテントの中で孤立した状態で眠っていたのに、クルルが狙われたじゃないか！」

「確かにそうだ。だがそれはある法則にのっとったうえでの話でもある。私はそれを確かめるために、レックス殿を犠牲にしたのだ。そしてそれは、読み通りだった」

◀◀◀

「どういうことだよ？」

「なぜ……誰からも見られる心配がなく、相手を消すのに都合がいいであろう中央施設内を探索していたメリー殿たちではなく、この場所にいた我々が狙われたと思う？」

メノウの問いかけにメリーはすぐさま思考を巡らせて答えを出そうとする。確かに狙うのであれば住宅街予定地にいたレックスたちではなく、中央施設にいた自分たちを狙った方が確実だと思われた。

しかし、その理由が思い当たらず、「敵の本拠地がそこにあるから？」と、唯一絞り出した可能性を答えてみるが、メノウは首を左右に振ってそれを否定した。

「私も最初はその意図がまるでわからなかった。なぜ最も力を持つタカコ殿からではなく、クルル殿を先に狙ったのか？　仮に途中で我々が敵の正体に気付いて戦闘になった場合、力のある者が残っていれば苦戦を強いられることになるはずにもかかわらずだ」

メノウの言い分はもっともで、その場にいたティナやアリスたちも同じことを考えてはいた。しかし、それだけ戦闘になっても問題ないほどの実力者が相手にいるのだろうという考えに至り、狙う相手もランダムに選んでいるものだと決めつけていた。

「今回はあまりにも不可解なことが多すぎた。だがそのほとんどが、一定の法則に従った行動であると仮定すれば、答えにたどりつける。敵にとっては、別に我々の仲間を消す順番に大きな意図なんてなかったのだ……法則に従って仲間を消していただけでな」

◀◀◀

「その法則って？」

メノウが気付いたその法則が何なのか見当がつかず、アリスは息を呑んで問いただす。

何か意図があるとずっと考え込んでいたメノウにとってそれは、間抜けとでも言えるほどに簡単な法則で、ずっと気付けなかったことを恥じているのか少し躊躇いながらも、ゆっくりと口を開いた。

「敵が我々の仲間の誰かを消す時は、必ず分かれて行動していた時でした。そしてその時、消えた仲間の周りにいた仲間の構成を考えればわかります」

最初に消えたのはクルルだった。その周囲にいた人物はティナ、メリーの二名。

次に消えたのはタカコ。その周囲にいた人物はティナ、パルナ、メリーの三名。

次に消えたのはパルナ。その周囲にいた人物はアリス、ティナ、メリーの三名。

そして最後に消えたのがレックス。その周囲にいた人物は、メノウ、アリスの二名。

そのことから一つの法則に気付いたのか、メリーが「なるほどな」と言って思案顔を見せる。

「その中にいる一番レベルの高い奴から順に消えてるな」

メリーの見解が正解だったのか、メノウは頷いてそれを肯定する。

「でも、それだけだろ？」

「いや……違う」

一見、ただ敵がたまたま狙ったグループの中で一番強い者が消されているように見えたが、メノウはそれだけではないと、まるでその真実を口にするのを躊躇っているかのように否定する。

「その中で一番強い者を消していたという事実ともう一つ、法則がある。そしてその法則をもとに考えることで敵は導き出される。そして、それを敵とすることで……あらゆる不可解だった疑問が解決するのだ。気付かぬか？　一人……消えていった仲間たちの傍に必ずいない者がいるのだ」

その瞬間、それが誰なのか瞬時に一同は気付き、時が凍り付いたかのような感覚に襲われた。同時に、一同は信じられないといった表情を浮かべて一人の人物を注視する。


「油機殿……貴殿と共にいない者が必ず狙われるのだ」


仲間と思っていた人物が敵であったということが相当堪《こた》えているのか、メノウは苦しそうな表情をしつつハッキリとそう告げる。

対する油機は、疑心の目が周囲から降り注がれる中、表情を変えずに「いやいや、やだなー」と、穏やかな笑みを浮かべて立ち尽くしていた。

「最初にタカコ殿ではなく、クルル殿が狙われたのは……油機殿と共にいたからだろう？　恐らくは……油機殿とは別行動をしている者を狙わせることで、疑心の目を逸《そ》らすためのカムフラージュだったのだろうが……裏目に出たな」

「ちょ、ちょっと待ってよ！　確かに油機さんがいないグループが敵に狙われているけど、最初にクルルさんが狙われるのはやっぱりおかしくない？　ボクたちだって油機さんのいないテントで眠っていたし、タカコさんを除けば一番強いはずのレックスさんが消されなかったのは変だよね？　ってことは、メノウの考えは何か間違ってるんだよ！　油機さんが敵みたいに言ってるけど……そんなはずないよ！」

油機が、敵と内通しているかもしれないという事実が信じられないのか、アリスは庇うように必死になって、メノウの推理に綻《ほころ》びがないか思考を巡らせる。だが、アリスのその反論に対しても説明がつくのか、メノウは遠回しに「現実を受け止めてください」と言うように、首を左右に振って否定する。

「我々はテントを締め切って眠っていました。仮にその状態で姿の見えない何者かがテントの出入り口を開けて入ってきた場合、その中にいる誰かが起きていれば失敗に終わる。そのリスクを負わないためにクルル殿が眠っていたテントを狙ったのでしょう」

「な、それはクルルさんも一緒のはずじゃ！」

「忘れましたか？　油機殿は……朝、日課をこなすという名目でメリー殿を起こしにクルル殿のいたテントに入り込んでいる。その時……出入り口のドアを開きっぱなしにしておいたのでしょう」

◀◀◀

それを言われて、アリスはハッと思い出したかのように押し黙る。

思い返せば、確かにそれは不自然な行動ではあった。昨日の今日で勝手な行動は慎むようにと伝えていた中、それを破るかのように日課と称して外を出歩いていたからだ。

その時は油断を装っていたが、今考えれば、それは明らかにおかしな行動だった。

「ま、待てよ！　油機なわけねえだろ!?　油機は昔からずっと私と行動を共にしてきた仲間だぞ!?　あんな……モンスターを外に排出したり、喰人族のような化け物を作ったりするような奴らの仲間なわけがないだろ!?」

レジスタンスの中に潜んでいた敵の一人が、油機であるかもしれないというのが認められないのか、メリーは荒立ってメノウの胸倉を掴み掛かる。

「メリー殿、貴殿は油機殿に無理やり起こされたと言っていなかったか？」

だがメノウは至って冷静な表情で、メリーにそう告げる。メリーもそのことを思い出したのか、ハッとした表情を浮かべると、徐々に胸倉を掴む手を緩めていった。

「それに……油機殿が敵と内通していたと考えれば、初日ではなく翌日の朝にクルル殿が消されたことや、初日に鏡殿が掘った隠し通路が爆破されたことにも説明がつくのだ」

「どういうことですか？」

ずっと意図がわからず、謎に思っていた出入り口をふさぐだけで結局何もしてこなかった初日の行動の目的が気になり、ティナがメノウを注視する。

◀◀◀

「油機殿とは別に、クルル殿たちを消した敵が存在する。それはずっと油機殿と行動を共にしていたことから明白だとは思うが……初日の爆発が起きた日、我々を消そうと行動している敵はまだ、我々がこのノアの施設内に戻ってきていることを知らなかったのだ」

「知らなかったって……でも、出入り口はふさがれましたよね」

「鏡殿が作った隠し通路は、あの日になるまで誰にも見つからずにあったものだ。確かに小型のメシアと一戦交え、我々の存在が敵に露見したとはいえ、あの隠し通路を我々がノアの施設内に戻るまでの短い時間で見つけられるとは考えにくい」

「じゃあ誰が出入り口を……」

ティナもまだ信じたくないのか、誰がやったのか既に答えが自分の中で出つつも、その現実を受け止めるためにメノウに言葉にしてもらえるように話を促す。

「……油機殿だ。我々がノアの施設内へと戻るタイミングで爆弾を設置したとしか考えられん。あの時まだ、隠し通路の存在が敵に伝わっていなかったと考えるならな」

メノウの言葉にティナが「やっぱり……そうなんですね」と、どこか残念そうな表情を浮かべる。それと同時に、ティナにとっても不可解に感じていた部分のほとんどが、解かれるように辻褄が合っていった。

ずっと変には思っていた。まずは出入り口がふさがれた速さとタイミングの良さ。仮に、油機が戻る間際に爆弾を仕掛けておき、起爆させたとするならばその速さとタイミングにも説明

◀◀◀

がつく。

「ま、待てよ……それならお前たちにだって可能だろ？」

だが、それでもまだ納得がいかないのか、メリーが震えた声で異論を唱えた。

「……ふさがれた隠し通路からは爆弾を使ったであろう火薬の匂いがしたと鏡殿は言っていた。つまり、敵は遠隔で爆弾を爆発させることのできる技術をもった相手に絞られる」

「それだと、私って可能性もあるだろ？　なんで油機なんだよ」

「油機殿といない者が狙われるという件もあるが……一番の理由は、我々が隠し通路を通って戻ってきた時、油機殿が最後尾を歩いていたからだ。あの状況で我々に気付かれず爆弾を設置できるとなれば……最後尾を歩いていた者以外にありえん」

当時の状況を脳内で再生し、メリーは表情を青褪めさせる。その時、最後尾を歩いていたのは確かに油機だったからだ。

「あの時……同行していたピッタ殿が何かの音に反応を示していた。油機殿はそれを鉄くずを落としたと言って拾い上げていたが……本当は、鉄くずと一緒に爆弾を背後に投げつけていたのではないか？　そしてそれは、我々が気付けないほどに小型サイズの爆弾なのだろう？」

その説明にメリーは言葉を失い、油機も何も言い返さずに押し黙る。メリーは、小型ながら大きな爆発を巻き起こせる爆弾の存在を知っていたからだ。無論それが、メノウたちには扱えない代物であることも。

◀◀◀

　何よりも、それを作り出すための方法を知っている者は、ノアにいる人間の中でも限られていた。そして、油機はそれの作り方を知っていた。一目見るだけでアイテムの作り方や性能さえもわかってしまう油機のスキルであれば、一度見たことのある道具であれば作り出すことが可能だったからだ。

「油機殿……貴殿は鏡殿が破壊したあとの隠し通路をすぐに掘り返すことができると聞いた時、異常なほどに驚いていたな？　まるで、想定外かのように」

　メノウの問いかけに油機は何も返さず押し黙る。

「あの時、予測の一つとしてあった通り……我々をノアの施設内に閉じ込めるのが目的だったのではないか？　ノア内にさえいれば、捕まえることはたやすい……そう考えたのだろう？」

　そしてそう仮定することで次に、風呂場で呑気に入浴している隙だらけのタイミングがありながら、敵が襲い掛かってきたのが翌日からだったという謎が明かされる。

　相手を捕まえる絶好のチャンスがありながら、わざわざ隠し通路を破壊してメノウたちに監視しているということを知らせて警戒させるだけで、何もしなかった不可解な一連の流れ。それは、その段階で戻ってきたということを知っていた敵が油機だけだったとするなら、仲間として行動している油機には何もできなかったということを示していた。

「で、でも何でそれで翌日の朝に敵が襲ってくるんだよ？　仮に油機が敵なら、もっと早くに油機はほかの敵と連絡を取り合って行動してるはずだろ？」

◀◀◀

「我々と油機殿は常に行動を共にしていた。いわば……油機殿は常に我々に監視されている状態にあった。それ故、『日課としてメリー殿と朝の運動をしている時に抜け出し、報告をする』のが最も疑われずに敵と密会する手段だったのだろう。仮に一人で抜け出している最中にタカコ殿が目を覚ましたり、我々が呼びに行った時にテントにいなければ、疑われることになるからな……メリー殿、貴殿は油機殿に利用されたのだ」

なんとしてでも油機はやっていないと言い張りたい。なのに反論の言葉が出ず、メリーは苦痛に歪んだ表情で手をぎゅっと握り、俯いてしまう。

「そして、タカコ殿を一人にさせてしまったうえで、タカコ殿が消えることになれば、間違いなく疑心の目が油機殿に注がれる。それを避けるために貴殿は自分と共にいない相手を狙うように仲間へと指示をし……クルル殿が眠っていたテントの出入り口を開けっぱなしにした……違うか？」

メノウからの鋭い視線が油機へと注がれる。全てを見透かしたかのような威圧をも感じられる視線を前に、油機は思わず頰に汗を垂らして息を呑んだ。

「ほかにもある。一人ずつしか消えないことから、朧丸殿のような何らかの姿を隠す力を持った他者の行動であるということ。そして、油機殿がその者と常に連絡を取り合えていたわけではないということだ。本当ならもっと効率よく我々を消すことができたはずなのにそれをしないのは、さっきも言った通り、我々が常に油機殿を監視している状態にあったからだろう？」

◀◀◀

「どういうこと？」

その理由がわからず、アリスが首を傾げる。

「恐らく油機殿は、メリー殿と早朝に出掛けた時に敵と密会し、我々の強さの情報を伝えたうえでこう命令したのだと思われます。『自分とは一緒に行動していない者の中で、一番レベルの高い者から順に消せ』……と。現に敵は、それに従った行動しかしていません。恐らく敵と密会したのもその時の一度だけかと」

どこか納得したような表情で頷きながら、ティナも覚悟が決まったのか疑心の目を油機へと向ける。すると、アリス、ティナ、メノウ、メリーの四人に視線を向けられているにもかかわらず、油機はあっけらかんとしたどこか余裕のある笑顔を浮かべ——、

「いやぁ……まさかばれるなんてね、すごいよ、本当にすごい。やっぱり君たちは面白いよ……！　知将っていうのかな？　鏡さんとタカコさんだけ注意しとけばいいと思ってたけど、まさかメノウさんがこんなに頭が回るなんて思ってなかったよ」

観念したのか、パチパチと拍手して、自分が犯人であることを見抜いたメノウに対して称賛を送り始めた。

「よくそこまで推理できたね。あたし、絶対にばれないと思ってたよ。ずっと何も知らないふ

りして一緒にいたのに……なんでわかったの？　気付くきっかけがあったんでしょう？」

値踏みするかのような視線を油機から注がれ、メノウは軽く溜息を吐く。

「……全然わかっていなかったさ。全てレックス殿が与えてくれたヒントを元に考え直した結果だ。そもそも意図なんて存在せず……そうするしかない状況であった犯行なら？　そう考え直すことで自然に貴殿の存在が思い浮かんだのだ」

「あ～……だからあの時、何もしてなかった。意味がない。とかぶつぶつ言ってたんだ……すごいね。そんな小さなところまでちゃんと気にかけて冷静に分析してるなんて」

本当に感心しているのか、油機はニコニコと笑顔を浮かべながらパチパチと手を叩き続ける。

そんな油機を前に、メノウとティナは呆れたような、少し残念そうな表情で、アリスとメリーは信じられないといった表情で視線を向け続ける。

「嘘だろ油機……なぁおい！」

まだ目の前で起こっている現実が信じられないのか、メリーがフラフラとした足取りで油機へと近づこうとするが、すぐ隣でショックを受けていたアリスがハッと気づいたかのように「駄目だよメリーさん！」と、抱きしめて制止させた。

「嘘じゃないよ。全部メノウさんが言った通り。メリーちゃんを利用したってのも……本当」

まるで悪びれてないかのような、不敵な笑みが油機からメリーへと注がれる。突き付けられたあまりにも酷い裏切りを前に、現実を受け止めきれないのか、メリーは「そんな……そんな」と言葉を漏らしながらその場に膝から崩れ落ちた。

「でも、メノウさん凄いね。よくそれだけの少ない情報の中で私って見抜けたね」

「昔色々とあってな、慎重にかつ冷静に物事を考えるようになったおかげだ。とは言っても、全てわかったわけではなかったがな」

「へぇ、たとえば？」

「三日間ほど……我々を消さずに放置していたことと、食料庫を荒らして我々のせいにし向けたことだ。油機殿が内通者で、我々の仲間を消していたのが姿を消す力を持った別の相手であるなら、わざわざ食料庫を荒らす必要もなかったであろう？　むしろ、我々を消して現状維持を望むなら、食料庫を荒らすのはマイナスでしかなかったはずだ」

「あーあれね。あれはついでに利用させてもらってメノウさんたちのせいにしただけだよ？　食料庫を荒らしたのってあたしたちじゃないし、実は誰が荒らしたのかはっきりしてないんだよね……ま、誰の犯行かは予想ついてるけど」

予想外の返答にメノウは困惑する。タイミング的にみても、食料庫を荒らしたのは今回の一件に関わりのある者の行動としか思えなかったからだ。

だがすぐに、食料庫を荒らしたのが油機たちではないと知り、メノウは「なるほど」と納得したように笑みを浮かべる。

それが何の目的なのかまではわからなかったが、メノウが考える人物が荒らしたのであれば、

◀◀◀

何か意図があるのだろうと安堵し、こちらにはまだ切り札が残っているようだと落ち着きを取り戻す。

その瞬間、メノウは鏡に渡されていた銃を懐から取り出し、上空へと向けて撃ち放った。そしてすぐにメノウは油機の背後へと回り、首筋に手をかざしてすぐに爆破魔法が放てるように魔力を籠《こ》め始める。

「あれ？　急にどうしたの？」

「悪いがここまでだ油機殿、なぜわざわざこの場で貴殿が敵と繋がっていることを告げたと思う？　こうして……貴殿に手を加える口実を仲間から得るためだ。すまないが貴殿には敵の裏をかくための人質になってもらう。これで姿を消している連中が現れても貴殿を盾に逃げることができるだろうからな。さて、色々と情報を引き出させてもらう……もはや逃げることはできんぞ？　今の信号弾は、鏡殿と打ち合わせしていた合図だ……間もなく鏡殿がこちらに来る」

「あー……残念だけど、鏡さんなら来ないよ？」

頰をポリポリと掻きながら申し訳なさそうに告げられた油機の言葉に、メノウは怪訝な表情を浮かべて「どういうことだ？」と聞き返す。

「さっきメノウさんが『結局わからなかった』って言ってた疑問。私たちがちょっとの間ノアの施設内で何もせずにいたのがどうしてかって言ってたじゃない？　あれね、鏡さんが単独で行動してたから、鏡さんが現れるまでメノウさんたちを餌にするためだったんだよね」

油機の放った言葉に、メノウは頬に汗を垂らし、「……まさか」と、声を震わせる。


「そう、もう捕まえたんだ」


その瞬間、メノウ、ティナ、アリス、メリーの四人の背筋に悪寒が走った。

鏡が既に捕まったというショックもあったが、それよりも、自分たちを囲むようにして、威圧的な殺気を放つ存在がいるのを感知したから。

「メノウさん、わからなかったことがあったって食料庫の話をしたけど、メノウさんが暴けてないことがまだ二つあるから一応教えてあげるね？」

「な……に？」

「一つは頼りにしていたんだろうけど、鏡さんみたいな化け物を私たちが放置するわけないだろってこと。正直……メノウさんたちのことは鏡さんを捕まえるための餌程度にしか考えてなかったんだよね」

周囲から発せられていた殺気は徐々に近づき、一同の息苦しさはさらに増していく。

「もう一つは……あたしが与えた指示。私の傍にいない者を消せって指示だけど……それだけじゃないんだよ？　残り……四人になったらあとはどうにでもなるからさ」

◀◀◀

何かが近づいている。なのに姿が見えない。メノウとティナとアリスとメリーはお互い背中合わせになって、周囲に近づく者に対して身構えた。

「一気に仕留めようって指示を出してたんだ」

そして最後に油機がそう言って笑みを浮かべた瞬間、メノウたちの周囲に敵と思われる、レジスタンスの隊員の中でも見かけた者たちが十五人ほど姿を現した。

「嘘だろ……おじき？　ルナ？　ロット!?」

その中にはバルムンク、ルナ、ロットの姿もあり、メリーが信じられないといった表情で声を震わせる。

「あと一歩足りなかったねメノウさん。……ちなみにだけど、あたしを人質にしたところで簡単に切り捨てるような人たちだから。残念だけどどうしようもないよ。つまり……チェックメイト」

絶望的と思えるほど戦力差のある現状を前に、四人はただ呆然《ぼうぜん》と立ち尽くす以外にできなかった。何よりも、仲間として行動を共にしていた存在が敵であったという真実に未だ向き合えず、一同は既に大きく戦意を喪失していた。

逃げ出さないのは

◀◀◀
Chapter.4

「なあおじき……嘘《うそ》だろ？　あんたレジスタンスの隊長じゃねえか！　あれだけ世界を取り戻すために戦ってきたあんたが……外にいる敵を生み出してる連中の仲間って……何の冗談だよ！」

瞳に涙を溜《た》め、今にも泣き崩れてしまいそうなのを必死にこらえてメリーが叫び散らす。だが無情にも、バルムンクは困ったように溜息《ためいき》を吐《つ》き、「諦めろ……これが現実だ」とだけ告げた。

「みんな……小型のメシアと戦ったじゃん？　その時、最後に出てきたほかよりも性能の高いのに乗ってたの……あれ、隊長なんだよ？」

種明かしをするかのように油機《ゆき》が嬉《うれ》しそうな表情で事の真相を話す。三日前の朝、バルムンクが男性陣用のテントにメノウたちを起こしに来たのも、思えばわざわざ隊長が起こしに来るという不自然な行動ではあった。

恐らくあれも、全員が変な考えを起こさずにテント内に揃《そろ》っているかを確認するためだったのだろうと一同は気付く。

◀◀◀

「へぇー……バルムンクのおっさん。外でそんな楽しそうな戦いしてたんだ？　あたいも一緒に行っとけばよかったよ」

「同行していれば恐らく死んでいたぞ？　奴《やつ》らはあの改良を施した旧文明の兵器を打ち破ったのだからな」

「おー怖い怖い。でもあたいはいざとなったら逃げられるしさ。ほら、こうやって透明化して」

　軽口をバルムンクに叩《たた》くと、ルナはふっと消えては現れるを繰り返してケタケタと笑う。そこにいたルナの雰囲気は、いつもの小うるさい気乗りの良い感じではなく、妖しげな魅力を放っていた目元も、今は人をゴミとしか考えていない殺人鬼のように、鋭く尖《とが》ったものになっていた。

「どうしてお前がそこにいるんだよ、ルナ……ロット！」

「どうしてってって言われても、あたいとロットとバルムンクのおっさんが今までメリーちゃんたちの大切な仲間を消してたんだけど？　今見せた透明化のスキルで近づいてさ」

「スキルって……お前レベル１９８で一つしかないはずじゃ……？」

「んなもん嘘に決まってんだろ？　あたいがこの世界に来たのは……レベルが２００になって、この透明化の力を使ってアースクリアの治安管理ギルドからアース行きのチケットを奪い、逃げおおせたからだぜ？　影を踏んで相手の動きを止めるだけしか能のない奴が、アースになん

◀◀◀

か来られるわけねえだろ？」

それを聞いたメリーは、言葉を失って呆然とした。そこにいたルナの話し方から佇《たたず》まいも、まるで別人のようだったからだ。

「なーにショック受けてんだ？　相変わらず可愛《かわい》いなメリーちゃん？　裏切られるってのに慣れてねえんだろうな。あたいが住んでた世界では、裏切りは日常茶飯事だったぜ？　相手を騙《だま》して裏をかかないと自分が酷《ひど》い目に遭うようなところで過ごしてきたからなぁ」

そこで、ルナが最初、ヘキサルドリア王国のスラム街で暮らしていたと話していたことを思い出し、メノウは今までのルナは偽りの演技で作られた人格で、これがルナの本当の正体なのだと悟った。

「ま、別に裏切ったっていっても。メリーちゃんがこの世界の秘密を知らなかったら、ずーっといつものあたいを演じてたんだけどね……本当に、めんどくさいことしてくれたよ」

その時、メノウは妙な違和感に包まれる。ルナがそう言って見せた表情が、まるで知らずにそのまま平穏に暮らしていてほしかったと言わんばかりに残念そうなものだったからだ。

「ロットさんとルナさんとバルムンクさんの三人で消してたってどういうことですか？」

そこでティナが質問をなげかける。

「いいぜ？　せっかくだから種明かししてやるよ。あたいの透明化は触れてればほかの奴も透明にすることができる。それでロットとバルムンクのおっさんを透明化させて連れていたって

◀◀◀

わけだ」

「ロットさんとバルムンク隊長を連れていたのは……どうしてなんですか？」

「あー……そういやロットの五感を強めるスキルとは別のスキルを知らなかったんだっけか？　ロットはな、音や気配を完全に消すことができるんだよ……あたいと同じく触れた相手も一緒にな。すげえよな？　まさに狩人って感じだろ？」

それを聞いて、メノウは頬に汗を垂らす。その力は、喰人族《くいとぞく》にあまりにも似通った能力だったからだ。それだけではなく、五感を強めるスキルは獣牙族《じゅうがぞく》、ルナが持つ透明化は朧丸《おぼろまる》といったように、作られたであろう存在が持つ特性に近しい力だった。

「……やはり」

喰人族や獣牙族に力を与えたオリジナルがいることは、メノウも予測していた。

能力から、ロットが敵であることも。

しかしそれは、人間の力を元に異種族を生み出したことにも繋がる。そんな恐ろしい事態が真実でないことを願っていたメノウは、目を瞑って表情を曇らせた。

「どうしてこんなまわりくどいことを？」

だがそれについての真相を知るよりもメノウは、今聞き出せる情報を引き出すことを優先した。それを知ろうと思っても、恐らくは口を割らないから。

「やだなぁ、自分たちでも言ってたじゃん。レジスタンスの皆にはばれたくないからだよ？

◀◀◀

メノウさんたち四人程度なら、暴れまわられることなく抑えられるだろうから、人数が減るまで一人ずつつぶしていってただけ」

メノウに拘束されながらも、余裕のある表情で油機は淡々と話す。そしてその行動理由が、何も知らないレジスタンスの隊員たちに知られないようにするためであると知り、メリーは思わず表情を歪《ゆが》めた。

「……ふざけんなよ！　どうして、どうしてレジスタンスの皆を裏切るような真似《まね》を？　油機……お前、この世界を救うために頑張るんじゃなかったのかよ!?　おじき！　あんたレジスタンスの隊員が死なないように必死に守ってきたじゃねえか！　なのに……レジスタンスの皆が敵としている獣牙族や喰人族をおじきたちがって……わけわかんねえよ！　本当は……レジスタンスの皆の命なんてどうでもいいって思ってたのか!?」

「そんなことはない。皆……大事な仲間さ。獣牙族や喰人族、そのほかの異種族たちの戦闘能力、そして性能を見極めるためのテスト相手として、貴重な人材ばかりだ。失っていい命なんて一つもない……そう一つもな」

「全部……自作自演だったってことかよ」

「メリー、まさかお前が巻き込まれることになるとは思っていなかった。お前だけは……お前の両親との約束もあって、俺が必ず守り通すと決めていたが……こうなっては仕方がない」

「……うるせえよ」

◀◀◀

本当にメリーは巻き込みたくなかったのか、バルムンクは残念そうに表情を曇らせながら言葉を漏らす。そのそぶりが、先ほど見せたルナの残念そうな表情と被《かぶ》り、メノウは再び違和感を抱いた。

「メノウさん。随分と冷静だね？　ほかの三人に比べて余裕があるように見えるけど？」

「取り乱していては、突破口など見つけられぬからな」

「ふーん……まだ諦めてないんだ？」

「やはりというべきか、予想通りというべきか、レジスタンスの隊長であるバルムンク殿が敵だったことには何の驚きもない。だが、予想通り敵としていてくれたおかげで、一つ疑問が生じた」

「何かな？　これで最後になると思うし、答えられることなら教えてあげるよ？」

「貴殿たちの……行動原理についてだ」

メノウが静かにそうつぶやくと、聞いていたバルムンク、ロット、ルナ、油機を含む敵の全員がピクッと反応を示した。まるで、聞かれたくないことを的確に聞いてきたとでも言いたいかのように。

「バルムンク殿が今、メリー殿を残念がっていたように、貴殿たちはできる限りはレジスタンスの隊員たちを殺したくないようにみえた。なのに、やっていることは自分たちで作った怪物と戦わせて、さらなる強化を図ることの繰り返し……何か矛盾しているように感じてな」

「……なるほど。ここまで追い詰められるわけだ」

的確に自分たちから漏れ出た些細《ささい》な行動から情報を読み取り、推測するメノウを前にバルムンクが感心したかのような声をあげる。

「その問いに答えるなら……俺たちも、レジスタンスの隊員たちを利用して外にいる化け物たちの相手をさせるのは本意じゃないということだ」

「どういうことだ?」

「そうするしかないから、そうしているだけだ」

何を言っているのかはわからなかったが、メノウは取り乱さずに冷静に言葉の一つ一つを整理していく。

「俺たちも……元々はお前たちと同じ立場にあったからな」

その言葉でメノウは気付く。今、自分たちの周囲にいる敵は、アースクリア出身の者しかいないことに。アースの世界でありながら、レジスタンスを利用し、アースの世界に化け物を放っているのがアースクリア出身の者しかいないという言いようのない違和感をメノウは覚えた。

「皆さ、この世界……アースに最初に来た時、來栖《くるす》から何一つ隠されることなく、この世界の事情と、あたしたちが住んでたアースクリアの仕組みについて教えてもらったよね?」

メノウが何かに感づいたことに気付き、油機が感慨深い表情でそう告げる。

「あれは全部本当の話。でも、本当の話だからこそ皆……騙される」

「來栖か……お前たちは全員、來栖によって仲間に引き入れられたんだな」

メノウの問いかけに、バルムンクが頷《うなず》いて返す。元々、來栖が黒幕であると考えていた一同にとってそれは不思議なことではなかったが、元は自分たちと同じく何も知らずにここに来たはずのバルムンクたちが、どうしてそんな非道な計画を練る來栖に味方をしているのかがわからず、怪訝《けげん》な表情を浮かべる。

「自力で気付けるであろう疑問を、誤魔化されずに最初にほとんど包み隠さず説明されれば、それが全てで、もう隠していることなんて何もないって思うじゃない？　それが來栖のやり口、たった一つの隠し事を守るための、カムフラージュ」

「知っている者はどれだけいる？」

「ほとんど知らないよ。來栖が考えたこの繰り返しを知っているのは……選ばれた人間だけ。死のリスクが極端に低いバルムンク隊長のようなタフな人にレジスタンスの総指揮を任せるためだったり、あたしみたいな……物の価値が一瞬でわかるようなスキルを持っていたり、価値を認められた人だけが來栖の仲間に迎え入れられる」

「なぜ……來栖の味方をする？　おかしいのは明らかだろう？」

「まさか、自力で來栖のカムフラージュを破って、ここまで辿《たど》り着くなんて思ってもいなかったよ。本当なら……なす術《すべ》なくあたしたちにいいように利用されて、より強い異種族を生み出すための糧になってもらう予定だったのに」

◀◀◀

「質問に答えろ！　なぜ來栖の味方をする？　なぜ、世界を人間が住めない環境にしている？お前たちがモンスターや異種族を生み出さなければ……平和に暮らせるはずだろう!?」

痺《しび》れを切らし、メノウが怒りの交じった声色で叫ぶ。だが、油機は答えようとはしなかった。それどころか、周囲にいた油機の仲間たち全てがばつの悪そうな顔を浮かべ、表情を暗くする。

メノウたちには、それが異様な光景に見えた。

非人道的な行為を平然と行う敵のはずなのに、本当はやりたくないのに仕方なく手助けしているかのような、そんな哀愁の漂う表情に見えたからだ。

「悪いけど……教えられない」

「なぜだ……少なくとも、お前たちも快くは思っていないように見えた。何か事情があるなら話してくれ。我々でよければ力になれるはずだ！」

「何も知らないくせに……いけしゃあしゃあと！　黙ってなよ！」

心に語り掛けられるのが嫌だったのか、油機は咄嗟《とっさ》に手元に隠し持っていた小さな爆弾をメノウの顔付近に投げつけて爆発させ、ダメージを防ごうと身構えた瞬間を狙って拘束状態から離れる。そしてすぐさま背負っていた巨大なスパナを手に取ってメノウへと構えると、それに呼応するようにバルムンクが同じく背負っていた大剣を構え、周囲にいた者たちも各々《おのおの》の武器を構えた。

「勝てるとは思わない方がいいよメノウさん。喰人族の音を出さない能力も、獣牙族の異常に発達した五感も……あたしたちのスキルを参考に作られてる。あたしたちがそもそものオリジナルなんだよ……あんな中途半端に強化された化け物なんかよりも遥《はる》かにあたしたちの方が優れてる」

「やはりか……合点がいった。どうしてそんなに作られた存在と似通ったスキルを身に付けているのか気になっていたが……進化とはうまく言ったものだな」

少し前、喰人族に知能がもたらされたことにより、作り出された異種族は人間の手を借りずに進化できる生き物とバルムンクが言っていたのを思い出し、メノウは嘲笑する。

全ては知っていながら、ただ演じていただけなのだと、まんまと騙されていた自分が情けなくて、メノウはそのまま大きく笑い声をあげた。

「何がおかしい？」

突然笑い出したメノウを奇妙に感じ、バルムンクは表情を歪める。

「いや……随分まぬけだと思ってな。なるほど……確かに誰も気付けないわけだ。貴殿たちの演技は完璧だったよ……鏡《かがみ》殿がいなければ、今頃我々もお前たちに利用されて、終わりのない実験のための戦いをさせられてるところだったわけだ」

「知らなければ……よかったのにな。それならばまだ生きられた」

「どうかな？　まだ終わりではない」

直後、メノウの手元に大きな魔力が籠《こ》められる。それに呼応するように、アリスも手元に魔

◀◀◀

力を籠《こ》め、ティナも二人のサポートのために聖書を構えていつでも回復魔法を唱えられるように準備を整えた。

「アリス様、出し惜しみしている場合じゃありません。全力でいきますよ」

「うん！　大丈夫……ボク、まだ諦めてないよ！」

「出し惜しみ……？　よくわかんないですけど、こんなところで終われません！」

背中合わせに立つ三人の魔力が入り乱れ、辺りに魔力の渦が巻き起こる。

アースクリア出身の者でも驚愕《きょうがく》せずにはいられないほどの巨大な魔力を前にしても、バルムンクたちは顔色一つ変えずに見守り続ける。

「魔法職二人、回復職一人では何もできまい……メリー、お前は抵抗しなくてもいいのか？　顔は……まだ諦めていないようだが？」

「アースクリアの人間を相手に私が勝てるわけねえだろ。だから……こいつらに任せる」

「勝てるとでも思っているのか？」

「知るかよ。でもな……私たちをずっと騙してたお前らに一発喰《く》らわさなきゃ気が済まねえ。私の代わりにこの三人がやってくれるって言ってんだ。私だけが絶望してなんかいられねえだろ？」

メリーが気丈に言い返すと、まるで嘲笑《あざわら》うかのように周りにいた敵は、顔を見合わせて苦笑し始める。バルムンクと油機とルナに至っては、どこか哀れな者を見るかのような視線をメリーへと向けていた。

　その直後、バルムンクが手をあげると笑い声をあげていた者も静まり返り、バルムンクを除いて全員が武器を収める。

「何のつもりだ？」

「哀れだな……無駄だというのがわからないか？　ここにいるお前たち全員が束になって俺にかかったとしても、俺には勝てん」

「……やってみなければ、そんなのはわからん！」

　バルムンクが呆《あき》れた表情で溜息を吐きながら一歩前へと歩を進めた瞬間、メノウは爆破魔法をバルムンクに向けて放った。それに続いてアリスとパルナも同じく爆破魔法を放ち、視界を覆う巨大な爆発がすぐ目の前で巻き起こる。

　対してバルムンクはそれを避けようとはせず、正面からその爆破魔法を受けた。

「無駄だ。もう一度言ってやろう……お前たちは俺に傷一つつけることはできん」

　そして、爆炎が消え去ったあと、バルムンクは爆発なんてなかったかのようにあっけらかんとした表情で、メノウたちの目の前へと無傷で現れる。

「……っ、まだだ！」

　メノウはバルムンクの元へと駆け、瞬時に懐《ふところ》へと入り込む。

「魔族は……魔法だけではないぞ！」

◀◀◀

そして、拳に魔力を纏《まと》わせ、全身の体重をのせた殴打をバルムンクの腹部へと叩き込み、さらに爆破魔法をゼロ距離で放出する。しかしバルムンクはそれを避けようとはせず、正面から受け止めた。

あまりにも無防備なバルムンクを前に、メノウはそれをチャンスだと連続で魔力の籠もった拳を叩き込み、次々に爆破魔法を放つ。

「……終わりか？」

だがそれでも、バルムンクは何事もなかったかのように、メノウにそう問いかけた。あまりのダメージのなさに、さすがのメノウもバルムンクから跳びのき、頬に汗を垂らす。

バルムンクは、レジスタンスの本部内にいる時と同じく、鎧《よろい》を身に纏っていない私服姿だった。にもかかわらず、一切のダメージが通っていないことにメノウは困惑する。

「……スキルか」

そしてすぐに理解する。むしろ、それ以外にありえず、視線をメリーへと移す。

「メリー殿、バルムンク殿はいったいどのようなスキルを？」

すかさずメノウがスキルの詳細を尋ねるが、メリーは気難しい表情で黙ったままで、何も答えようとはしない。バルムンクが異常にタフであることはメリーも知っていたが、それがいったいどういうスキルなのかは、メリー自身も知らなかったからだ。

「俺のスキルは……全てのダメージを受け流す力だ」

◀◀◀

メリーが答えられずに黙っていると、バルムンクは自分からスキルの詳細を語りだした。まるで、知ったところでどうしようもないと決めつけているかのような言い草で。

「スキルを他人に教えるということは弱点を教えるようなものだが……このスキルに弱点はない。仮にあったとしても……お前たちではどうしようもない」

「勝手に決めつけるな！」

バルムンクの口ぶりが癪《しゃく》に障《さわ》ったのか、アリスは相手に反応する余裕を与える間もなく再び手元に魔力を込めて、バルムンクの全身と周囲の大気を凍らせる魔法を撃ち放つ。

直後、バルムンクを中心に、巨大な氷の柱が住民街予定地の平地に出来上がった。

しかし、明らかにバルムンクの命にかかわるであろう一撃を目にしたにもかかわらず、一切の慌てたような反応を見せないルナや油機たちを見て、アリスの鼓動が速まる。

「……まさか」

アリスがつぶやいた直後、バルムンクの周囲に作られた氷の柱は一瞬にして砕け散り、何事もなかったかのようにバルムンクは歩を進めてアリスの目の前へと立ちふさがる。

「スキルに頼らずとも、己が力だけで俺はお前たちを遥かに上回る。悪いが……これ以上は付き合ってられん。何も知らないレジスタンスの隊員たちに駆けつけられては困るのでな」

言葉通り終わらせるつもりなのか、バルムンクは大剣を強く握りしめると一歩ずつ、メノウとアリスとティナの元へ向かって歩き始める。間髪入れずにメノウとアリスは魔法を放つが、

◀◀◀

バルムンクのスキルの前には意味を成さず、バルムンクは間合いへと入るや否やゆっくりと大剣を上段へと構える。

「身動きを封じます！　合わせてください！」

メノウが叫び、アリスが再びバルムンクを氷漬けにする。しかし先ほどとは違い、バルムンクが自力で氷漬けの状態から抜け出るよりも早く、メノウとアリスが合わせて爆破魔法を撃ち放つことにより、バルムンクを氷の塊ごと弾《はじ》き飛ばした。

「……嘘ですよね？」

氷が一気に加熱されて湧き上がった水蒸気の中から、やはりダメージを受けていないのか平然とした様子でバルムンクは再び侵攻を開始し、ティナは思わず絶句する。

「くそ……来るな……来るなよ！」

迫りくる脅威を前に、傍観していたメリーもガバメントを手に持ち出し、まるで、迫るトラウマを打ち払うかのように、バルムンクへと向けて魔力弾を乱射する。

そして、空気を裂いて螺旋《らせん》回転する魔力弾がバルムンクの額を撃ち抜いた瞬間、メリーの意識は目の前のバルムンクの手によってではなく、背後から接近していた見えない何者かの手によって一瞬にして奪われた。

「おやすみ……ごめんね、メリーちゃん」

そんな、悲しげな声色を最後に耳にして。

Data 2

LOAD

「お父……起きるです。お父！」

「駄目でござるよピッタ殿。それじゃあご主人は起きないでござる。もっとこう……食べ物の匂いとか、美女が寝転がっているとか魅力的な何かで……」

「お前は……俺をなんだと思ってるんだ」

ピッタに身体《からだ》を揺さぶられ、鏡は朦朧《もうろう》とする意識のまま無理やり身体を起こし、「ふわぁっ」と大きな欠伸《あくび》を漏らす。それから暫《しばら》く呆《ほう》けて意識を少しずつ鮮明にさせてから、懸命に起こそうとしてくれたピッタの頭を優しく撫《な》で、適当に起こそうとした朧丸のおでこをピンッと指で弾いた。

「ん……んん～おはよう」

「おはようです」

「おはようでござる」

鏡は二人の安否を確認すると、何があったのかと取り乱すことなく冷静に現状把握に努めようとする。鏡たちは、何もない真っ白な正方形の部屋に閉じ込められていた。

◀◀◀

　そこは出入り口と思われる一つの扉以外に何もなく、ただただ白いだけの殺風景な部屋だった。

「トイレとかどうすればいいんだこれ」

　そして最初に思ったことがそれだった。激しく同意なのか、ピッタと朧丸も鏡の言葉にウンウンと懸命に頷いて賛同する。

「ひたすら我慢するしかないでござるな……これも修行でござるよ」

「いやいや、脱出しようぜ。ちょっと言ってみただけだからな？」

　真面目《まじめ》に答える朧丸に対し、鏡は頬に汗を垂らしながら真面目にツッコミを返す。

　そのあと、気持ちを切り替えたのか、鏡は唯一の出入り口である扉の前へと移動し、壊せるかどうか軽く殴って確かめる。しかしそれでは扉は壊れず、次に鏡は全力で扉を殴りつけて破壊を試みた。だが、殴りつけた時に生じた大きな衝撃音が反響するだけで扉はびくともせず、鏡は痛そうに手をぷらぷらと揺り動かす。

「壊せないな……『制限解除』でもしないとぶっ壊せそうにない」

「なかなかに頑丈な扉のようでござるな」

「っぽいな……どうすっかなこれ。とりあえず……見てるんだったら声をかけてきたらどうだ？」

　扉を見て思案する途中、鏡は冷たい視線を天井へと向けて突然誰かに対して語り掛ける。

◀◀◀

暫く、鏡たちがいる部屋の中は静寂に包まれ、まるで鏡が突然誰もいないのに言葉を発したといういたたまれない空気が漂うが――、

『よくわかりましたね。君たちの方からは一切わからないようになってるはずなのに……君は本当にすごいですよ。僕の想像を遥かに超える……こんな状況だというのに、妙に落ち着いていますしね』

数十秒経過してから、気付かれていると観念してか、まだ若い男性と思われる声が、何もないはずの部屋の中に響き渡った。

「うわ……マジで見てたのか、とりあえず言ってみただけだったのに、マジか、趣味悪いな」

『君は……本当に予想外な男です』

本当にとりあえず言ってみただけだったのか、鏡は少し引いた表情で声の主に言葉を返す。

「……來栖か？」

『そうですよ。君と話すのは随分と久しぶりになりますね。報告には聞いていましたが、まさか生きていたとは……おまけに、僕が作った失敗作と、逃げ出した成功作と共にいるときましたか』

恐らく失敗作はピッタで、成功作を朧丸として指していたのだろうが、まるで物を扱うかのような呼び方が気に入らず、鏡は眉間に皺《しわ》を寄せる。

「御託はいい、逃げ出す前に聞きたいことがある」

『逃げ出す？　残念ながらそれは無理です。君は今、スキルを使えない状態にある。さっき自力で扉を壊せなかったのならそこから逃げる術はありませんよ』

言われて、鏡は自分が持つスキルの一つ、魔力を跳ね返すことのできる『反魔の意志』を手元に発動させようとする。だが、鏡の手元には何も発生せず、鏡は怪訝な表情を浮かべた。

「……どういうことだ？」

『成功作……君たちは朧丸とか名前をつけていましたね。それが逃げ出してから、力を封じ込めるための空間を作るようにしたんですよ。元々……研究の過程で人間が持つ特殊なスキルを封じ込める術は知っていたので。君たちを包んでいるその部屋の材質、放射されている光、空気、その全てがスキルという力を封じ込める性質を持っています。自力で出られない以上、抜け出すには外から出してもらう以外にありません』

言われて、鏡は朧丸とピッタに視線を向けて、力を使ってみるように促す。朧丸は力が使えないことがすぐにわかったのか首を左右に振り、ピッタは深刻そうな表情で「お父……！」と声をかけ、鏡に背後に回るように促した。

そして鏡はすぐさま背後に回り、ピッタの目を覆い隠す。

「全然……近づかれたのがわからないです！」

するとピッタはどこか嬉しそうに、キツネのような耳をピコピコと動かす。その様子を微笑《ほほえ》ましそうに「あら～……ピッタちゃん普通の女の子になっちゃったぁ？」と、鏡はまるで問題

◀◀◀

ではないかのように声をかけた。

『僕からも一つ質問してもいいですか？　どうして君たちはそんなに落ち着いていられるのですか？　さっきから……妙な余裕を感じられるのですが？』

「元々……捕まるつもりだったからな」

『捕まるつもり？』

「ああ、敵が姿を現さないんだったらこっちから捕まる方が早いだろ？　どうせお前らボロを出さないだろうし、じゃあ捕まろうと思ってさ。そしたら俺たちだけじゃどうあがいても行けない場所にも連れてってもらえると思ってさ。案の定連れてきてもらえてるから最高だよね？」

『眠らせたあと、僕が君を殺すつもりだったらどうする予定だったんです？』

「それはないって思ってたから、こうして俺は余裕の表情でここにいるんだろ？」

沈黙が二人の間に流れる。暫くして、鏡の目の前の空中にブォンと音をたてて來栖の顔の映ったモニターが映し出された。

『とんでもない肝の持ち主だね君は……どこまで知ってるんです？　そうならないという確信があったからこその行動なのでしょう？』

「ほとんどなんとなくだが、お前が俺を捕まえたあとに殺さないってのだけは確信があった。お前は強い人間を求めてアースクリアから呼び出しているよな？　そしてお前が裏でやってることは……強い生き物を生み出すことだ。なら、せっかく現れた強い人間をすぐに殺すような真似はしないだろうなっていう……本当になんとなくな理由だよ」

鏡がそう告げると、來栖は嬉しそうに「くっくっくっ」と笑い声をあげ始める。

『いや、素晴らしいな君は、まさしくその通りですよ。君にはまだ利用価値がある……だから生かしてこうして暴れないように眠ってもらっていました。もちろん……君のお仲間たちも同じですよ？』

來栖はそう告げると、鏡の目の前の空中にもう一つ、クルルが映っているモニターとは別のモニターを出現させて映像を映し出す。そこには、円形状に広がる薄暗い空間の中で、クルル、ティナ、タカコ、レックス、パルナ、アリス、メリーの七人が、壁際《かべぎわ》に張り付けられるように手足を鎖で縛られている光景が映っていた。

「なんで俺たちだけ特別待遇なんだよ」

『君は、彼らとは別行動していたってのもあるが……危険ですからね。君は僕の想像を遥かに超える存在だ……つまり、あの程度の拘束じゃ足りないって判断しました。万が一にも逃げ出せないようにね』

「……某《それがし》やピッタ殿は？」

その時、背筋がぞくっとするような、今まで聞いたことのないくらいに静かな声色が朧丸から発せられる。

『……君を拘束できるサイズの枷《かせ》がありませんでしたので、面倒だからその部屋に入れさせてもらったんですよ。そこの失敗作についてはどうでもよかったんですが、最後になるだろうし、鏡君の傍《そば》にいさせてあげようと思いましてね。優しいでしょう？　僕は』

「黙るでござるよ……そこで待っていろ。必ず某が貴様の息の根を止めてみせる」

『それは……怖いですね』

無理だと判断しているのか、來栖は朧丸に失笑を浴びせかける。対する朧丸は何も感じていないのか、ただ殺気を全身から放つだけでそれ以上何も言わず、瞼《まぶた》を閉じて立ち尽くす。

「……やっぱりか」

その時、モニターに映し出される円形の空間の端に、銀髪の少女と、長い黒髪の男性、そしてバルムンクと油機が拘束されることなく立っていることに気付き、鏡は感慨深そうに溜息を吐く。

『おや？　気付いていたんですか？　油機が僕たちの仲間だってことに』

「ああ……多分そうなんだろうなって思ってた」

予想はしていたが、やはり少しショックだったのか、鏡はメリーの裏切られたという心境も察して少し表情を暗くする。

「というか、なんであいつらはあそこで縛られてるんだ？　全員俺のいる部屋に閉じ込めておけばよかったんじゃないのか？」

『これからとある実験をするつもりでして……彼らにはあそこで餌として縛られてもらったん

◀◀◀

ですよ』

「実験？　なんだそれ？」

『魔族の……性能テストですよ』

來栖がニッコリと笑みを浮かべた瞬間、モニターに映し出される円形空間の中央に突然穴が開き、その中から上昇するようにして身体を拘束されたメノウが姿を現す。

「メノウ……!?」

『君は知っていますか？　魔族はこの世界にあの二人しか存在しないんですよ。というのも元々魔族よりも、魔王を倒した人間の方が遥かに性能も良かったですし、この世界に連れてきたとしても……人間に協力しようとする魔族なんていないに等しかったですからね』

次に、來栖がニッコリと笑みを浮かべて指をパチンと鳴らすと、メノウを拘束していた手枷《てかせ》が外され、メノウは自由の身となる。すぐさま、メノウは仲間たちの元へと向かって走り、拘束を外そうとするが、メノウの力では外せないようで、あがきもがいている姿がモニターに映し出された。

『ところが最近、アースクリア内で前例のない奇妙なことが起こりました。人間に協力しようとする魔族が大量にデータとして上がってきたのですよ。あなた方のおかげでね？　今まで無駄な混乱を生むだけで魔族は作ってこなかったんですが、人間と等しい知能を持ち、体内に保有する力を協力的に使ってくれるのであれば……大きな戦力になると思ったわけですよ』

◀◀◀

「何をするつもりだ？」

『性能のテストですよ。本当なら……レジスタンスとして活動してもらって、ゆっくりと調べようと思っていたんですけど……こんな事態になっちゃったのでね』

來栖がそう言った次の瞬間、メノウたちのいる広い円形の空間内の、アリスたちが拘束されている場所とは反対側の壁際に、大量のモンスターが出現する。

『調べたところ、あの魔族の女の子よりも、あのメノウという男の方が強い力を持っているのがわかりましてね。魔族というのが、どれくらいの強さを持った存在なのか……仲間を餌に試させてもらおうと思ったんですよ。彼が戦わなければ……身動きのとれない仲間が犠牲になると伝えたうえでね』

醜悪な笑みをこぼす來栖を見て、耐えきれなくなったのか朧丸がモニターに向かって跳びかかり、「下衆《げす》が！」と素早く蹴りを放つ。だが、ホログラフィックで構成されたモニターに触れることはできず、朧丸はそのまま空を切って地面へと着地する。

「落ち着け朧丸。メノウたちなら大丈夫だ」

『おや？　楽観視していいんですか？　僕はそのまま彼には死んでもらうつもりですよ？』

「それはどうかな？　言っておくがメノウは強いぞ？　たかがモンスターごときには倒されないくらいにはな」

『関係ないですよ？　ん？　もしかして聞いてないんですか？　魔族の身体を構成しているの

は僕が生み出した特殊な魔力でして。人間とは違って、そもそも身体を持たない彼らの力を再現するために、その魔力を接着剤に構成した身体を用意したんですよ。そして彼らにその魔力を自力で生み出すことはできません』

「どういうことだ？」

『体内の魔力が枯渇《こかつ》すれば、彼らは身体を維持できなくなって消えてなくなるということです』

その瞬間、鏡はメノウとアリスが自分たちを『データだけの存在』と呼称していた時、妙に悲しげな表情を浮かべていたのを思い出す。

「……あいつら」

『その顔は……薄々感づいてはいたみたいですね』

メノウが死ぬかもしれないと聞かされて、鏡は焦燥して出入り口の扉を力いっぱい殴りつける。すると來栖はその反応が見たかったと言わんばかりに笑みを浮かべ、メノウたちが映るモニターを一度消して、鏡のすぐ目の前の空中に來栖が映るモニターを移動させた。

『彼らのテストはどうだっていいでしょう？　あれは僕が何もしなくても勝手にバルムンクと油機とロットとルナが、四人がかりでデータを取ってくれるはずですからね。それより僕は君と話がしたいんですよ』

「話すことなんてねえよ……ここから出せ、メノウを助けに行く！」

◀◀◀

先ほどに比べ、余裕のない表情を浮かべる鏡に、來栖は嬉しそうにゾクゾクと身体を震わせて笑みを浮かべる。

『僕は……君を失ったと聞いて暫くしてから激しく後悔したよ。君がレベル999を超えるすさまじい力を持った存在だとは、最初は知らなかったからね』

「知らなかった？　お前がアースクリアを管理しているんじゃないのか？」

『僕は多忙でね……いちいち全部は管理していられない。だからいつもアースクリアから排出された人間のことは、レジスタンスの者に聞くようにしていたんです。でも……君はすぐにいなくなった。報告もなかったし、死んでしまった者に興味もなく放置していましたが、君はまた現れた。だから、念のためにどういった人物なのかを調べたら……ビックリ』

「惜しまれたところで、俺がはなから協力する気がないのなら意味はないだろ？」

『意味はありますよ？　どうして君たちが処分されることが決定しながら、こうしてこの部屋に閉じ込めて生かしてると思います？　別室にいる彼らも、メノウ君を戦わせるための餌として生かしているだけだと思いますか？』

「……やっぱりか」

『なんだ……気付いていたんですか？』

言葉では冷静を装っていたが、鏡の心境は穏やかではなかった。そして、二人の会話のやりとりが理解できないからか、ピッタと朧丸が「どういうこと？」と首を傾《かし》げる。

「朧丸とピッタの能力が、俺たち人間が持つスキルと同じようにこの部屋で封じられていることや、お前が強さを求めて強い人間を集め、強い生物を作り出すのを目的にしてるって言うなら……そんなの一つしかないだろ」

『ご明察』

「ご主人……どういうことでござるか？」

鏡の表情が険しく歪み、その様子からそれが非人道的な何かであるとはわかりつつも、どういうことなのかまではわからず、朧丸は鏡に説明を求める。

「……お前やピッタ。喰人族や……獣牙族、ほかの異種族が持っている特殊な能力は、全部……元は人間が持つスキルだったたってことだよ」

予想外の言葉に、朧丸だけではなくピッタまでもが困惑した表情を浮かべる。

『「スキルイーター」、私はこの技術をそう呼んでいます。人間の中に眠るスキルを解析して摘出し、量産、または強化を施してほかの者に与える技術。とはいっても、誰にでも付けたり剝《は》がしたりできるわけではないんですけどね……そのスキルの適性をもった身体が必要になるんです。獣牙族のように五感を生かせる身体を持っていないといけなかったり……ね』

獣牙族が、どうして見た目が獣に寄った姿をしているのかの理由を知り、鏡はどこか納得したかのように拳をぎゅっと握り締める。納得はしたが、あまりの非人道的行為が許せなかったからだ。

◀◀◀

『そのスキルを使いこなせる身体というのはなかなかいなくて、僕の方で用意するのにも苦労するから……死んでもらうのに惜しい者には、戦いの途中で力尽きる前に協力要請をするんです。でもなかなか……仲間に引き入れられないケースが多くて困ってますがね』

「……そんな話、俺は聞いてねえけど？」

『残念ながら……君に話したところで無駄なのはわかっていますから。確かに、村人ながらレベル９９９にまで上り詰めた君の身体には興味ありますよ？　スキルだけでも、充分魅力的なのが揃っていますしね』

その時、鏡は怪訝な表情を浮かべた。たとえ仲間に引き入れられたとしても断っていたのは事実だが、來栖の口ぶりには、別の意図が含まれているような気がしたからだ。

『君たちには感謝していますよ。君たちのおかげで……僕の目的の達成にまた一つ、大きく前進できたわけですから』

「あいにくだが……俺はお前の野望の生贄《いけにえ》になるつもりはねえよ。お前の野望が何かは知らないけどな……どうせろくなもんじゃないんだろうけど」

皮肉るつもりで鏡は鼻で笑いながら言葉を返す。すると、予想外にもその言葉が癪に障ったのか、來栖は先ほどから浮かべていた陽気な笑みではなく、深刻そうな、苦しみに押しつぶされてしまいそうな表情で鏡を見つめた。

『何も知らないというのは幸せだね。僕に……責める権利はないけど』

◀◀◀

モニター越しからでもわかるほどに、どこか哀愁の漂うその姿を見て、鏡は困惑する。その姿は鏡もよく知る、悲しみと絶望を背負った者が見せる表情だったからだ。

まるで、何かに追われているかのような、救いを求めてあがいているかのような、それでも一人でなんとかしなければならず、ピエロを演じているかのような、形容しがたい表情を來栖は浮かべていた。

あまりにも不意に見せてきたその表情に、鏡は暫くそれ以上何も言わずに黙って見届ける。

すると――、

『……なんだ!?』

突如、來栖は顔色を変えて、焦《あせ》った表情を浮かべた。そして両腕を素早く動かして何かを調べ始める。

『どういうことです……馬鹿な!? そんなこと、ありえるはずがない!』

鏡たちからは確認できない予想外の出来事が、來栖の見ているモニターには映っているのか、來栖は何度も『馬鹿な……馬鹿な！』と連呼し、ドンッと両腕をテーブルへと叩きつける。

『どういう……いや、待て、何であなたたちはそんなに平然とした顔をしているのです？』

取り乱す來栖とは裏腹に、鏡たちはまるで予定調和とでも言いたげな表情で、慌てふためく來栖を傍観していた。

「俺が捕まってから、どれくらいの時間がたってるんだ？」

するとふいに鏡が來栖に質問を投げかける。

『なぜ今そんなことを……君を捕まえてからそろそろ丸一日が経過する頃だが……それがどうしたというのです？』

「俺が、何の前準備もせずに捕まると思ってたか？　俺が、この事態を想定していないとでも？」

『……まさか』

「食料庫を荒らした件を、ただのかく乱と判断して逆に利用したのは失敗だったな？　食料庫を荒らしたのは……俺だ」

不敵な笑みを浮かべる鏡を見て、來栖は思わず戦慄する。食料庫を荒らしたのが鏡だったのは予想はついていた。だが、その持ち出した食料の使い道を想定しきれていなかったからだ。

その直後、ドガッと大きな音を立てて鏡たちのいた部屋の扉が、撃ち抜かれるかのように吹き飛んだ。

「ココにいたカ……鏡」

「よう、早かったな……ウルガ」

「約束通リ……予定ノ時間にお前ハ来ナカッタ。ソシテ約束通り、合図ヲ元に来たゾ？」

「タイミングばっちしだよ。メノウはちゃんと……信号弾を空に撃ってくれたみたいだな。やっぱりあいつを信じて正解だった。あいつなら自力で敵の正体に気付けるって信じてたからな」

姿を消した敵が近くにいる可能性を案じ、信号弾を渡した意図を伝えられなかった鏡だが、予定していた通りウルガが助けに来てくれたことで安堵《あんど》する。

対する來栖は、信じられない存在を前に目を見開いて絶句していた。扉を破って鏡を救出しに来たのは、まごうことなく、獣牙族だったからだ。それも、鏡と顔見知りと思われる獣牙族。

來栖は十数秒前から既に、自分たちがいるセントラルタワー内に、次々と獣牙族が侵入していたことはわかっていた。突然驚いた表情を見せたのもそのせいだった。

だが、その獣牙族が鏡と知り合いで、仲睦《むつ》まじい様子で話をしているのは予想外すぎる出来事だった。つまり、今セントラルタワーに侵入している獣牙族たちは、鏡が呼び寄せたということに繋《つな》がったから。

現在、ノアの施設内は無数の獣牙族の群れが侵入し、阿鼻叫喚《あびきょうかん》の地獄絵図となっている。レジスタンスの隊員たちが応戦し、住民たちは逃げ惑い、平和だったノアの施設内が戦場と化していた。

『貴様……なんてことを……！　ここには、戦えない者も多くいるんだぞ!?』

「何がどう映ってるのかは知らないがよく見た方がいいぜ？　約束通りなら……獣牙族はかく乱だけで、攻撃はしていないはずだ。少なくとも敵意のない街の住人にはな」

鏡にそう言われ、來栖は鏡たちが映るモニターとは別のモニターを覗《のぞ》き込む。言葉通りだっ

◀◀◀

たのか、來栖は驚きで口が開きっぱなしになるも、どこか安堵した様子で溜息を吐いた。

『どういうことだ……いや、なぜだ!? なぜこんなことを!?』

「こうでもしないと裏なんてかけないからな。まさか俺が……獣牙族を引き連れて襲撃してくるなんて夢にも思わなかっただろ?」

『大胆すぎる……! 万が一アースの民が襲われでもしていたらどうするつもりだったんだ!?』

「そうならないように、食料庫を荒らして取り決めを交わしたんだよ」

『まさか……そういうことか……!? 盗んだ食料をどこに運んだのかは気になっていたが……外に運んでいたのか?』

言葉通りなのか、鏡は不敵な笑みを浮かべる。

四日前、まだ全員が揃っていた日。鏡はメノウたちと別れたあと、眠たがるピッタの手を引いて真っ先に食料庫へと向かった。

鍵の在りかを知らなかった鏡は、錠前を力任せに破壊し、中へと侵入して大量の食料を盗み、隠すのではなく、外へと運び出した。油機によって破壊された隠し通路を、『制限解除』の影響でまだダメージの残る身体で、一日かけて再度掘り返し、ギリギリ食料と自分が通れるくらいのサイズの穴をあけると、鏡は、そのまま休むことなく小型のメシアと戦った市街地へと向かった。

そこにいるはずの、自分たちを殺すことなく見逃した獣牙族、ウルガに会うためだ。

大荷物を持って再び現れた村人を前に、多くの獣牙族は殺意を剝《む》き出しにしたが、小型のメシアによる脅威から救ってくれた恩をウルガは忘れておらず、「話だけでも聞こう」と、鏡を招き入れる。それが鏡の考えた策の全ての始まりとなった。

Data 3

LOAD

『ナ……ナンだコレは？』

目の前に広げられた自分たちの食欲を刺激するかぐわしい匂いを放つ物体を前に、ウルガは思わずジュルリと涎《よだれ》を垂らし、息を吞《の》む。

『これは……人間にとっての普通の食事だよ。お前らは初めて見るだろうがな』

『……コレが、食事？』

輝きを放っているかのような錯覚すら覚える初めて目にする物体を前に、市街地の中で鏡とピッタを警戒して引き籠《こ》もっていた獣牙族たちもこぞって顔を出し、ダバダバと涎を垂らした。

鏡は、持ち出した食料を使って、料理を獣牙族へと振る舞ったのだ。

『お前らってどうせ、ほかの生き物の肉とかそういうのしか食ってないんだろ？　調味料とか一切使わずにさ』

『調味料……ナンだそれは？』

獣牙族の食生活とは、アースクリア内に存在する野生の動物が得られる食事よりも貧しかった。というのも、ほかの異種族がのさばる劣悪な環境にもかかわらず、獣牙族は一つの群れに属する人口が多く、充分と呼べるほどに食料が行き渡らないからだ。

よって有事の際には、足腰が弱くなり、役に立たなくなった老人から切り捨てられる。ピッタのような生産性のない者も、見捨てられる。鏡はそれを知っていた。

『前会った時に俺は言ったよな？　幸せを摑《つか》むために、手を取り合う必要があるって。もしお前たちが協力してくれて、この世界を取り戻すことができれば……お前たちも食事に困ることはなくなるんだぜ？』

『ドウイウ……コトだ？』

『この食べ物は、人間が作ったんだ。お前ら……農作物とか知らないだろ？』

獣牙族は危険を察知すれば点々と移動し、一カ所に留《とど》まることはない。移動先で得たものを食し、自分たちで育て作り上げるということをしない。そのため、食料を作るという発想がなかった彼らは、鏡の言葉に驚いて反応する。

『文化の交流……それが、俺たち人間と、お前たちが手を取り合うための第一歩だと思ってる。お互いを知るんだ。相手はどんな生活を送ってるのかを知り、そして、こうやって交流を図ることもできるんだって、歩み寄るんだよ』

『食料ニ……困ラナイ？』

『食料だけじゃない、何かに怯《おび》えて過ごす必要だってなくなる。移動しなくても身は守れるんだ。俺たちはそれを知ってる。俺ならそれをお前らに教えられる』

ウルガは鏡の言葉を黙って聞き続け、そして最後に、目の前に用意された、鏡が作ったふかしたジャガ芋に甘辛い餡《あん》をかけただけの簡単な料理を口へと運んだ。

ウルガはそれを、何か思い返すかのようにゆっくりと咀嚼《そしゃく》し、喉に通す。

そして、突然思い立ったかのようにその料理が置かれた皿を持ち上げると、周囲に集まっていた獣牙族の大人に混じって涎を垂らして見つめていた、ピッタとそう変わらない年頃の少女の目の前へと運んだ。

少女は毒が盛られているのではないかと少し警戒したが、先にウルガが食べていたことからすぐに警戒を解き、おそるおそるウルガからその皿を受け取った。そして、手元に置かれたかぐわしい匂いを放つ料理を前にして、少女は数秒もしない間に勢いよくかぶりつき、無我夢中で食べ始めた。

『……泣クナ』

少女の頭をポンッと叩きながら、ウルガはそう声をかける。

少女は終始、食べながら瞳に涙を溜めていた。その理由は単純で、食事をとったのがあまりにも久しぶりだったからだ。獣牙族は食事をする順番が決まっている。まだ小さいにもかかわらず、充分に食料を調達できなければ食べる順番が回ってこない限り、数日間何も食べないで過ごすのは普通のことだった。

故に、獣牙族は他者を襲う。どこからか見つけてきた食料を運ぶ人間を襲い、自分たちのものにする。全ては生きるため、そして、外敵から身を守るための力を蓄えるため。

『俺ニモ……娘ガいた。ダガ……拠点を変エルタメに移動しているトコロを狙われ、傷つイタ』

ウルガはそう言いながらも、表情を変えなかった。最後まで言われずとも鏡には、それがどういうことなのか理解できたが、それでもウルガは獣牙族をまとめる者として表情を変えずに、気丈に振る舞い続けた。

『俺は……娘ヲ見捨てタ。皆をマトメル者とシテ、特別扱イできなかったカラだ。足手まといは切り捨テル。ジャないと……生キテイけないカラ』

『今の世界の現状だと、その悲しみはこれからもずっと続く。この世界である……限りはな』

鏡の言葉から、鏡が何を伝えようとしているのかがわかり、ウルガはスッと瞼を閉じる。

◀◀◀

『……何をスレバいイ？　何か考えがアルノだろ？』

食料は、全員に行き届くだけの量はなかった。それでも獣牙族たちにとっては貴重な食料であり、それを大量と言えるほどの量を支給してくれた鏡に多くの獣牙族が恩義を感じた。

だがそれは一時凌《しの》ぎでしかなく、現状が変わらないのであれば今後もまた飢えた状態に陥ってしまうことを獣牙族たちは理解していた。

この負のサイクルから抜け出すためには、この世界の状況を裏で管理している敵を倒さなければならない。その敵を倒す協力を鏡は要請し、ウルガはそれを受けた。

全ては食料に悩まされることなく、移住することなく安全を確保し続けられる術《すべ》を知り、地獄のような生活から抜け出すために。

Data

4

LOAD

「俺を捕まえたこと自体が、罠《わな》だったってこった」

◀◀◀

鏡はさらに「旧時代の文明ってのは随分と便利だな?」と、下着の裏に張り付けていたのか、発信機のようなものを見せつけた。同時に、ウルガがその発信機のある方角だけを矢印として映し出している探知機のようなものを鏡へと渡す。

「俺みたいなのが使えるわけがないとでも思ってたか? 伊達にこの世界で一年も過ごしてないんだぜ?」

ずっと前に、整理されていないテントの中で見つけて手に入れたそれを鏡はプラプラと自慢げに見せびらかす。

『馬鹿な……!』

鏡が獣牙族に頼んだのは二つ。

一つは、鏡からの連絡が途絶えた時、鏡が作った隠し通路を通ってセントラルタワーに奇襲をかけ、鏡を救出するということ。

自分から捕まるのが、敵の懐《ふところ》に入る最も容易な方法であると鏡は瞬時に思いついたが、それはリスクが高すぎた。万が一、自分の力で脱出できない場合、そこで詰んでしまうからだ。

また、自分から捕まりに行ったのでは不自然だと勘ぐられる可能性もあったため、あくまでも相手側の奇襲で捕まる必要があった。しかし、それはいつになるかはわからない。

そのため鏡は、深夜の0時に外へと赴き、ウルガと連絡を取り合うことにした。そして、その連絡が途絶えたのを合図とし、ウルガたち獣牙族に隠し通路から内部へと侵入してもらった

◀◀◀

うえで、さらなる合図が出たあとにセントラルタワー内に奇襲をかける。そしてその合図こそがメノウに渡した信号弾だった。メノウたちが捕まる前に奇襲をかけてしまえば、事情を話していないメノウたちと獣牙族がぶつかってしまう可能性があったからだ。そのため、鏡はメノウに託して捕まる賭けに出た。全ては敵に情報を与えずに欺《あざむ》くために。

あとは、あえて捕まった鏡につけられた発信機の位置へと向かって強引にでも突き進めば来栖が隠してきた部屋や通路に繋がる道を見つけ出せる。ウルガがこうして迷わずに鏡がいる場所へと来れたのも、そのおかげだった。

そしてもう一つは、攻撃を仕掛けてくる相手以外は、攻撃しないという取り決め。そして、できれば殺さないという要求だった。

仮に、今回敵を倒すことができれば、何も知らずに踊らされていたレジスタンスの連中にも説明がつき、時間はかかるかもしれなかったが獣牙族も弄ばれていた存在だったのだと、和解の道を切り開けるかもしれないと思ったからだ。

「チェックメイトだぜ……來栖！」

『一体どこから……？　君が掘った隠し通路は確かにふさいだはず。そのあとも掘り返されていないか定期的に確認に向かわせたのに……！』

「おいおい、俺が同じ場所を掘り返すとでも思ったのか？」

してやったとでも言わんばかりの表情を鏡が浮かべると、來栖の表情は苦痛に歪む。そしてそのまま暫く睨《にら》み合いが続いたあと、來栖はどこか満足したとでも言わんばかりに軽く鼻でふっと笑い、笑みを浮かべた。

『まさか……僕が長い年月をかけて作り上げた秩序と仕組みを、たった一日で壊されるとは思ってもいませんでしたよ。それも、たった一人の人間、村人の役割をもった男なんかにね』

「長い年月……？」

來栖の言葉に、鏡は少し違和感を覚えた。まるでこの状況の始まりを、たった一人で作り上げたかのような口ぶりに聞こえたからだ。しかし、それにしては來栖はあまりにも若い。

「なんだ？　随分と余裕だな？　もう逃げ場はない……洗いざらい話してもらうぞ」

だが鏡は、考えるよりも捕まえて直接全てを聞き出した方が早いと考え、追い詰めるかのように來栖を睨みつける。

『いや、僕が笑ったのは余裕があるからじゃないですよ。君の力をさらに認めたのと同時に、滑稽に思えましてね』

「言っている意味がわからないぞ」

『君の力は素晴らしい……だがそれは、何も知らないうえで振るわれています。まるで暴力で全てを解決しようとしている子供のようにね。君は、どうして僕がこんな世界を維持しているのか……知らないのでしょう？』

「だったら教えろ。アースクリアから来た俺たちや……レジスタンスにまで黙ってこんなことをする真意を！」

『教えられない』

はっきりと告げられた來栖の言葉に、鏡は少しだけ苛立《いらだ》ちを覚え、握り拳を作る。

『それがなんでかわかりますか？　わからないでしょうね……その理由は教えてあげますよ。君が僕をまだ追い詰められていないからですよ』

「強がりだな……お前に逃げ道なんてない」

『この程度で勝ったつもりでいる。だから君には教えられないのですよ。僕が真相を伝えるのは、僕が認めた僕に協力することを承諾した者か……僕が全てを賭けてもいいと思える人間だけ』

「全てを賭けられる……？」

言葉の意味がわからず、鏡は困惑する。しかし、言葉の真意を確かめるよりも早く、鏡の前から來栖が映っていたモニターが音もなく消滅する。

『君にまだその資格はない』

暫くして、來栖の声だけが追って部屋に響き渡る。

『だから僕に、君がその資格をもっているかどうかを証明してください。果たして君は……僕を捕まえたうえで、仲間を救うことができるかな？』

そこまで言われて鏡の目の前に再びモニターが映し出される。そこには、壁に張り付けられた状態で泣き叫ぶ仲間たちの姿と、身体から魔力の塊のような仄《ほの》かに光る球体を放出させ、モンスターによる攻撃で全身がボロボロになりながらも、仲間のために命がけで戦い続けるメノウの姿が映し出されていた。

「メノウ……!? 獣牙族の皆は何をしてるんだ!?」

『無駄ですよ。彼らは最下層……地下深くにいる。それも大型のモンスターが攻撃をしてもびくともしない頑丈な部屋の中です。獣牙族程度の力じゃ侵入することすら不可能です』

「來栖……お前！」

メノウの身体からは、魔力の塊と思《おぼ》しき光の球体が次々に放出されていた。これがなんなのか、鏡は聞かずとも理解できた。そして戦慄する。メノウの身体が失われつつあることに。

『こんな事態になったからといって、僕がテストをやめるとでも思いましたか？ さあどうします？ 選ぶといい……僕はこのセントラルタワーの最上階にいる。対して君の仲間たちは……最下層だ。さあ……どっちを取る？』

その瞬間、鏡はピッタを担《かつ》ぎ上げて部屋から飛び出していた。焦燥する鏡に続いてウルガもそのあとに続く。鏡たちが向かった先は、地下だった。

『ふふ……楽しませてもらいますよ』

部屋の中には、勝ち誇った様子でもなく、ただ無邪気にこれから起こりうる一連の流れに期待を寄せて高揚する、來栖の声だけが響き渡った。

◀◀◀

Data 5

LOAD

「どうしたの隊長？」

「いや、來栖からの連絡が途絶えてな」

薄暗い円形状の広大な空間の中、手枷を外そうともがき叫ぶタカコたちの前で、油機とバルムンクが通信機に視線を向けて言葉を交わす。

「來栖なんてどうでもいいじゃん。あの根暗研究オタクのことなんてさ。それよりさっさと始めろって。あたいはもう帰って寝たいんだよ。な？　ロット？」

その隣で、これから行われる実験をどうでもよく思っているのか、ルナが大きな欠伸を漏らす。そんなルナを、ロットは相変わらずの無表情で睨みつけていた。

「何かあったのかもしれんが……まあ奴なら問題ないだろう。テストを開始する」

「……っく」

その空間内でただ一人、自由の身であったメノウも、下手にバルムンクたちには手を出さず、動かずただ佇むだけのモンスターたちに視線を向けていた。

仮にここで、バルムンクたちに戦いを挑んだとしても、勝てないことはメノウもわかってい

◀◀◀

たからだ。それならば、残る体力の全てを目の前のモンスターへとぶつけるべき、メノウはそう判断していた。

モンスターの種類は様々で、人間の数十倍の大きさを持つ一つ目の巨人サイクロプスや、あらゆる獣を混ぜ合わせて作られたかのような見た目のモンスター、キメラなど、一人で対峙《たいじ》すれば苦戦を強いられるであろう危険なモンスターばかりがそこにいた。

「ちょっとちょっと……何のテストか知らないけど、メノウ一人で戦わせることに意味なんてあるわけ!?」

あまりにも説明不足のまま縛りつけられている現状に痺《しび》れを切らし、パルナがバルムンクに向けて叫びかける。

「そうです！　私が最初に捕らえられたのです……それならば私を戦わせるのが通りでしょう!?」

パルナと同じ気持ちだからか、最初に捕まってずっと捕らわれていたクルルも、目の前で起きようとしている残酷な仕打ちに思わず声を荒らげた。

「ヘキサルドリア王国のお姫様は何を勘違いしているのかわからんが、これはメノウの強さを測るためのテストだ。お前を生かしていたのは別にお前に戦ってもらいたかったからじゃない。お前には別にやってもらうことがあるしな。故に、この場はメノウ一人で戦ってもらう」

「なんであたしたちを縛るのよ!?」

「お前たちは人質だ。迫りくるモンスターをメノウが倒しきれなかった場合、お前たちはモンスターの餌食となる。そうでもしないと……メノウは戦わないだろうからな」

「別に人質がいなくても戦うでしょ……！」

「どうかな？　仮に人質がいない場合、メノウは戦わず、モンスターを前に逃げ続ける選択を取るだろう。力を消耗しないようにな……それじゃあ駄目だ。メノウには戦ってもらいたいんだ」

どういうことなのかわからず、一同は困惑した表情を見せる。

その中でただ一人、言葉の意味を理解したアリスだけが焦燥し、「……メノウ」と不安そうに言葉を漏らした。

「このテストは……どうなったら終わりなの!?」

メノウの身を案じてたまらず、アリスはバルムンクにそう問いかける。すると――、

「無論、力尽きるまでだ」

無慈悲にも、無表情のままに言葉を告げ、バルムンクは手元に持っていた通信機のボタンの一つを押し込む。直後、大人しく制止していたモンスターの群れは突然奇声をあげ、狂ったかのように暴れまわり始めた。

数秒の間もがき苦しんだあと、バルムンクが発した信号を受け付け終えたのか突然大人しくなると、モンスターの群れは一斉にアリスたちが縛られている壁際へと向けて走り出した。

「させん！」

だが、その進行を、メノウは爆破魔法を放つことで止め、注意を自分へと惹《ひ》きつける。

「駄目だよ……駄目だよメノウ！　戦っちゃダメ！」

つけられた手枷を振りほどこうと暴れながら、アリスは必死にメノウへと声をかけ続ける。

だがメノウは反応せず、両手に魔力を籠《こ》め、次のモンスターの行動に備える。

「駄目だよ……駄目だよメノウ。駄目だって……駄目だよ……駄目って言ってるだろ！」

「ちょ、ちょっとアリス、あんたどうしたのよ？」

聞いたこともない荒らげた声で、異常なほどにメノウが戦うことを嫌がり続けるアリスの姿に、一同は困惑する。かつてないほどに鬼気迫るアリスの叫び声に気圧《けお》されて、隣で縛りつけられていたパルナが思わず心配して声をかけるほどだった。

だが、パルナの声が聞こえていないのか、アリスはひたすらに叫び続ける。

「聞けよメノウ！　ボクの……ボクの言葉が聞こえないのか!?　それ以上戦っちゃ駄目って言ってるんだよ！　聞けよメノウ……聞けったら！」

「だま……れぇぇぇぇぇぇ！」

◀◀◀

　メノウの怒号が広い空間いっぱいに響き渡り、アリスは思わず目をパチクリとさせて押し黙る。メノウは叫んだあとも戦うことをやめず、次々に魔力を両手に集中させては、爆破魔法に変化させてモンスターへと注ぎ続けた。

　そしてそのまま、数分にわたって間髪入れずに連続で爆破魔法をモンスターへと放ち続け、メノウは全てのモンスターを倒しきった。

「アリス様……あなたの覚悟はその程度だったのですか？」

　全てのモンスターがいなくなると同時に、メノウは肩で息をしながらアリスにそう語り掛ける。

　同時に、アリスはここに来る前のことを思い出していた。

「私を……信じてください」

「でも……でも……！」

　不安な表情で瞳に涙を浮かべるアリスを背に、メノウはそれ以上何も言わずに新たに出現したモンスターへと向き合う。そして再び、己が魔力を惜しみなく振るい、モンスターへと注ぎ始めた。倒しても倒しても終わりなく出現するモンスターに臆することなく、メノウは仲間を守るために戦い続けた。

　メノウは徐々に疲弊し、体内の魔力だけではなく、その身体すらも傷つけ、全身から血を垂

◀◀◀

らしながら、それでもモンスターに対峙し続けた。

「……わからんな」

その様を、黙って見届けていたバルムンクも、一歩も引かないその姿勢を前に、思わず言葉を漏らす。

「メノウ、貴様は……魔族のはずだ。それもただのデータだけの存在。どうしてそうまでして仲間に思い入れる？」

バルムンクの問いかけに、メノウは答えなかった。答えずに、迫りくるモンスターたちに相対し続けた。

「なぜ逃げ出さない？」

そして再びモンスターを殲滅《せんめつ》し、次のモンスターが湧き上がるのを待つ間、再度バルムンクが問いかけると、メノウはピクリと反応を示してバルムンクを睨みつける。

「仲間を見捨てて逃げ続ければ、お前は助かるかもしれないんだぞ？」

その瞬間、メノウは一笑し、再び湧き上がったモンスターへと向き合った。

「馬鹿を言うな……そんな選択はありえない」

そして再び、手元に魔力を籠め始める。既にメノウの体内に残る魔力は尽きかけていた。だがそれでも、メノウは臆さず、そして引かずにモンスターの群れに向かって歩き続ける。

「教えてやる。私が逃げ出さないのは諦めているからじゃない」

◀◀◀

モンスターへと向かい歩き、バルムンクに背を向けながら、メノウは言葉を続ける。

「諦めていないからだ」

そして、残りわずかとなった自分の命をかろうじて繋ぎ止めている魔力さえも、惜しみなく使い、爆破魔法を撃ち放ち続ける。

「諦めないことの強さを私はある村人から教わった。だから私は逃げ出さない……必ず……現状を覆《くつがえ》してみせる！」

それが、無駄なあがきであることは、その場にいた全員の目から見ても明らかだった。

無限に湧き続ける敵を前に、戦えるのはメノウただ一人、覆そうにも覆るわけがない。

それを理解していた壁に張り付けられた仲間たちは、傷つきながらも戦う意志をなくさないメノウを見ていられず、思わず視線を逸《そ》らす。

既に、メノウの足元はふらついていた。さっき吐いた言葉が、ただの強がりにしか聞こえないほどに、メノウは弱っていた。

それでもメノウは、両手に魔力を籠めて前へと進み続ける。

自分の命と引き換えに、仲間を守ると言わんばかりに大きな背をアリスたちに向けて。

「メノウ！　やめてよ！　それ以上力を使えば……メノウが消えちゃう……消えちゃうよ！」

◀◀◀

その瞬間、耐えられなくなったアリスは、皆の前では黙っておくと決めていた真実を、感情がままに叫び散らす。

あまりにも突然で、不可解なアリスの言葉を前に一同は一瞬呆け、そしてすぐに気付き、思い知った。

最悪、メノウが倒れても自分たちが犠牲になればいい。さすがに倒れてしまえば殺すまではしないだろうなどと、いかに甘い考えを抱いていたのかを。

己が意志

◀◀◀

Chapter.5

「どういうことよアリス……消えるって何？」

目を見開き、血相を変えて叫ぶアリスの表情からそれが嘘《うそ》ではないと悟り、パルナは表情を強張《こわば》らせてアリスに問いただす。

するとほかの捕らわれている者たちもアリスへと視線を向けた。

「なんだ聞かされていないのか？　いや……足を引っ張ると考えて黙っていたか。健気《けなげ》だな」

「どういうことよ……消えるってなんなの!?」

アリスから放たれた不可解な言葉に、パルナは額に汗を浮かべて聞き返す。

「そこの二人が元は魔族なのは知っているだろう？　魔族は元々この世界に身体《からだ》を持たない……だが、そこの二人は來栖《くるす》が編み出した技術により、存在を許されている」

「言っている意味が……わかりません！」

冷静に考えれば簡単に理解できるバルムンクの言葉を、ティナはあえてそう叫ぶことで、理解しようとするのを拒む。

「もっともまだ試験段階でしかないがな……だからこうして強引にテストもさせてもらってい

◀◀◀

るわけだ。気の毒ではあるがな」

「テストとか試験段階とかわけのわからないことをほざくな……ハッキリと教えろ！」

レックスは、どういうことなのかを聞かずとも理解していた。ここに来るよりもずっと前、初めて喰人族《くいとぞく》と戦った時から。

ただ、本人が何も話さない以上、それはきっと何とかなることなのだと楽観視していた。

「お前たちと違ってそこの二人の肉体は、普通じゃ生成不可能な特殊な魔力によって構成されている。その魔力は何もせずとも少しずつ消費されるが、通常と同じく魔法を発動するための媒体としても使用することができる。しかし……失われた魔力が戻ることはない。そしてその魔力が尽きた時……身体は消滅する」

それを聞いて信じられないのか、全員が絶句した。思考が一瞬だけ停止した。

自分たちがこの世界を訪れた時、偽りの世界で生きていたことに大きくショックを受けた。だが、アリスとメノウの二人は自分たちよりも遥《はる》かに重い運命に見舞われながら、それでも気丈に振る舞って自分たちの傍《そば》に居続けようとしてくれたことを、今更ながらに知ったからだ。

それに気付かなかった自分たちを不甲斐《ふがい》なく思い、怒り、情けなくて狂いそうになった。

「うぉおおおおおお！　離せ……離しなさい！　離せって言ってんのよぉおお！」

両手両足に付けられた手枷《てかせ》を強引に引きちぎろうと、タカコは激しく暴れ始める。普段はどんなことがあっても冷静さを保とうとするタカコが、理性が吹き飛ぶほどに怒り、目の前で失われようとしている命をなんとか救おうとする姿に感化され、ほかの一同も手枷を剥《は》がそうと暴れ始めた。

「無駄だよーん。その手枷は君たちのスキルや魔法を封じ込める力が備わってるからねぇ。それを引きちぎれるだけの力がない限りは外せませーん」

そんな様を見て愉快になったのか、ルナがもがき苦しむ一同をケタケタと笑い始める。対するバルムンク、ロット、油機《ゆき》の三人は、その様を見ているのが辛《つら》いのか、なぜか暗い表情になって見つめていた。

「何……笑ってやがんだ!?」

あまりの仕打ちにメリーは激怒し、ルナに食って掛かる。だがルナはメリーで遊ぶかのように手をひらひらと動かして小馬鹿にし、無力であることを思い知らせようとする。

「メノウ……それ以上戦うな。僕たちを信じろ……おい、聞いているのか!?」

レックスも身体を何度も前のめりにしてメノウへと訴えかけるが、メノウは何も反応を示さず、ただ目の前に迫りくる無数のモンスターと相対し続ける。

「メノウさん！　それ以上は駄目です……あなたが、あなたが消えてしまう！」

メノウの手元から何度も放たれる爆破魔法を視界に映し、クルルは見るに堪《た》えなくなって思わず瞼《まぶた》を閉じ、涙を流す。

「ちょっと……メノウさん駄目ですよ。駄目ですよそんなの。メノウさんがいなくなったら

◀◀◀

「……そんなの面白くないです！　大丈夫です！　少しの時間ならきっと耐えられますから……もう、もう戦わないでください！」

ティナも同じく、失われそうになっている命を目の前にして怯《おび》えた表情を浮かべ、震える身体を必死に抑えて、今にも泣き崩れそうな声でメノウに語り掛ける。

だがそれでも、メノウは戦うのをやめなかった。

もはや一同には、ただひたすらに、メノウが無事でいてくれるのを祈ることしかできなかった。しかし、それも無駄に終わる。

「……メノウ!?」

メノウの変化に気付き、アリスが悲痛な声をあげる。

メノウの身体から、まるでメノウの魂が天へと昇華されるかのように、魔力と思われる光の塊が少しずつ放出されていたからだ。

恐らくは、身体を構成しているその特殊な魔力が崩壊し始めているサイン。それをその場にいた一同は瞬時に理解し、先ほどよりも力強く、自分たちの手首足首が傷つくのもお構いなしに暴れ始める。しかし、それでも手枷は外れることなく、一同の行動を束縛し続ける。

「……皆、落ち着け。落ち着くのだ」

だがその時、戦いながらも穏やかな声色でメノウがつぶやくように語り掛ける。

「あがいたところで何も変わらぬ……落ち着くんだ。その体力を……その時が訪れるまで温存

◀◀◀

しろ。大丈夫だ……必ず助けは来る。鏡《かがみ》殿が必ず助けに来てくれるはずだ」

「でも……でも！　来てくれるとしても……メノウが！　メノウが！」

「いいのですアリス様。鏡殿は必ず来てくれる……必ず皆を助けてくれる。私は……鏡殿が来てくれるまでの繋《つな》ぎでいい。皆の命を繋ぐことができるのであれば……本望だ！」

メノウの死をも覚悟した決死の思いが伝わり、一同は暴れていた手足をピタリと止め、今もなお戦い続けるメノウを、瞳に涙を溜《た》めながら黙って見届け始める。

未《いま》だまだ来ぬ鏡がこの場に訪れるのを信じて。

「無駄だ……あの村人も、鏡も既に捕らえてある。一番厄介な存在になると思ってこことは別の絶対に抜け出せない部屋に……。何があってもここには来ない」

バルムンクがはっきりと救いようのない事実を語り、希望を捨てさせようとするが、メノウは不敵な笑みを浮かべて鼻で軽く「っふ」と一笑する。

「それはどうかな？　鏡殿は我々が無理だ不可能だと思ったことを何度も覆《くつがえ》してきた男だ。油断していると……全てがひっくり返ることになるぞ？」

「強がりだな。鏡の力はもう充分に理解している。奴《やつ》のパワーは驚異的だが、それだけだ。それを抑えつける方法はいくらでもこの施設……我々にはある。無駄な希望は捨てることだな」

バルムンクは言葉を重ねてメノウに諦めるように語り掛ける。それでもメノウの表情は曇ることなく、可能性を残しているとでも言いたげに不敵な笑みを浮かべたままだった。

「油機！　この手枷を外せ……外せよな！　許されると思ってんのか!?　こんな命を弄《もてあそ》ぶような真似《まね》をして……おい！　聞いてるのか!?」

メリーの視界に顔を俯《うつむ》かせる油機の姿が映り、メリーは声を荒らげて語り掛ける。

「思ってない……思ってるわけないだろ！」

だが返ってきたのは、予想外にも悲しげな表情で、目の前で起きている悲惨な状況を受け止められずに震えている油機の、メリーも聞いたことのないような必死な叫び声だった。

「あたしも……バルムンク隊長もロットさんも！　本当はこんなの望んでない。望んでないよ！」

「だったら……どうして！」

「メリーちゃんにはわからないよ！　ううん……ここにいる全員わかりっこない！　皆……絶対に未来を選ばない。アースクリアを救うために……アースを見捨てる手段を選択する！　メリーちゃんも……今のために未来を捨てる……絶対に！」

何を言っているのか、その場にいる一同にはわからなかった。だが少なくとも、油機も悲惨な目に遭っているメノウを前にして、苦しんでいることだけはなんとか理解できた。

それがどうしてなのか、どういうことなのかはわからなかったが、同じくバルムンクも暗い表情を浮かべていることから、自分たちが知らない何かを油機たちは知っているのだと瞬時に悟った。

◀◀◀

「何を言ってるんだ……お前は？」

「油機！　それ以上は許されていないぞ？　來栖は……こいつらには理解してもらえないと、協力を得られないと判断したんだ。不安要素は……残さない」

メリーが油機にすがるような視線で説明を求める。

一瞬、メリーの顔を見て思わず言葉にしてしまいそうなほどに苦しそうな表情を油機は浮かべるが、バルムンクの念を押すかのように張り上げられた声を聞いて、顔を俯かせた。

「わかってる……わかってるよ」

そして、油機は自分を納得させるように無理やり言葉を繰り返し、口を閉ざした。

「何だよそれ！　話す前に勝手に決めつけるなよ！」

「無駄だ。話して納得がいっていないのに我々に協力するといって、あとで裏切られても困るからな。そう思ってお前たちには話さないし協力も仰がないんだ。お前たちは……アースクリアを絶対に捨てられないだろうからな」

アースクリアという単語が出て、一同はますます困惑した表情を浮かべる。

「……何なのよ？　どういうことなのよ？　そんなのであたしたちが納得するとでも思ってんの!?」

あまりにも理解も納得もできず、命が失われるのを待つだけの状況に痺《しび》れを切らし、パルナが手枷をガシャガシャと鳴らしながら、声を張り上げる。

◀◀◀

「お前たちが納得するかどうかではない。どうせお前たちはここで終わることになるのだ」

それでもバルムンクは話そうとはせず、冷たい視線をパルナに浴びせかける。

「だがそうだな……せめてもの慈悲で二つだけ教えてやろう」

「……二つ？」

しかしその時、隣でメノウと同じ運命を辿《たど》ることになるアリスの悲愴《ひそう》な顔が視界に入り、バルムンクは甘いとは思いつつもそう告げる。

「一つは、もう気付いてはいると思うが、我々に協力するということはお前たちにとってアースクリアを見捨てるに等しい」

「もう一つは……？」

「なぜ俺たちが……獣牙族《じゅうがぞく》や喰人族を捕らえて進化を促していると思う？　なぜ俺たちは強い人間を求め続けると思う？　なぜ……新たな生物を生み出して強さを求め続けると思う？」

その瞬間、バルムンクから告げられた強さの追求という言葉を耳にして、タカコは同じやりとりをつい最近したかのような感覚に陥った。それは、この世界、アースに来た時に自分たちが求められた理由にも繋《つな》がる。

強さの追求、それは外にいる危険な存在に対抗できる強い人間が必要だったから。

「タカコ……お前ならわかるはずだ。もう、気付いているんじゃないか？　お前が俺に質問してきたことと同じだ。お前が初めてこの世界の外へと赴くとき、俺に何を聞いてきた？」

◀◀◀

その瞬間、タカコは閃《ひらめ》いたかのように目を見開き、絶句した。タカコがバルムンクに初めて外に赴くときに聞いたこと、それは、外にいる存在について。

「いるのね……？　モンスターなんかよりも、獣牙族や喰人族なんか比較にならないほどの敵が……あなたたちがレジスタンスの皆を裏切ってでも倒さなきゃいけない相手が!?」

タカコの言葉に、バルムンクも油機も返事はしなかった。その影を帯びたかのような佇《たたず》まいが、まるで思い出したくもないと訴えているように見えて、タカコは言葉を重ねることなく呑《の》み込む。

「……メノウさん！」

「そろそろ……終わりのようだな」

ティナの叫び声が響き渡り、一同は視線をバルムンクから再びメノウへと戻す。

そこに映ったのは、無数のモンスターの死骸と、全身から光の塊を放出しているせいで苦しいのか、肩で呼吸をし続けるメノウの姿だった。

「メノウ……もういいよ。もう大丈夫だよ！　ボクたちなら……少しくらいモンスターに攻撃を受けたところで死んだりしない！　だから、一人で背負わないで……もう、もう戦わなくていいから！」

「…………いいのです。アリス様」

アリスの悲痛な叫びに、メノウは柔らかい笑みを浮かべて返した。

その笑顔はとても儚《はかな》げで、今にも消えてしまいそうで、でもとても優しくて、それを見た瞬間、アリス以外の一同は、もうメノウは助からないのだと悟り、思わず視線を逸《そ》らした。

「覚えていますか？　愚かだった頃の私が一度全てを失ったあの日を」

それから、メノウが再びアリスたちに顔を見せることはなかった。メノウは顔を見せることなく、再び現れたモンスターへと対峙《たいじ》し、両手に魔力を籠《こ》め始める。

「あの日……私は自分が愚かだったことを知りました。同時に、私は誰からの信用も失いました」

両手に籠《こ》められた魔力は、爆破魔法となって眼前のモンスターへと降り注ぐ。それと共に、メノウの身体から放出される光の塊は徐々に数を増していった。

「誰が、いつ自分を責めているのか？　誰が、いつ自分を愚かだと見下しているのか？　全ての存在が自分の敵だと錯覚するほどに……毎晩毎晩、疑心暗鬼の夜を過ごしました」

もう立っているのも限界なのか、メノウは足を何度もふらつかせる。だがそれでも戦おうと、前へ前へと歩もうとする。

「無論、あの事件以来……私に話しかける者なんて誰もいなかった。強さを褒め称《たた》え、親身になってくれていた者も、私を愚か者と罵《ののし》り、離れていった。誰も傍に近寄ることのない日々を過ごしていました。たった一人……アリス様……あなたを除いて」

「聞きたくない……そんなの聞きたくないよ！」

◀◀◀

とっくの昔にメノウの体力は限界を迎えていた。それでもメノウは、目の前に迫りくるモンスターに背を向けようとはしなかった。限界を超えて、それでもなお、前へと進み続ける鏡を思い浮かべ、己が命を削るかのように力を振るい続ける。

「私が……再び前に進めたのも全てあなたのおかげなのですよ？　……今こうしてこの場で、仲間のために戦うことができているのも……全て、あなたのおかげです」

自分の身が失われるのを恐れ、また、アリスの身が失われるのを恐れて、ダークドラゴンの前で臆してしまった自分を思い返し、メノウは「情けない」と失笑する。

「うつろいゆく日々の中で、私は魔族としてではなく、人としてではなく、メノウというただの一人の個人として生きてきました」

「メノウ……ちゃん」

鏡と出会い、人と共に歩む道を選んでから、メノウがアリスに言われたからではなく、魔王に命令されたからではなく、自分の意志で進んできたのを知っているタカコは、顔を俯かせて涙を流し、その日々を思い返す。

「その日々は今まで見てきた私の全てを覆す素晴らしき日々だった。何より……楽しかった。ずっと、こんな日々が続いてほしいと切に願いました」

「嫌です……嫌です！　まだ、まだメノウさんとやりたいことがたくさんあるんです！」

カジノで共に働き、疲れた日や落ち込むようなことがあった日には、なんでも相談を聞いて

◀◀◀

もらっていたティナは、その日々がなくなってしまうのを恐れ、首をぶんぶんと左右に振った。

「それはきっと、昔のままの血で血を洗うような道を行こうとしていた私では決して辿り着けなかった世界です」

「ふざけるな……新しく辿り着いた道なのだろう？　なら、まだ終わらせるには早いはずだ！」

かつて、生き方は違えど、同じ生き様を辿ることになっていたかもしれなかったレックスには、メノウが味わった世界が変わって見えたかのような感覚が、痛いほどわかった。痛いほどわかっているからこそ、それをこの先も見ることのできない辛さが、嫌というほど伝わった。

「これは……全部あなたが運んできてくれたのです。私が変わるきっかけをくれたのもあなたです。そして、私に人間を知る機会をくれたのも……あなたです。アリス様」

「聞きたくない聞きたくない聞きたくない！」

初めて聞くアリスの駄々に、一同は顔を俯かせる。だが一人、パルナだけが顔を涙でぐしゃぐしゃにさせながらも視線を逸らさず、「アリス！」と、強く叫んだ。

「アリス……視線を逸らさないで。しっかりと見届けなさい……いいわね？」

辛いはずなのに、涙を流しているのに、それでも気丈にアリスに向かって笑顔を浮かべるパルナを見て、アリスも瞳から涙を大量に流しつつ、メノウへと視線を向ける。

メノウは背中越しにパルナへ、「ありがとう」と、そして、「保護者勝負は……貴殿の勝ちのようだな」と、肩を震わせながらつぶやいた。

◀◀◀

それでも容赦なく迫りくるモンスターを前に、メノウはもはやほとんど残されていない魔力を振り絞って両手へと注ぎ、言葉を続ける。

「確かに私はあなたと約束しました。ずっと傍にいると。共にアースクリアへと戻ると。ですが……それよりも私は優先したいことがあるのです」

「……メノウ」

「約束なんかよりもずっと大切な、約束なんかじゃ縛れない想いが私の中にあります。魔族として、仕える主《あるじ》と交わした約束よりも、メノウという私個人が守り通したいものがそこにある」

いつ消えてもおかしくはない。そう思えるほどの攻撃魔法の連撃をメノウは放ち続ける。だがメノウは倒れることなく戦い、そして想いの全てをアリスへと伝え続けた。

「だから……私がここで自分の命惜しさに逃げ出さないのは、約束のためだからじゃない！」

決して振り返ることなく、自身から流れ出る涙を誤魔化《ごまか》すように。

「この身が犠牲になろうとも……その命を守り通すため！　そしてそれは、その大切な人と交わした約束よりも……ずっと、ずっと重い！　私自身が立場など関係なくその恩人に抱く――」

それが最後の一撃であると瞬時に理解できる大きな魔力の塊を、メノウは片手に籠めて眼前に迫るモンスターへと向ける。残ったモンスターの中で、最も体軀《たいく》が大きく、アリスたちに大きな被害を与えるであろうそのモンスターにメノウはその魔力の籠もった手をかざし――、

「たった一つの……大切な己が意志なのだ！」

その叫びと共に、これが自分の全力であり、真の力なんだと訴えかけるかのような、眼前が光で埋め尽くされる威力の爆破魔法を撃ちつける。

「メノウ……メノウ！」

爆破魔法に巻き込まれたモンスターたちはその威力に耐えられず、四散する。同時に、メノウは全身から光の塊を放ちながら、その場に力なく倒れ込んだ。

だが無慈悲にも、モンスターは新たに出現し続け、倒れるメノウの元へとにじり寄る。

「もう……もういいでしょ！　ねえ!?　メノウはもう戦えないのよ？　テストなんてする必要ないでしょ？」

これ以上は無駄だとパルナはバルムンクに訴える。しかし、バルムンクは表情をピクリとも変えず、倒れるメノウに視線を送り続けた。

「消えるまでがテストだ。それと……忘れているかもしれんが、メノウが消えたあとはお前たちが消える番だ……悪いがな」

「そんな……そんなのって……！」

「諦めろ。俺たちに歯向かう力も持っていない時点で、世界をお前たちだけで救うなど、元々無理な話なのだ。もう一度言う……諦めろ。これがお前たちの運命なのだ」

放っておいてもそのまま四散し、消えてしまうであろうメノウの身体に、追い打ちをかけるかのようにモンスターが迫る。


『………黙れ』


その瞬間、背筋が凍り付くような殺気の籠もった声が、はっきりと一同の脳内に響き渡る。

それは、バルムンクに感じたことのない恐怖を与え、油機の表情を青褪《ざ》めさせた。へらへらと笑っていたルナも、その圧倒するかのような殺気に表情を歪《ゆが》め、ロットも思わず背に持っていた弓矢を手に取って構える。だが逆にその声は、タカコたちにとっては心地良く、安心感を与えた。

刹那《せつな》、閉じられて入れないはずの空間に「ミシッ！」と大きな音が響き渡り、鋼鉄で作られた強靭《きょうじん》な壁に大きな亀裂が走る。その一秒後、亀裂の走った壁は吹き飛ぶように崩れ去り、その奥に広がる暗闇の中から一人の男と一人の少女の姿が現れる。

「まさか……馬鹿な、どうやって脱出……っ!?」

バルムンクが言葉を発している途中、暗闇から姿を現した男はその場から消滅したと錯覚するほどの速度で跳躍し、メノウの眼前に迫っていたモンスターを瞬時に葬《ほうむ》り去ると、そのまま

◀◀◀

さらに加速してバルムンクの顔面に拳を撃ちつけた。

あまりにも一瞬のことで虚を突かれたバルムンクは、思わず言葉を詰まらせる。そして、そのあと驚愕《きょうがく》し、畏怖した。

目の前に迫った存在が、卒倒してしまいそうなほどの殺気を込めた眼差《まなざ》しを自分に向けていたというのもあったが、何よりも、スキルの効果によってダメージを背後へと全て流したにもかかわらず、自分自身が数メートルほど背後に吹き飛ばされていたからだ。

ただの拳から放たれた風圧で、自分の身体が背後へと吹き飛ばされた。それを理解した瞬間、バルムンクの身体から噴き出るほどの汗が垂れ流れた。

いったい、どれだけのエネルギーがただの殴打に込められていたのか？　想像を絶する一撃を前にして、バルムンクの心臓は危険を察して激しく鼓動を繰り返した。

「これは……聞いてたよりも相当やばいね。こんな奴見たことねえよ」

たった一瞬の出来事に、先ほどまで余裕の笑みを見せていたルナも、目の前に現れた悪魔のような存在に、ビクッと身体を震わせて少しだけ恐怖に歪んだ表情を見せた。

隣に立ってずっと無表情を貫いていたロットも、これほどの力と動きをする存在を見たことがないのか、明らかに動揺した様子ですかさず背後へと跳びのき、鏡と距離をとった。

「遅い……ぞ、鏡殿」

「……メノウ」

今の一撃は感情がままに放っただけだと言わんばかりに、鏡はバルムンクに背中を見せつけ、メノウの元へと駆けつける。

「まだ……耐えられるな？」

「……善処する」

メノウの全身から放たれる光の塊を見て鏡は握り拳を作り、自分の不甲斐《ふがい》なさを呪った。気付けてやれなかった自分にイラついた。

「バルムンク……それか油機、メノウを助ける方法を教えろ」

しかし、そのイラつきを押さえ込み、とにかく今は命を繋げるためにと鏡はバルムンクと油機を睨《にら》みつける。だが、二人も來栖に口止めされているのか、何も言葉を発さずに黙りこむ。

「わかってないみたいだな……俺はな、今、怒ってるんだ」

おぞましい殺気が鏡から放たれる。鏡自身も抑えられないその殺気を目の当《ま》たりにし、油機は立っていられず、思わず腰を抜かしてその場にへたり込む。

「知らない……あたしは知らないよ」

それが真実であるということは、油機の怯え切った表情からすぐにわかり、鏡は視線を油機の背後に立っているルナとロットへと向ける。

「っつ……こりゃやばいね。怖すぎ……一応言っておくけど、あたいも知らないよ。多分ロットもね」

◀◀◀

本当に知らないのか、慌てた様子で顔をぶんぶんと横に振るルナを見て、鏡は次にバルムンクへと視線を向ける。

「知ろうとしても……お前には何もできんぞ？」

「メノウから放出されている魔力を補充すればいいんだろ？　その方法を教えればいい」

「……そういう意味じゃない。お前は俺を倒せない……だから何もできないって言ったんだ。俺のスキルの前では、身体能力の高さだけでただ殴る蹴るしか能のないお前など、赤子の手をひねるに等しい」

空間が凍り付いたかのような、張り詰めた空気が鏡とバルムンクの間に流れた。

「なら……試してやるよ」

鏡が放ったその一言で、バルムンクの表情から唯一残っていた余裕が消え去った。

鏡の力ではどの角度から攻撃を加えようがダメージを流すことのできる自分のスキルは絶対に突破できない。その確信があったはずなのに、鏡の一切の焦《あせ》りも迷いも見られない、殺気だけが込められたその一言から、そんなことも承知のうえで自分を殺す方法があると言っているように感じてしまったから。

「……ぬ、ぬぉおおお!?」

直後、バルムンクは叫んでいた。仮に、スキルの力で守ってもらえるとわかっていながらも、自分が認識できない速度で突然目の前に現れた、鋭い眼光を放つ黒いフードマントを身に纏《まと》っ

◀◀◀

た鏡が、まるで死神のように見えたから。

鏡はすぐさまバルムンクに殴打を浴びせると、瞬時に今度は背後へと回り、背中へと殴打を浴びせる。それが終われば今度は側面へ、それが終わればその反対側へ、残像が生まれるほどに速く、バルムンクの周囲で黒い死神が踊りまわる。

「うわ……絶対あたいは戦いたくない。なるほど……そりゃ隔離しないと駄目だわ」

ロットとルナも鏡の動きが認識できなかったのか、思わずそう言葉を漏らして肩を震わせる。

「ふ……ふははは！　何だ？　威勢だけか？　結局何もできないのではないか？　無駄だ！　俺のスキルは全ての力を受け流す！」

だが、鏡の目にも止まらぬ攻撃の連打を受けてもダメージがないのか、バルムンクは気丈にもそう言って叫び声をあげた。やはり自分は勝てる。負けることはないと。

鏡の動きを捉えることは叶《かな》わず、反撃には出られなかったが、それでも周囲をひたすらに動き回って殴打を浴びせるだけしかしない鏡を見て杞憂《きゆう》だったと、バルムンクは安堵《あんど》した。

「知ってるよ……お前がベラベラ喋《しゃべ》ってくれたからな」

「…………ッ!?　ごぼ!?」

だが、変化はすぐに訪れた。

「待ってろ、今超えてやる……俺の限界を……速さの限界を……今！」

「なんだ……どういう……？」

◀◀◀

このままいけば、鏡の『制限解除』の力が消えた瞬間に反撃に出て勝てると思っていた。しかし気付けば、バルムンクは口元から血を噴出させ、足元がふらつくほどに疲弊していた。

「ば、馬鹿な!? 俺にダメージが通るはずが、通るはずがな……」

そこまで言いかけて気付く。激しい痛みが、自分の内部から発生していることに。そしてもう一つ、鏡に目の前で殴られたと思ったら、ほぼ同時に近いタイミングでその反対側に位置する部位を殴られていることに。

「通るはずがない……そう思ってるのはお前だけだ。お前のスキルには弱点がある」

「弱点……だと?」

「お前のスキルは、正面から受けたダメージを背後に流すだけだ。なら、背後と正面で同時に衝撃を与えれば、その衝撃はどこに受け流す?」

言われて、バルムンクは言葉を失う。その弱点は、自分でもわかっていた。でもそれは、相手が一人の場合、全く気にする必要のない弱点のはずだった。

たとえ、二人の敵を相手にした時も、持ち前の戦士としての体力と防御力を駆使して、その弱点を突かれたとしても対処してきた。正面と背面を同時に攻撃させない方法なんて、いくらでもあったからだ。

でもそれは、自分が対処しきれる速度で動く相手に限る。

◀◀◀

今目の前に立っている村人は、たった一人で、自分が対処しきれない速度で、正面と背面を同時に攻撃してきている。恵まれない役割で戦い続けたが故に磨かれた戦闘センスを駆使し、的確に弱点を、反応できない速度で。

仮に、自分にダメージを与えようと思うのであれば、普通は絞め技やガスなどによるダメージを狙ってくるのが常套手段。だがそれらは決定打に欠け、更に体格の大きなバルムンクであれば対処の仕方も複数ある。それをわかっていてか、あえて目の前の男は、両面を殴るという荒業を行ってきた。

「お前の敗因は、俺にそのスキルの効果を喋ったことだ。からくりさえわかれば、対処できる」

最早、バルムンクには鏡のその声がどこから発せられているのかわからなかった。

視界に映ったのは、鏡が生み出した無数の残像。風を切る音がバルムンクの耳を突き、一体いつ攻撃を仕掛けられるかわからず、バルムンクは身構える。

動かなかったのは、その速度から逃げようがないと瞬時に判断したからだった。

そして思い知る。鏡とバルムンクの間にある圧倒的な力の差を。

「馬鹿な……馬鹿なぁあぁぁああ！」

風を切るだけではなく、何かをえぐりつけるように殴った音が空間内に響き渡る。それも一

◀◀◀

度ではなく、何度も、徐々にその回数を増やしていく。

手出しもできず、周囲から打ち込まれる無数の殴打を前に、バルムンクはなす術《すべ》もなく、圧倒的な力を前に『殺される』という恐怖を直面にして叫び声をあげた。

それは最早戦いとは呼べなかった。歴戦の戦士であるレベル２００を超えるバルムンクがただ喚き叫び、終わるのを待つことを願う以外にできることのない、ただの『暴力』。

前方から殴りつけられたと思えば、すぐさま背後から殴りつけられ、受け流されなかったダメージが内部で爆発するかのように痛みを訴える。ここ数年、ほとんど大きなダメージを受けて来なかったバルムンクが久しぶりに体感する絶望的な痛み。それが、一発ではなく、何度も何度も繰り返される。

そして、殴れば殴るほど、鏡の速度は怒りに呼応するように成長を遂げ、更に限界を超えて速くなっていく。

一撃、十撃、百撃、千撃。この永遠にも思える数分の地獄の間にどれだけ殴られたか、バルムンクに考える余力は既になかった。頭部、腹部、背部、胸部、腕、足、全身が殴り続けられる。自分の身体がまだそこにあるのか不安に思ってしまうほどに。

動くこともできず、ただ目の前で高速で自分の周囲を舞い続ける死神を見ていることしかできない恐怖。自分のスキルを発動していても、蓄積されていく全身の痛みが、バルムンクの戦意と、戦士としての自信を喪失させていく。

◀◀◀

たった一秒の間に、全身に何十撃も攻撃を加えられる恐怖。それは、速さの限界を超えた、鋼鉄をも砕く拳を持った男が放つ、一発一発に小隕石が衝突したかのような衝撃が込められた、力尽きるまで何度でも続く逃れることのできない殴打の嵐。

絶対破壊《死の宣告》

激しく続く殴打の連撃の途中、バルムンクは遂《つい》に耐えきれなくなり、内部へのダメージを受け続けるよりも、殴り飛ばされた方が遥かにマシだとスキルの効果を解除し、鏡に勢いよく壁に叩《たた》きつけられる。

だが、鏡は止まらなかった。壁に打ち付けられたあとも、まるでサンドバッグを殴るかのように執拗《しつよう》にバルムンクを殴り続けた。バルムンクの力で壁から抜け出すことは叶わず、殴打の雨を、壁を背に正面から打ち込まれ続ける。

殴りつけられた時に生まれる壁に向かって吹き飛ぶ力により、バルムンクは地面に足をつけることも叶わず、粉砕機を押し当てられ続けているかのような鏡の殴打の嵐を受け続けた。

正面から受けるダメージをスキルによって背後へと流しているが、先に受けたダメージがあまりにも大きく、バルムンクは意識を少しずつ薄れさせる。もう、目の前に存在する悪魔を見ていられなかったから。これ以上目の前で自分を未だ殴り続ける存在を視界に映したくないという本能的な要求が恐怖によって生み出されたからだ。

そして薄れゆく意識の中、怒りがままに目の前で拳を振るい続ける悪魔を見て、バルムンクは後悔する。『これを敵に回してはいけなかった』と。

「鏡さん……もういい、もういいよ！　それよりもメノウが！」

バルムンクの意識が途切れかけた刹那、アリスの叫び声が響き渡る。同時に、鏡はハッとしたような表情を浮かべてピタリと殴るのをやめ、すぐさまバルムンクの胸倉を摑《つか》んだ。

「言え……メノウを助ける方法を！　今すぐ！　じゃないと……俺がお前を殺す！」

「ぅ……無駄だ。魔力を既に排出した検体に注ぎ込むことはできるだろうが……その技術を知り、それが行えるのは……來栖だけだ」

「來栖が……？　おい、來栖は今どこにいる!?」

「無駄さ……來栖は……お前の目の前に現れない。そして目的のためなら俺たちなんて簡単に切り捨てる。俺たちが……今までそうしてきたよう……に」

そこまで言うと、バルムンクは気を失った。

もはやどうしようもなくなった現状に鏡は苛立《いらだ》ち、拳を地面へと打ち付ける。だが鏡は諦めずに立ち上がり、メノウの傍へと駆け寄った。

「メノウ……メノウ、メノウ、しっかりしろ！」

メノウの身体からは、光の塊は放出されなくなっていた。代わりに、メノウ自身が光の塊と

◀◀◀

なっているかのように、全身から眩《まばゆ》い光を放っていた。

「今、今、俺がなんとかしてやる！」

バルムンクは魔力を注ぎ込むことはできると言っていた。つまり、方法はある。たとえ來栖が助けようとしなくても、この施設を探し回って自力でなんとしてでも助けてみせる。鏡はそう考えてメノウの身体を抱き上げる。

直後、鏡の表情が歪んだ。メノウの身体が、羽を持っているかのように軽くなっていた。もう、助ける方法を探し回っている時間なんて残されていないと理解してしまうほどに。

「メノウ……メノウ！」

「メノウさん！」

「メノウちゃん！」

捕らわれていたはずのアリスたちが解放されたのか、メノウの傍《そば》へと駆け寄る。

油機が皆を解放したのかと視線を向けると、鏡は、油機の傍に何食わぬ顔で平然と立っている來栖の姿を視界に映す。

「コングラチュレーション！　まさか……あの逆境を覆し、獣牙族の力を借りてバルムンク君を倒してしまうとは思いませんでしたよ。君は、僕の予想を遥《はる》かに超えてくれた」

パチパチと手を打ち鳴らしながら、來栖は鏡へと称賛を送る。

その瞬間、鏡はメノウをアリスに預け、來栖の背後へと一瞬にして近付き、逃げられないよ

◀◀◀

うに捕縛しようと動いた。

だが、鏡が來栖の身体を掴むことは叶わず、何も触れることができずにすり抜ける。

「無駄ですよ。これはただのホログラフィーで僕はここにいません。君の目の前に姿を現すわけがないでしょう？　一瞬で殺されてしまいますからね」

まるで小馬鹿にしているかのように、來栖は「クックッ」とわざとらしい笑い声をあげる。

「しかしバルムンク君も酷《ひど》いですよね、姿を現さないとか、僕が皆を簡単に切り捨てるとか言っちゃって……酷くないですか？　僕はそんな薄情者じゃないんですけどね」

「だったら姿を現せよ。そして……メノウを助けろ」

「構いませんよ？」

あっけらかんとした表情で吐かれた予想外の言葉に、鏡は怪訝《けげん》な表情を浮かべて困惑する。

「どういうことだ……意味がわからないぞ」

「僕もね、君たちの力を惜しいと思いつつ、最初は目的のために泣く泣く君たちを殺そうと思っていました。元々、君たちを殺してしまうのは気乗りしていなかったわけですよ」

「……なんで急に気を変えた？」

「君が想像以上の力を持っていたからです。僕が……思わずゾクゾクしちゃうくらい、かつて見たことがないほどにね」

嘘を言っているようには見えない、真剣な表情で吐かれた來栖の言葉に、鏡はさらに困惑す

◀◀◀

る。


「何を言っているのかわからないが、助けられるならさっさと助けてくれ！」

「ええ、いいですよ？　助けられるなら……ね」

「……どういうことだよ？」

平然とした表情で告げられた言葉の意味を、鏡は理解しつつも、納得できないのか、笑みを浮かべて誤魔化しながら來栖に真意を問いただす。

「助けられるなら助けてあげてもよかったけど……もう無理です。彼に魔力を注いだところで、身体を構成するための情報組織が失われ過ぎています。もうどうあがいても助けられません」

「なんだよ……それ」

「もう助けられません。そう言いました」

「何だよそれぇぇぇぇぇぇ！」

鏡の怒号が空間に響き渡る。それと同時に、先ほどまで放っていた殺気が再び鏡からオーラを纏《まと》っているかのように溢《あふ》れ上がった。

傍に立っていた油機が、その鏡の姿を見て思わず「っひ！」と声をあげて腰を抜かすほどに。

「出てこい……助けられないなら、メノウをこんな目に遭わせたお前を……ぶっ飛ばすだけだ」

「馬鹿ですね。そう言われて姿を現すわけがないでしょう？」

その場に立っているだけでも卒倒してしまいそうな重い空気が、二人の間に流れ始める。

「怒りのままに暴れるなんて君らしくないですよ。もっと利己的に動く方が君らしい。ずっと今まで死んだことにして潜み続けて……ここまで辿り着いたのが君でしょう？」

「お前がそうさせたんだろう？」

「僕の目的のためには必要な排除のはずでしたからね。君たちは……どうあがいてもアースクリアを優先するだろうし、きっと相容《い》れない……邪魔になると思ったんです」

油機と同じような言葉を吐いたのを耳にして、タカコがピクリと反応する。

「私たちもまだ知らない敵のことね……それはいったい何なの？　あなたたちはいったい、何をしようとしているの？」

「あー……お喋りなバルムンク君が少しだけばらしてましたね。でも、それが何なのか、僕たちが何をしようとしているのかは教えられませんよ。君たちに教える条件はただ一つ、アースクリアの世界がリセットされるのを許容する……つまりアースクリアを切り捨てるか、僕が認めるほどの力を見せつけるかです」

「……力？」

「僕はずっと待ってるんですよ。英雄たる存在を。それが現れるまで……僕の戦いは終わらない」

まるで、終わらない悪夢を見続けているとでも言いたげなうんざりした表情で、來栖は感慨

◀◀◀

深くそう漏らした。

鏡には、何を言っているのかまるで理解できなかったが、タカコはその一言で、アースクリアを諦めてもらうしかない、と言っていた意味を理解した。

『英雄を待っている』。『想像を超えた敵』。『強い存在を作り続けていた來栖の組織』。そして、『人間の進化をもたらすアースクリアの存在』。それらの要素から導き出される一つの答え。


來栖は、その敵を倒しうる存在を作り出すため、数十年規模で計画を練っている。


鏡の強さを見て、その力が惜しくなって気が変わったと言ったのも、鏡にその敵を倒せるかもしれない可能性を感じたからなのではないかとタカコは推測する。

そして、仮に鏡にその力がなく、その存在を生み出すための協力を自分たちに求めるのであれば、それは、アースクリアを五年以内に救うという条件を諦めることになる。

そうなれば、無論自分たちはそれを拒む。そして、來栖に敵対することになるかもしれない。

それ故に來栖が邪魔になると言って排除しようとしたとするのなら?

だがそれは、未だ推測の域を出ない。

「鏡君、僕は君を試したい。全てを知りたければフォルティニア王国……ロシアに来るといい。そこで決着をつけませんか？　待っていますよ」

「俺が……罠《わな》とわかってて行くとでも？」

「来ますよ。君は僕の元に来るしかない。それ以外にこの世界を救う真の方法を知る術はないですからね。何より君はこの現状の不条理を認めない。僕が憎くて……仕方がないはずだからね」

本当は別にどちらでもよいとでも言わんばかりに、余裕の笑みを浮かべる來栖を見て、鏡は歯をガリッと噛《か》みしめる。何より、全て來栖の言葉通りだったのが悔しくて仕方がなかった。

「君が復讐《ふくしゅう》に来るのを楽しみに待っていますよ……さあ、行くよ油機、ルナ、ロット。君たちのスキルは貴重だからね、そこで負けて横たわっているバルムンク君とは違って……君たちにはまだまだ働いてもらわないといけません」

來栖がそう言って指をパチンと弾《はじ》くと、油機とルナとロットの足元に仄《ほの》かに青い円形の光が灯《とも》り始める。

「おい油機！」

それを見て、メリーが必死な形相で油機の名を叫ぶが――、

「………ごめんね、メリーちゃん」

どこか、どうしようもないとでも言いたげな暗い表情でそれだけ言い残し、來栖と共に青い光に包まれて油機とルナとロットはその場から消え去った。

「油機……お前、何を知っちゃったんだよ」

◀◀◀

メノウが戦っている最中、苦しそうな表情で叫んでいた油機の姿を思い浮かべ、メリーはぎゅっと握り拳を作る。

油機は苦しんでいた。目の前で起きている不条理に納得していなかった。それでも、それを見過ごすしかないほどの何かを油機は知ってしまっている。その辛さをわかってあげられないことに、力になってあげられないことに不甲斐なさを感じ、メリーは拳を地面に打ち付けた。

「絶対に……会いに行くからな」

友として、油機の苦しみを解放する。そう誓い、メリーはこの戦いを最後まで見届ける覚悟を決めた。

エピローグ

◀◀◀
Chapter.6

◀◀◀

「メノウ……ボク、傍《そば》にちゃんといるよ？　まだ、諦めちゃダメだよ？」

「わかります……あなたの温《ぬく》もりが伝わってきていますから。相変わらず、温かい手ですね」

もはや目が見えていないのか、目に涙を溜《た》めてひたすらメノウの手を握り続けるアリスに焦点は合っておらず、違うどこか虚をメノウは見つめ続ける。

もはやアリス以外は皆、メノウの死は免《まぬが》れないと覚悟していた。

メノウの周囲には集まるが、ほとんどが暗い表情で俯《うつむ》いたままで、今にも消えそうなメノウの姿を見ようとはしなかった。見るのが、辛《つら》すぎたから。

ティナは泣きじゃくり、クルルは何もしてあげられない自分の無力さを呪ってペタリと地面に座り、パルナは瞳に溜めた涙を誤魔化《ごまか》すように帽子を深く被《かぶ》り、メリーは辛い表情を浮かべてメノウに背中を向け、タカコはメノウに視線を合わせずにアリスの精神が崩れないよう、背中をさすり続けた。

唯一視線を逸《そ》らさずに見届けられたのは、アリス、レックス、鏡《かがみ》、ピッタ、朧丸《おぼろまる》だけだった。

「……ピッタ殿はいるか？」

その時、メノウから直々にピッタに声がかかる。ピッタは一度鏡に視線を向けたあと、「聞いてやれ」と促され、メノウの傍に近寄って「呼んだです？」と優しく体に触れた。

「貴殿のことは……アリス様も自分の妹のように思っている。よければ……アリス様の傍に、ずっといてやってくれないか？」

「おじぃ……消えちゃうです？　ピッタ……おじぃのこと、まだよく知らないです」

「……すまんな」

ただその一言だけで、ピッタにも理解できたのか、「わかった」と告げるように力強くメノウの手を握るだけでそれ以上何も言わず、メノウの傍から離れて鏡の足元に「ぼすっ」と顔を埋める。

「何言ってるの……？　メノウは消えないよ？　まだ、消えちゃダメだよ！」

「アリス様……もう時間がありません。最後に言葉を交わす時間を……」

「……でも！」

認めないとあがこうとするアリスを、帽子を深く被ったままのパルナが腕を横に伸ばして制止する。その意味がわからないアリスではなかった。わかってしまったからこそ、もうどうしようもないのだと、静かに瞳から涙を流し始める。

「鏡殿……いるか？」

「……ああ」

「……アリス様も、私と同じ状態にある。貴殿が……救ってやってくれ」

「…………っ」

「………頼んだぞ」

「……あぁ！」

◀◀◀

耐えられなくなって、鏡も視線を逸らす。メノウは、鏡に対して多くは語らなかった。

語らずとも、語りたいことは全て理解し合えていたから。

「……レックス殿」

「なんだ？」

「貴殿とは……一度手合わせしてみたかった。手合わせしたうえで、より高みに辿《たど》り着くための談義を……平和な世界で、やってみたかった」

「……僕もだ」

感傷にあまり浸ることのないレックスが、さすがに耐えきれなくなったのか、まるで子供が泣く時に見せるような悲痛な表情を浮かべる。

「だが私は……魔族の身でありながら貴殿と戦わなかったことを……誇りに思うぞ」

友になれたこと、それはレックスにとっても同じ誇りだった。その誇りが今、目の前で失われようとしている。その事実についにレックスは見続けるのが耐えきれなくなり、立ち上がってメノウに背中を見せる。

「僕は……僕はもっと強くなる。お前なんか……相手にならないくらいな」

「……ああ」

レックスのその答えに、メノウは軽く鼻で笑うと、満足そうに笑みを浮かべた。

そして、もう心残りはないと言わんばかりに、メノウはアリスの頭にポンッと手を置き、撫《な》

◀◀◀

で始める。

「大丈夫です。私は消えたりなんかしない……あなたと共にあり続ける」

「メノウ?」

直後、メノウの身体《からだ》から放たれていた光がアリスへと注がれる。アリスへと注がれた光は、アリスの周囲を仄《ほの》かに照らし、そしてアリスの体内へと吸い込まれていく。

「私の身体を構成している魔力は……あなたの身体を構成している魔力と同じはずです。もしかしたらと思いましたが……上手《うま》くいったようですね」

「いいよ、いらないよ。逆だよ……ボクのをあげるから! まだ、諦めちゃ……」

「覚悟……していたことでしょう?」

焦点の合っていなかった視線が、アリスへと合わせられる。その瞬間、メノウの言いたいことをアリスは理解し、口を閉じて涙ぐむ。

こうなることも全て覚悟したうえで、ここに来たいと言い出したのは自分自身だった。それなのに、言い出した自分よりも早く、巻き込む形になったメノウの命が消えかけているからといって、いつまでも踏ん切りをつけられずにあがくのは、メノウをがっかりさせてしまう。口を閉じたのは、そう思ったからだ。

「これで、あなたも暫《しばら》くは持つはずです。……だから」

そんなアリスを見て、メノウは満足そうに笑みを浮かべる。

◀◀◀

そして最後に残った力でアリスを強く抱きしめると――、

「夢を……あなたの夢を叶《かな》えてください。それが私の……夢……だ………から」


耳元で囁《ささや》くようにそう告げ、身体の全てを無数の光の塊へと変化させた。

半分は天へと、半分はアリスの身体を支える魔力となってアリスに吸収される。

あとには、メノウの身体を包んでいた服だけが残された。


「……メノウ」


メノウが身に纏《まと》っていた服を拾い上げ、アリスはその存在が確かに先ほどまでいたということを確かめるように、強く抱きしめる。

泣き叫ぶ者はいなかった。ただ黙って、静かに涙を流しながら、天へと昇っていく光の塊を見届けた。だがその中で、唯一を涙を流さず、その場に立ち尽くしてその光の塊を見届けた者たちがいた。

「……ご主人。それが、某《それがし》が抱く感情でござる」

「……なるほどな」

それに悲しみを感じているかのような様子は一切なく、一匹は、何も感じていないのか静かにその光の塊を見届け、もう一人は――、

◀◀◀

「これは……耐えられないな」

ただただ憎しみに満ち溢《あふ》れた、顔を見るだけでその溢れ出る殺気によって気絶してしまいそうなほどに、悪魔のような、恐ろしい表情を浮かべていた。

登場人物
紹介

◀◀◀
Characters

01

▶▶▶ ESTELAR URGOD

（エステラー・ウルゴッド）

年齢	Unknown
性別	男
役割	魔族
レベル	234

アースに強い人間を送りこむために、魔王の右腕という仮の姿で、
魔族の立場を利用しながら世界を監視している存在。
長らく強者が現れないことに業を煮やし、
魔王を利用して強制的に人間が戦わざるを得ない状況を作り出そうとしたが、
鏡によって阻まれる。

ウルガ・ルガード

02

ULGA RUGARD

年齢 32

性別 男

役割 獣牙族

レベル Unknown

獣牙族の若きリーダー。

旧文明の兵器により全滅しかけていたところを鏡によって助けられる。

もとより人間を敵と認識していながらも、終わりのない苦しい戦いに疑問を抱いていた。

鏡により説得され、獣牙族の誇りよりも、

獣牙族の安寧のために、人間と手を組むことを決意する。

03

ロット・スナイプル

LOT SNIPLE

年齢	28
性別	男
役割	狩人
レベル	249

15歳の頃に魔王を倒してアースへと訪れた狩人の青年。

音と気配を完全に消し去るスキルを買われて、レジスタンスを裏で操る来栖の仲間の一員になる。

アースへと来てからも魔力銃器には頼らず、弓矢を使って戦いをこなす。

もう一つのスキルである「周囲30メートル以内にいる存在を感知する力」を駆使して、
レジスタンスの物資調達班としても活躍している。

04

（ルナ・アーツ）

年齢　18
性別　女
役割　盗賊
レベル　200

▶▶▶
LUNA ARTS

1万ゴールドで交換できるチケットを治安管理ギルドから奪い取り、
アースへと訪れたスラム街出身の女盗賊。

過去に犯した罪は数えきれず、人間も数十人以上殺めている犯罪者。

ノアでは自分に似た境遇の人々のために、悪事を働かずにレジスタンスとして協力している。

姿を消して透明化できるスキルを持つが、普段はレベル198であると自称して力を隠している。

（前回までのあらすじ）

このヤバすぎるコーナーは一体なぜ生まれてしまったのだろうか？　そんなことをトイレットオンファイアしながら「ぐむむ……」と考えていたある日、自分から「やる」と言い出したことを思い出してしまった子猫。

子猫にはもはや、このコーナーを続けられるだけのネタがなかったのである。

3巻の「前回までのあらすじ」の段階で、既に自作自演でネタを作り出そうとしていた状況から察していた通り、子猫は窮地に立たされていたのだった。

故に、ネタを求めて実家へと帰る子猫。そう、実家にはネタの最終兵器と恐れられている兄がいるはずだった。だが兄は、子猫も知らない間に一人暮らしを再開していたらしく、既に実家をあとにしていたのである。

平穏が訪れてしまった実家を前に、膝から崩れ落ちる子猫。自分の唾を聖水と呼称していた兄の部屋には既に何もなく、子猫の部屋には2巻の「前回までのあらすじ」で盛られた塩以上に塩が盛られていた。

そしてこれ以上このヤバいコーナーでプライベートを明かしていいのかと不安になる子猫。

だが圧倒的すぎる絶望を前に、子猫は遂に親友のヒロシを頼り始める。

ヒロシ「どうでもいいけど、めんどい」

果たして子猫は、『LV999の村人④』の「前回までのあらすじ」が書けるのだろうか？

（あとがき）

この度は『ＬＶ９９９の村人④』を手に取っていただき、誠にありがとうございます。皆様のご助力のおかげで、こうして続巻を出すことができました。

さて４巻はいかがだったでしょうか？

実はＷＥＢ連載時、４巻の内容の冒頭部分を書いていた頃は、まだ明確なテーマが決まっておらず、「こういう展開と構成にするぞ！」という勢いだけで書いていました。

その過程で「登場人物たちも現実の人間関係と一緒で、どれだけ親しくなっても考えや気持ちが全てわかり合えているわけじゃないんだよなー」とふと思ったのがきっかけで、テーマを「すれ違いの悲しさと喜び」に決めました。

仮に目的が同じだったとしても、気持ちが伝わらないことで勘違いを生んでしまったり、話さないことで勝手な解釈が生まれてしまったり。そしてそういった物事を乗り越えて、わかり合えた時の喜びなどのイメージです。

どのくらい表現できていたかはわかりませんが、展開と構成が決まれば、それに向かってあとはキャラが勝手に動いてくれるので、今回は「登場人物たちに助けられたなー」と感じています。

次巻では決めたテーマを一層色濃く表現できるように、また、手に取っていただいた皆様に満足していただける展開になるように、精進し続けたいと思います！

また、３巻から４巻が発売するまでの間にいろんなことがありました。まず『ＬＶ９９９の村人』のテレビCMが放送されました。そして漫画版の連載もスタートしました。

ＣＭはＹｏｕＴｕｂｅにもアップされていますので、お時間があればぜひ一度ご覧になっていただければ幸いです。漫画に関しては月刊コンプエース様にて連載されておりますので、ぜひぜひ書店でお手に取っていただければ嬉しいです！

そして今回も多くの方のお力を借りて出版させていただくことができました。もはや迷惑しかかけてないいんじゃないかと思うくらい相談や制作進行などを親身になって助力してくださった清水様。想い描いた世界観をそのまま絵にしてくださったふーみ様。今回も素敵なデザインで彩ってくださったバルコロニー荒木様。そして私の文章表現をサポートしてくださった校正様。この場を借りて御礼申し上げます、本当にありがとうございました！

最後にまたまた宣伝ですが、ツイッター（@konekodayo00）もやっています。小説の制作進行のご報告や、一足先に次巻で使われるイラストなどの公開、そして私のくだらないプライベートなツイートなどをつぶやいていますので、よければ繋がってやってください！

それではまた次巻でお会いできたら光栄です！　今回もありがとうございました！

星月子猫

Lv999
の
村人
あとがき
イラスト。

星月子猫

1990年、大阪府生まれ、大阪府在住。小説家、ゲームクリエイター。
高校在学中に「モバゲー小説コーナー」で処女作『最強人種』の連載を開始。
累計閲覧数2000万超、ファンタジー部門1位を獲得する人気作品となる。
現在は「E★エブリスタ」「小説家になろう」にて活動中。
主な著書に『最強人種 滅びへのカウントダウン』(クリスタ出版)がある。
自由と動物をこよなく愛する厨二戦士。

ふーみ

東京都生まれ、東京都在住。フリーランスのイラストレーター。
ライトノベル、TCG、ゲーム等の商業イラストを手がける。
透明感のあるキャラクター、世界観を描く。猫を飼いたいが、
PCのコード類、壁が心配。

HP:http://fuumiis.tumblr.com/

LV999の村人 ④

THE VILLAGERS OF LEVEL 999

2017年5月31日　初版発行

著　星月子猫
イラスト　ふーみ

発行者　青柳昌行
編集長　藤田明子
担当　清水速登

装丁　荒木恵里加（BALCOLONY.）

編集　ホビー書籍編集部

発行　株式会社 KADOKAWA
〒102-8177
東京都千代田区富士見 2-13-3
電話：0570-060-555（ナビダイヤル）
http://www.kadokawa.co.jp/

印刷所　図書印刷株式会社

ISBN 978-4-04-734666-6　C0093　Printed in Japan

【タカコちゃんの次回予告】

舞台はロシアへ!!!!
大切な人を
失った鏡ちゃんが
果たすべき誓いとは!?

正直、今回ばっかりは気乗りしないわ。
でも、ここで立ち止まっていても何も変わらない。
私たちは前に進むしかないのだから。
大切な仲間を失った私たちに休んでいる暇はなく、
レジスタンスと獣牙族たちの協力を得て、
世界を取り戻すために鏡ちゃんが発案した新たな活動を始めるの。
少し前まで敵同士だったから仕方がないけど、
最初はみんないがみ合っちゃって……
でもなんだかんだで協力できるのよね。
んふ！　かわいい！　でも、皆の表情は浮かないまま。
それもそうよね。来栖が地下施設からいなくなって
敵が新たに排出されることはなくなったわけだけど、
来栖がどうしてそんなことをしていたのかは結局わからずじまい。
捕虜にしたバルムンクちゃんは何も喋らないし、
知るためには来栖が最後に残した言葉に従って
ロシアに行くしかないわけだけど……
まだまだこの世界は危険がいっぱい！
どうやって行けばいいのかしら？
それと鏡ちゃんの様子がいつもとおかしいの。
どこか危険で邪悪な感じが溢れてて……って、
鏡ちゃん!?　だめぇぇぇぇぇぇぇぇぇぇぇ！

5巻のキーワードは……っこちら!!!

①鏡ちゃん闇堕ち!?

②ロシアで待ち受ける圧倒的絶望!?

③覚醒！ そして英雄の誕生!?

＼ いったい何が起きるの!? 5巻が待ちきれないわ！ ／

LV999の村人⑤

2017年秋発売予定！

この男、
最弱《村人》の英雄譚、
月刊「コンプエース」にて
コミカライズ
連載開始!!!
村人にして
LV999の村人
星月子猫 原作 ふーみ キャラクター原案 岩元健一 漫画

最強!!!!